コロナ黙示録
2020災厄の襲来

海堂 尊

宝島社
文庫

JN042498

Contents［目次］コロナ黙示録 2020災厄の襲来

【桜宮】

〈東城大学医学部付属病院〉

田口公平（たぐち・こうへい）……不定愁訴外来主任

高階権太（たかしな・ごんた）……学長

藤原真琴（ふじわら・まこと）……不定愁訴外来専任看護師

兵藤勉（ひょうどう・つとむ）……神経内科学教室准教授

如月翔子（きさらぎ・しょうこ）……小児科総合治療センター看護師長

若月奈緒（わかつき・なお）……ホスピス棟・黎明棟師長

島津吾郎（しまづ・ごろう）……Ａｉセンター長

佐藤伸一（さとう・しんいち）……ＩＣＵ病棟部長

桧山シオン（ひやま・しおん）……ジュネーブ大学画像診断ユニット准教授

姫宮香織（ひめみや・かおり）……厚労省大臣官房秘書課付技官補佐、厚生労働省新型コロナウイルス対策本部マスク班班員補佐

〈クルーズ船乗客〉

保阪貴美子（ほさか・きみこ）……美貴の祖母

大山晴美（おおやま・はるみ）……貴美子の相部屋客

【北海道】

益村秀人（ますむら・ひでと）……北海道知事

〈極北市民病院〉

世良雅志（せら・まさし）……病院長

今中良夫（いまなか・よしお）……外科部長

〈雪見市救命救急センター〉

速水晃一（はやみ・こういち）……センター長

伊達伸也（だて・しんや）……副センター長

五條郁美（ごじょう・いくみ）……ＩＣＵ師長

保阪美貴（ほさか・みき）……看護師

大曽根富雄（おおそね・とみお）……研修医

〈蝦夷大学〉

名村茫（なむら・ぼう）……蝦夷大学感染症研究所　教授

喜国忠義（きくに・ただよし）……同　准教授

【東京】〈政策集団・梁山泊〉

村雨弘毅（むらさめ・ひろき）……元浪速府知事。コメンテーター

鎌形雅史（かまがた・まさし）……ヤメ検弁護士

彦根新吾（ひこね・しんご）……フリー診断病理医
白鳥圭輔（しらとり・けいすけ）……厚労省大臣官房秘書課付技官、
　　厚生労働省新型コロナウイルス対策本部マスク班班員
兎田（うさぎだ）……『帝国経済新聞』健康ウェブ『死ぬまで生きる』サイト担当
紫蘭エミリ（しらん・えみり）……ツイッターの女王
別宮葉子（べっく・ようこ）……時風新報桜宮支所社会部副編集長・記者
日高正義（ひだか・まさよし）……「正義弁護士事務所」所属弁護士
終田千粒（ついた・せんりゅう）……作家

〈官邸〉
安保宰三（あぼ・さいぞう）……内閣総理大臣
安保明菜（あぼ・あきな）……宰三の妻
酸ヶ湯儀平（すかゆ・ぎへい）……内閣官房長官
今川義行（いまがわ・よしゆき）……首相補佐官
泉谷弥助（いずみや・やすけ）……首相補佐官
本田苗子（ほんだ・みつこ）……厚労省・大臣官房審議官　内閣府首相補佐官次官兼務

〈都庁〉
小日向美湖（こひなた・みこ）……東京都知事

コロナ黙示録

2020

災厄の襲来

1章　田口、作家になる

二〇一九年十一月　東城大学医学部付属病院・学長室

木枯らしが吹きすさぶ中、俺は根城の部屋を出て、外付けの階段を上っていく。

東城《とうじょう》大学医学部付属病院は桜宮丘陵《さくらのみや》のてっぺんにある。そこに聳《そび》えるツインタワー、新旧の病院棟が桜宮平野を見下ろしている。

主な診療科は新病院棟に引っ越したが、俺が担当する不定愁訴外来は、旧病院に置いてけぼりで、相変わらず旧病院棟の端のどん詰まりの部屋にいる。

旧病院棟はホスピス棟で「黎明棟《れいめい》」と呼ばれている。かつて全ての診療科が入っていたスペースをまるまるホスピス棟にしたので贅沢《ぜいたく》な使い方だ。入院中の末期患者が少ないのはスタッフのマンパワーが足りないからだが、黎明棟立ち上げから関わっている若月《わかつき》師長の尽力でなんとか回っている。基本は互助、つまりホスピス患者に他の患者をケアさせるという方針だ。昔、碧翠院《へきすいいん》桜宮病院で行われていた手法だが、そんなことを知る人は、今はほとんどいない。

俺は黎明棟の責任者を押しつけられたが、若月師長が対応してくれるので負担は少ない。最近、新病院と旧病院をつなぐ渡り廊下が作られた。屋根付きで、新病院から旧病院まで雨に濡《ぬ》れずに移動できるようになった。

二〇一九年十一月。今年もいろいろあった。俺は激動の令和元年を振り返る。

　今年の重要なできごとは、天皇陛下の生前退位と新天皇の即位、それに伴う新元号の発表だ。新元号を発表した酸ヶ湯《すかゆ》官房長官は「令和おじさん」として人気者になり、次期総理に最も近い政治家として注目が集まった。新元号の発表は四月一日。新天皇の即位は五月一日。その間の一ヵ月はお祭り騒ぎだった。これまで天皇の退位は死去に伴うものだったので、新元号発表は厳粛な空気の中で行なわれた。だが今回の新元号発表は天皇陛下がご存命なので、国民も明るい気持ちで迎えられた。

　そもそも天皇が退位を決意されたのは高齢の上に癌《がん》を患い、公務を執るのが厳しくなったという建前だ。だが、安保《あぼ》宰三《さいぞう》・現首相の悲願の憲法改正に猛反対したせいだとも言われる。天皇のご発言を追うと、そのウワサはたぶん本当だろう。

　なにしろ天皇は、日本で誰よりもリベラルなお方なのだから。

　来年の令和二年、二〇二〇年七月には安保首相の悲願の東京五輪が開催される。五輪終了と共に首相を辞し、後継者に禅譲するだろう、と言われていた。安保政権は外交と経済の業績が自慢だが外交はカネはばらまくが実質的な成果はない。米国には軍事費を搾取されっぱなしだし国民の悲願、北方領土返還問題は棚上げで協議入りもできず、北朝鮮の拉致問題は解決の糸口もつかめていない。

なので嫌韓の風潮を煽《あお》ることが安保外交の中心になった。世界史的にはこうした手法は内政・外交に行き詰まった独裁政権の、断末魔的な症状なのだが。

ちなみに安保は「あぼ」と読む。「アホ」ではない。

それにしても、新元号「令和」はゲンの悪い始まりだった。

九月、大型台風15号が房総《ぼうそう》県を直撃した。いまだかつてない巨大な台風だという事前情報があった。田森《たもり》知事は、朝になると真っ先に自分の別荘を「視察」したが、災害対応は遅滞なく成された。知事という役職は単なるお飾りらしい。

国民感情を鑑み、新天皇は即位祝賀パレードの中止を申し出た。パーティ好きの安保首相は実施に固執したが、新天皇の意志が固いと見るや一転、中止した。そして自分が陛下に進言したかのように報道させた。その不敬な振る舞いを咎《とが》める者はいない。

そんな災難続きで始まった令和だが、凡愚な首相の下でも日本社会が無難に回っているのは、偏《ひとえ》に温厚で良心的な国民のおかげに違いない。そんな令和元年を回顧しながら、俺は久々に呼び出された病院長室に向かったのだった。

院長室は昔と変わらず、旧病院棟の三階にある。正確には現在の院長室は新病院にあり、病院長もそこにいる。俺が向かっている旧病院長室は今は学長室だ。

ノックをして扉を開けると、明るい陽射しが部屋を包んでいた。その光をバックに、黒檀の両袖机に肘《ひじ》をついた、ロマンスグレーの小柄な男性が口を開く。

「田口《たぐち》先生は、相変わらずお忙しそうですね」と、のんびりした声が聞こえた。

窓際にある背の高い革張りの回転椅子を、羨望を交えて眺めつつ答える。

「おかげさまで貧乏暇なし、忙しいながらなんとかやってます」

実は大して忙しくないが、本当のことを言った途端、無理難題が降りかかってくる。

だが完全防御しても、腹黒タヌキと呼ばれる高階《たかしな》学長から逃れられるはずがない。

そもそも学長なのに医学部の旧病院長室に居続けていることも、説明は難しい。

全学キャンパスに引っ越すように要請されたが、部屋を移るくらいなら学長就任を断ると駄々をこねたという。そんな横車を押しかねない人物ではある。そんな高階学長の依頼から逃れられるわけはないが、それでもムダな抵抗をするのは、その間のやりとりで情報を得て、抵抗拠点を見つけられる可能性があるからだ。

だが高階学長はいきなり本題を告げてきた。しかも俺が想定もしなかった形で。

「田口先生、作家になってみませんか？」

俺は「はあ？」と言ったきり、絶句した。一体、この人は何を考えているのだろう。

高階先生は、学長になってから妙な言動が増えた。半年前も、愚痴《ぐち》外来で「不定愁訴喫茶」を開店しろ、などと言ってきた。やむなく準備に取りかかったが、諸般の事情で開店前閉店という結果に終わり、俺は胸をなで下ろした。

俺の助手の元看護師長の藤原《ふじわら》さんはやる気満々だったので、がっかりしたようだが。

それにしても「作家」とは……。一体どういうことだろう。

「私は作文が大の苦手で、小学校の卒業文集で『私の未来』という文章を書いて以来、文章らしい文章は書いたことがありません。ですのでお断りします」

俺の言葉に、高階学長はうっすらと笑う。

「人は自分の才能に無自覚なものです。以前、学内報に寄稿された『不定愁訴外来開設十年を迎えて』という小文は実に格調高い、素晴らしい出来でしたよ」

思い出した。パソコンを前に苦吟《くぎん》していた俺を見て、万能助手の藤原さんが代筆してくれたんだっけ。でも、今さらカミングアウトもできない俺は、懸命に言い繕う。

「確かにあれは私の渾身《こんしん》の文章ですが、あの程度で作家は名乗れませんよ」

「ご謙遜を。自費出版で一冊エッセイ集を出しただけで作家気取りの強者もいます」

「無茶言わないでください。私は一冊のエッセイ集どころか、一篇のエッセイすら書いていないので」と言う。すると、部屋の隅にある、黒く高い背の回転椅子がぎしぎしと鳴って、ぐるりと回転し、座っていた人物が目の前に現れた。

「高階センセはこんなまどろっこしいやり方で田口センセに依頼してたんですか？」

俺は度肝を抜かれて、腰を抜かすところだったが、かろうじて持ちこたえた。

「な、なんであんたがこんなところにいるんだ」と思わず丁寧語が崩れてしまう。

回転椅子に座っていたのは俺の疫病神、厚労省のやさぐれ技官、白鳥圭輔《しらとりけいすけ》。コードネームは火喰《ひく》い鳥。

「なんで僕がここにいるかなんて愚問だね。依頼者だからに決まってるでしょ。いつもは僕は高階センセを着ぐるみにして田口センセをパペットにするけど、今回はそんな悠長なことをしていられないからその段取りをすっ飛ばしたんだ。つまりこれは高階センセの依頼という形だけど、中身は高級官僚である僕からの依頼なんだよ」

なるほど、それならとりあえず中身を聞いてしまう方が話が早いかな、なんて風に考えている時点で、この二大丸投げ妖怪の術中にずっぽりと嵌《は》まっているわけだが。

「わかりました。で、私に何をさせたいんですか？」

白鳥は鞄《かばん》から高級マンション販売用の綺麗《きれい》なパンフレット紛いの書類を取り出した。

「これは『帝国経済新聞』の系列ウェブの健康サイトでの『イケメン内科医の健康万歳』という新連載の企画書だよ」

「なんで技官が、こんなものを持っているんですか？」

「僕が持ちかけて企画したからに決まってるでしょ。何しろ健康領域における厚労省の権力は絶大なんだからさ」

「そうですか。でも自分でイケメンと言うなんて、鼻につきますね」

「うん。僕もそう思うよ。田口センセは、これからいろんな人に反発されるかもね」

「え？」

「何をビックラこいてるのさ。最初にエッセイを書いてもらいたいと言ったでしょ。それならこの新連載の著者は田口センセに決まってるじゃない」

ビックラこいた俺は、「私は引き受けると言ってませんし、そもそも私の連載ならタイトルくらいは自分で決めさせてもらわないと……」と努めて冷静に言った。

「ふうん、じゃあどんなタイトルならいいの？」

腕組みをして考える。学生時代、授業をサボり大学病院にある秘密基地みたいな、どん詰まりの部屋で読書をしていた。だから俺が文学青年であることは間違いない。ちなみにその部屋は時代が巡り、今の俺の根城になっているのだが。

「『診察室の窓から』とか、ですかね」としばらくして答えた。

「うわあ、まさか田口センセが六〇年代純文系文学青年だったなんて想定外だった」

頭を抱えこんだ白鳥技官は、いきなり、がば、と身体を起こした。

「いいかい、そういうのは今は終焉《しゅうえん》したジャンルだよ。その意識は時代の先端の、アバンギャルドでキレッキレの文章にはそぐわないから意識を変えてね」

「待ってください。タイトルを変えるのではなく、私の方からタイトルに歩み寄れというんですか？　さすがにそれはおかしいでしょう。私に書かせたいならタイトルは私の意に沿っていただかないと。タイトルは小説の大切な一行目とも言いますからね」

俺の反撃に、白鳥は珍しくうなずいた。

「もっともだ。そしたらこれはどう？　『患者の愚痴は医療の光』。イケるでしょ？」

俺はうっかり「まあそれなら」とうなずいてしまう。

実は俺は新たに提示されたタイトルは深く考えていなかった。要は「イケメン内科医」みたいな自信過剰なタイトルを避けられれば、それでよかったのだ。

「じゃあ先方に伝えておくね。第一回の締め切りはとりあえず今週いっぱいね」

締め切りという現実的で強制力を伴う暴力的な単語に接して、現実に引き戻された。

「待ってください。私はエッセイなんて書けません」

「心配しないで。田口センセに無理なことをやらせるような鬼畜じゃないよ、僕は」

そんなことないぞ、あれもこれもそうだ、と、過去の白鳥から放り投げられた無理難題が、走馬灯のように脳裏をよぎる。

「大丈夫。エッセイは僕が書くから」と白鳥は平然と続けた。

「はあ？　それなら最初から技官がご自分で書けばいいのでは？」

「それ、マジで言ってる？　僕が企画した連載で僕が書いていいなら田口センセになんて頼まずに書いてるって。僕の立場では書けないからこうして頼んでるんじゃん」

むう。なぜ逆ギレされた挙げ句、間抜け呼ばわりされなければならないんだ、と理不尽な扱いを我慢しつつ、質問する。

「技官は何を書くつもりなんですか。私の名前を使う以上、説明してください」

「田口センセの要望はもっともだ。説明は少し長くなるけど、これは日本の民主主義の危機なんだ。在任七年、異例の長期政権の弊害があちこちから吹き出ているんだ」

「でも、安保首相は支持率はいつも高いですよね」

「データ操作されているからね。わが厚労省も基本的な雇用統計の基礎データを政権維持に都合よく捏造《ねつぞう》させてる。アンケート結果の捏造なんてどうってことないんだよ。他にも公文書の改竄《かいざん》なんてこともやってる。さすがにそれは知っているよね？」

「『有朋《ありとも》学園事件』ですね」

二年前、平穏な桜宮市で起こった前代未聞の醜聞だ。有朋学園という学校法人に不正な国有地払い下げをするため首相夫人が口利きした疑惑を国会で追及され、安保首相が「私や妻が関与していたら首相を辞める」と啖呵《たんか》を切った。だが桜宮理財局の担当課に首相夫人の口利きの証拠のペーパーが残っていた。慌てた財務官僚は現場の担当事務官に指示して、当該部分をまるごと削除させたというものだ。一年後、削除前の文書がスクープされた五日後、改竄作業に当たった担当事務官が自殺した。詐欺罪で逮捕された有朋学園の代表者が繰り返した「忖度《そんたく》」という言葉は、その年の流行語大賞になった。首相夫人は自由奔放で顰蹙《ひんしゅく》を買っているが、自分は「家庭内野党」だと言い放つなど、夫の安保首相もお手上げ状態で、その時私人と閣議決定された。

五人も秘書官がついている首相夫人は公人だと思うのだが……。

「具体的には枚数は千六百字、締め切りは毎月最終週の月曜日で掲載は半月後。で、千六百字のうち僕が半分書くから、残り半分を田口センセが埋めてね。何を驚いているのさ。これは田口センセの連載なんだから、それくらい当然でしょ。何なら八百字分は『診察室の窓から』風に書いていいからさ」

話が全然違ってきたが、民主主義の危機と言われては受けざるをえない。

すごすごと退出しようとする俺を白鳥は呼び止めた。

「これ、ささやかな品だけど、快諾してくれたお礼だよ」

差し出したのは名刺入れの小箱で、中の名刺は「医師、作家、田口公平《こうへい》」とある。

裏返すと『イケメン内科医の健康万歳』ウェブサイト『死ぬまで生きる』連載中、と書いてある。焦った俺は白鳥の好意を謹んで返却しようとした。

「せっかくですがタイトルは変えるので、これはお返しします」

「せっかくだから受け取ってよ。とりあえず今週中に原稿をよ・ろ・し・く」

結局言いくるめられてしまった俺は、釈然としない気持ちで学長室を出た。

2章　イケメン内科医

二〇一九年十一月　東城大学医学部付属病院・不定愁訴外来

学長室から二階まで下り廊下を突き当たり、そこから外付けの非常階段を下り、外壁にある扉を開けると珈琲《コーヒー》の香りが漂ってくる。そこが俺の根城だ。

正式名称「不定愁訴外来」、通称「愚痴外来」。ここで患者のそこはかとない不具合に耳を傾けるのが俺の仕事だ。俺がそんな業務に就いたのは、複雑な大学病院内の力学の結果だが、説明するのは煩雑なのでここでは省く。

扉を開けると小柄な白衣姿の男性が、わあ、という感じで飛んできた。

「学長室にお呼ばれしていたんですって、田口先生？」

「廊下トンビ」と呼ばれる後輩、兵藤《ひょうどう》だ。神経内科学教室に移籍してきた直後は、俺を追い落とそうとしたが、俺に上昇志向がないと理解した今は、関係は良好だ。二日に一度はやって来る兵藤クンは、重宝すべき情報源だ。

そんな兵藤クンも今や准教授、教室序列で万年講師の俺を越え、教授を窺《うかが》っている。

さすがに「廊下トンビ」は失礼だから、出世魚なみに「廊下イーグル」と呼び方を変えるべきだろうか。兵藤クンに続いて奥の控え室から顔を出したのは忠実な助手、藤原さんだ。現役時代は病棟を看護師長として渡り歩き、総師長は確実と言われながら結局ならず、退職後は再雇用で俺の外来の付き添い助手を務めている。彼女が淹《い》れる珈琲は絶品だから、「愚痴喫茶」なんていうハチャメチャな企画が立ち上がった時は、藤原さんに丸投げした。彼女もやる気満々ではあったのだけれど。

「今回の高階学長の無理難題丸投げ案件はなんでしたか？」と兵藤クン。

「大したことじゃない。ウェブにエッセイを連載しろとのご命令だ」

「エッセイの連載……それって作家になるってことじゃないですか」

すぐに藤原さんが食いついてきた。

「まあ、田口先生が随筆を？　連載のタイトルはどういうのですか」

「ええと、ですね」と言いかけた俺は手の中で弄《もてあそ》んでいた小箱を取り落とす。間の悪いことに、蓋《ふた》が開いて中身が床に散らばった。

それを拾い上げた兵藤クンが名刺を読み上げる。

「医師、作家、田口公平」と言いながら裏返してびっくりした声を上げる。

「『イケメン内科医の健康万歳』だなんて、はっちゃけてますねえ」

「あ、いや、それは俺が作ったんじゃなくて白鳥のヤツが勝手に作ったヤツで……」

「え？　これってあの厚労省のお騒がせ技官の依頼なんですか？　つまり今日は厚労省からのエッセイ連載依頼とは、なんだか陰謀の匂いがプンプンするんですけど」

兵藤クン、君の直感はたぶん正しい。だがその陰謀がなんなのか、わからない。なのでありのままに伝えることにした。兵藤対応としては極めてレア・ケースである。

「『帝国経済新聞』の系列ウェブの健康サイト『死ぬまで生きる』で、医療エッセイを連載するんだ。半分の八百字は白鳥技官が書いて、残りを俺が書くんだよ」

「あの健康サイトは有名ですよ。終田千粒《ついたせんりゆう》の『健康なんてクソ食らえ』が言いたい放題で面白いんです」と藤原さんが言う。それに対し兵藤クンは疑心暗鬼のようだ。

「でも原稿用紙たった四枚なのにリレー・エッセイなんて上手《うま》くいくんですかね。しかも田口先生が先とすると、田口先生の書いた文章を引き継いで白鳥技官が書くわけですよね。相手に合わせた文章を書くなんて、あの人にできるんですかねえ」

そう言われて、胸に小さな黒雲が湧き上がる。確かに白鳥が勝手気ままに書き散らしたものに俺が合わせる方が現実的だ。何だかほんとにイヤな予感がしてきた。

「『イケメン内科医の健康万歳』か、楽しみだなあ。どんな話になるんだろう」

「そのタイトルは変更したって言っただろ」

「じゃあ、なんてタイトルになったんですか」と問われたが、自分で提案しておきながら全く思い出せない。それくらい「イケメン内科医」は衝撃だったわけで……。

「とにかく今月末までに八百字のエッセイを書くなんて無理だ。どうしよう」

「それなら【あたし：僕】が書きましょうか」

二人の言葉がハモった瞬間、兵藤クンと藤原さんは顔を見合わせた。

そこで兵藤クンが一歩引いた。

「差し出がましいことを言いました。藤原さんがお書きになるならお譲りします」

「そお？　悪いわね、じゃあ、あたしが書いてあげるわ、田口先生」

「はあ、お願いします。いきなりですが最初の締め切りは、今週いっぱいなんですが」

「原稿用紙二枚ならちょちょいのちょい、明日の朝までに仕上げてきますよ」

肩の荷が下りてほっとしたのと、俺の名で連載されるエッセイがどんな中身になるのかという不安との板挟みで、落ち着かない気持ちになった。

翌日。出勤してきた俺に、藤原さんは和紙の封筒を差し出した。お香の匂いがふんわり漂う。早速、藤原さんのエッセイ、原稿用紙二枚を読んでみる。

――診察室の窓から、硝子《ガラス》窓を通してさまざまなことを感じます。春は舞い散るさくら吹雪、夏は耳を聾《ろう》する蟬時雨《せみしぐれ》、秋は風に散る紅葉、冬は静かに降り積もる牡丹《ぼたん》雪。四季折々の風物を、切り取られた窓から見ると、世界の無限の広がりを感じるのです。

格調高く始まった文章は、最後まで緊張感と品格が崩れないまま、完結していた。まさに「診察室の窓から」というタイトルにぴったりの随想ではないか。

「もしお気に召さないところがあれば、遠慮せず書き直しちゃってくださいね」

黙って文章を読んでいる俺を見て、不安そうな表情になった藤原さんが言う。

「とんでもない。素晴らしいです。白鳥技官は驚いてひっくり返るんじゃないかなあ。あ、でも手書きの原稿では送れませんので、テキストに打ち直します」

「それならお願いがあります。あたし、ワープロの横書きの字面が好きでないので、原稿用紙モードで清書していただけると嬉《うれ》しいんですけど」

「お安い御用です。設定を変えれば簡単ですから」

こうして原稿用紙二枚分の格調高いエッセイをタイプし終えた俺は、意気揚々と、「ご要望のエッセイが出来ました」というタイトルでメールを送信した。

俺は大きく伸びをした。無理難題だと思ったことが他力本願でたちまち解決したので、気分は晴れやかだ。だがその晴れがましさはひとときしか続かなかった。

珈琲をひと口飲んだ時、メールの着信音がした。送り主は今、送ったばかりの白鳥だ。添付文書は、藤原さんの文の後ろにヤツの文章がある。まずメールを読む。

✉　田口先生の仕事が早く、しかも質が高くて驚きました。完成エッセイを送ります。タイトルはナシ、『帝国経済新聞』健康ウェブサイト『死ぬまで生きる』で担当の兎《うさぎ》田《だ》さんのメアドに送ってください。それと今後は、無理に原稿用紙風にせず、普通の

横書きにしてください。白鳥

俺は俺名義の初エッセイを読んだ。「診察室の窓から」風の日本の豊かな自然を歌った先の文章を傍若無人の火喰い鳥が、一体どんな風に受けたか、興味津々だ。

後ろにいる藤原さんも同じ気持ちらしく、俺の肩越しに白鳥の文章をのぞき読む。

——ところで、昨今の厚生労働省の捏造体質は酷《ひど》すぎる。「毎月勤労統計調査」という統計データは「賃金、労働時間や雇用の動きを毎月調べる重要な調査」でこのデータを元に雇用保険や労災保険の給付水準が決まる。それが不適切な手法で低く見積もられたため過少給付された。中小企業の賃上げ水準は過去二〇年で最高と安保首相は鼻高々だ。全ては安保首相の「アホノミクス」が成功しているように見せかけるためだ。同じことを民間企業がやれば粉飾決算で、「サギ」である。

「アホノミクス」とは実は「サギノミクス」だったのである。

俺と藤原さんは顔を見合わせた。藤原さんが「大丈夫なんですか、これ」と言う。

それには二つの意味があった。ひとつは前半と後半が完全に文体も内容も乖離《かいり》していること。しかもその転調が「ところで」というたった一語で行われていること。

つまり文章としてトンデモなもの、ということだ。

もうひとつは、こんなあからさまな体制批判をして大丈夫なのか、ということだ。

大新聞や大メディアは体制への忖度が強いと聞いているので、俺はすぐ返信した。

✉ 文章拝読。ズバリ伺いますが、これではボツにされませんか。　田口

返事は即座に返ってきた。

✉ ご心配なく。そのまま送ってください。　白鳥

結局、俺は白鳥の指示に従った。

だが藤原さんが「さすがに誤植は訂正しないと」と言うので「アホノミクス」を「アボノミクス」と直した。

藤原さんがしみじみと言う。

「白鳥さんが安保首相が大嫌いだということだけは真っ直ぐに伝わってきますねえ。さすがにこれは、現役官僚の名では出せませんね」

「数日前、安保首相の在職日数が二千八百八十七日になり、それまで歴代一位だった

桂太郎《かつらたろう》首相の記録を抜き、単独で憲政史上最長となったと報じていましたが、メディアはあまり褒めませんね」と俺が言うと藤原さんはにまりと笑った。

「そりゃあそうでしょうよ。今年春の『満開の桜を愛《め》でる会』に自分の後援会の支持者を七百人も招待したという、公職選挙法違反を追及されているんですもの」

「首相が公職選挙法違反しているのに、なぜ逮捕されないんですか？」と俺は訊《たず》ねる。

「検察の偉い人が安保首相の『お友だち』だからよ。有朋学園事件で財務省が書類を改竄したのに不起訴にした捜査の最高責任者・黒原《くろはら》さんが、東京高検の検事長さんよ」

「私は世情に疎くて。どうして藤原さんは、そんなに詳しいんですか？」

「桜宮市で起こった事件だからずっと追いかけていたの」

「でも新聞ではほとんど見ませんね。藤原さんはどうやって情報を集めるんですか？」

「ネット検索で新聞やテレビと違ったことを言っている小さな声を拾い上げるの。もちろんネットにも『フェイク』はあるけど、SNS情報の中に『ファクト』が見つかることが多いわ。あと一人一人の小さな声が広がりやすくなったわね。十七歳の環境活動家のモニカさんが、地球温暖化問題で喧嘩《けんか》を売った米国のトランペット大統領にツイッターで『落ち着け、モニカ』と書かせるなんて、痛快だもの」

「世の中、変化しているんですねえ。私はSNSをやらないので知りませんでした。せめてTHK（帝国放送協会）くらいは見ないといけませんね」

「見なくていいわ。特にＴＨＫは安保首相べったりの偏向放送ですから。国会での安保首相の弁論は支離滅裂で、相手の言葉尻を捕らえて野次るだけなのに夜のニュースでは編集され、立派な答弁に見えますから。ネット配信される国会中継と見比べてみるといいですよ。それと地元紙の時風《ときかぜ》新報で、ここにも出入りしている別宮《べっく》さんがこの問題を追い続けてて、署名記事を見るわ。それと白鳥技官が書いていることは、基本的には本当のことだから送っても大丈夫よ」

「でも、この文章が検閲されたら、載らなくなってしまうのでは？」

「それでもいいじゃない。別に田口先生が主張したい内容じゃないでしょ」

それもそうだ。俺は恐る恐る担当者に送信すると、あっさり通ったのだった。

半月後、帝国経済新聞系の健康サイト「死ぬまで生きる」に、俺の名を冠したサイトが立ち上がった。驚いたことに連載名は「イケメン内科医の健康万歳」だった。

「約束が違うじゃないですか」と猛抗議したが「決定権は運営者にあるのさ」という他人事みたいな返事が返ってきた。

まあ、ヤツにすれば他人事なのだろうが……。

こうなったら、このサイトが周囲に知られないように願うだけだ。

ところがその願いははかなくも打ち砕かれた。

サイトがオープンした翌日、スキップのような足取りでやってきた「廊下トンビ」、もとい、「廊下イーグル」の兵藤クンが満面の笑みを浮かべた。

「読みましたよ、イケメン内科医センセ」

その翌日。患者付き添いで不定愁訴外来に来た若い看護師が、俺を見て含み笑いをした。いや、したような気がした。

これって俺の被害妄想なのだろうか。

3章　北の城砦

二〇一九年十二月　北海道・札幌

札幌《さっぽろ》の中心部の北海道庁は赤煉瓦《あかれんが》の建物で、その床は油を引いたように底光りがしている。その一室に集まった数名は、和やかに談笑していた。

「凍《しば》れますね。今年は冬が早いです」と極北《きょくほく》市民病院院長の世良《せら》雅志《まさし》が両腕を擦《こす》る。

「お疲れさまです。先生方はいつも早いですね」と北海道知事・益村《ますむら》秀人《ひでと》が答える。

「私は『十分前主義』ですので。なあ、今中《いまなか》先生?」

世良の背後の、大柄な熊のような今中は部下の外科部長だ。

北海道知事・益村は二期目で、地方自治体として日本初の財政再建団体になった極北市長から知事選に出馬し、当選した。「地域の立て直しは医療から」をモットーとして、次々に斬新な施策を打ち出している。前知事が招集した「北海道再編会議」を、「医療連絡会議」として常設組織に昇格させたのは、益村が知事に就任してからだ。

月一回開催の連絡会議メンバーは十名。世良、今中に保健所局長、病院局長、事務局担当と知事の六名が常連だが、今日はあと三人が出席予定だと事務局職員が言う。

「他のメンバーが来るなんて珍しいですね」と世良が言った時、銀縁眼鏡にヘッドホンをした細身の男性が部屋に入ってきた。背後に小柄で長い髪の女性が従う。

「お、彦根《ひこね》と桧《ひ》山《やま》先生がそろって出席とは初めてだな。彦根も第一回以来だしな」

世良が言うと男性は微笑する。彦根新吾《しんご》は大学の後輩の病理医だ。

「会議なんてムダですけど、全ての会議がムダではありませんから」

「紹介するよ。彦根先生は東城大の後輩で、病院に所属しないフリーの診断病理医、桧山先生は彦根の知り合いの画像診断のスペシャリストだ」と世良が言う。

「初めまして、極北市民病院の外科部長の今中です」

「今日は北の将軍も出席されますよ」と益村知事が言う。

「ええ？　ジェネラルがお見えになるんですか？」と今中は目を見開いた。

その時、扉がばん、と開き、大柄な男性が大股で部屋に入ってきた。

部屋の様子をぐるりと見回し、「定時なのに始まっていないのか」と言い放つ。

「みんな、速水《はやみ》先生をお待ちしていたんですよ」と益村知事が言う。

速水は世良に目礼すると、「元気そうだな」と今中の肩を叩《たた》いた。

「僕の先輩、雪見《ゆきみ》市救命救急センターの速水センター長だ。速水先生、ご紹介します。僕のパートナーの桧山先生です」と彦根が言う。

「こんなヤツと一緒になるなんて物好きだな。苦労するぞ」と速水は言う。

「仕方ありません。彦根先生は私の神さまなんですから」とシオンは微笑する。

その時、事務局の職員が「定刻になりましたので、会議を始めます」と告げた。

一時間後。連絡会議終了後、益村知事が退席すると、世良が速水に歩み寄った。

「お前が会議に出るなんて雹《ひょう》が降るんじゃないか」と言われ、速水はにっと笑う。

「救命救急センターの方はどうですか？」と今中が訊ねる。彼は以前、雪見市救命救急センターに出向し、当時副センター長だった速水に徹底的にしごかれた弟子だ。

「相変わらず、財政状況は酷いが、益村知事の音頭取りで半年前、全国救急センターネットが創設されて以来、救急センターから都府県の行政部門に勧告ができるようになった。今日はそのことを知事に直接伝えたくて、久々に顔出ししたんだ」

「それはもとは彦根先生の提案だよ」と世良が言う。

「僕の知恵というより、僕が今、属する政策集団の提言です。明日も銀座《ぎんざ》でその集団の会議があるので、今日はとんぼ返りです」

「そりゃ残念。東城大のＯＢ三人が顔を揃《そろ》えたからススキノで一杯やろうと思ったんだが。どうせワーカホリックの速水も参加しないだろうから無理だろうけど」

「今夜は札幌に泊まります。たまには世良さんと飲もうと思って」

「そんな機会は滅多にないし後ろ髪を引かれるなあ」と彦根が言うと、桧山シオンが、

「よろしければ明日のブレスト資料は私が作っておきます」と言う。

「ありがたいが、そうするとシオンは飲み会に参加できなくなるぞ」

「東城大の北海道支部の宴会ですもの、私は参加しません」

「東城大の会なら、私も帰らないといけませんかね」と今中がしおれた声を出す。

「今中先生と僕は一心同体だし、速水の教え子だ。今夜はススキノで飲みまくろう」

と、世良は今中の肩を抱いて言った。


ススキノの繁華街の真ん中にある店は、ジビエを出すお洒落《しゃれ》な居酒屋だった。夜の街は人で溢《あふ》れていたが、耳慣れない中国語の響きが多く聞こえる。

「中国や韓国からの観光客が増えましたね」と今中が言う。

「そうだね。街中にも中国語や韓国語の看板が増えたな」と、世良がうなずく。

「酸ヶ湯官房長官が主導したインバウンドの賜物《たまもの》ですね」と彦根が言う。

「でも安保首相が韓国へイトを容認しているから、韓国の観光客が減っているらしいです。これで中国の人たちが来なくなったら、いっぺんに景気が悪くなりますね」

「来年は五輪だから夏までは不景気にはならないさ」と世良が微笑すると彦根が言う。

「でも突然マラソンを札幌でやることになったのには、驚きましたよ」

「益村知事も頭が痛いだろうね。ＩＯＣの独断で変更され、東京の小日向《こひなた》知事に逆恨みされているし、コースの下見もできなくて陸連も頭を抱えているそうだ」

「オリンピックって結構行き当たりばったりなんですね。ところで先生方は、学生の頃はどんな感じだったんですか」と今中が訊ねる。

「僕の二級下が速水で、その二級下が彦根だ。僕がサッカー部、速水は剣道部、彦根は合気道部だ。僕は外科医として、コイツらの学生研修を指導したんだよ」

「俺はその後、第一外科に入局し、世良さんに指導を仰いだんだ」と速水が言う。

「そして速水先生が入局した年に、医学生の僕はお二人に指導を仰いだわけで」

「へえ、彦根先生って速水先生と同学年かと思いました」と今中が言う。

「彦根がタメ口なのは学生時代の雀友だからだ。先輩も後輩もなくなっちまった」

「懐かしいな。『すずめ四天王』は、桜宮の蓮《はす》っ葉《ぱ》通りにあった雀荘『すずめ』にたむろしていた医学生メンバーで、僕と速水先輩、神経内科の田口先生、画像診断医で桜宮Aiセンターの島津《しまづ》センター長の四人で朝から晩まで打ちまくりましたね」

「あ、田口先生のお名前は知ってます。昔、厚労省から女医さんが極北市民病院に派遣されてきて、古い病院を短期間で制圧した時、ぽろりとお名前をこぼしたんです。先日ネットでエッセイの連載を始められたようですよ」と今中が言う。

「あの行灯《あんどん》が連載だと？　文学青年でよく本を読んでいたが、文章を書いたのは見たことがないな。出来はどうなんだ、そのエッセイとやらは」

「ちょっと不思議な文章でした」と今中が言うと、うつむいてスマホをいじっていた彦根が、「これですね」と言ってテーブルの上に置いた。

「なんだこのタイトルは。行灯のヤツ、自分をイケメンだと思っていたのか」

「まあ、そう名乗っても、非難されないレベルだと思いますけど」

「確かにそうかもしれんが……。でも、こんな連載を始めたとなると、ヤツに対する認識を変えなければならん。で、何が不思議なんだ？」

「前半と後半でがらりと文体が変わるんです。喩《たと》えて言えば前半は隠居したご老人、後半は現役のお役人が書いたみたいな文章です」

「著者のプロファイリングをするなんて、今中先生って文学的素養があるんですね」

彦根が驚いた口調で言うと、今中は頭を掻《か》く。

「とんでもありません。著者が速水先生や世良先生と同年代のイケメン内科医なら、俺のプロファイリングは大外れです」

「確かに今中先生の言う通りだ。これは高階学長の陰謀かもね」と世良が言う。

「それはあり得る。行灯は腹黒タヌキのパペットだからな」

「同感です。しかし医療に深い理解がある拠点が北海道にあるのは心強いです。特に医療と行政が緊密な信頼関係を築いているのも素晴らしいです」と彦根が言う。

「おかげで北海道全域に及ぶドクターヘリネットは完成した。ドクタージェット構想は頓挫《とんざ》したが、北海道の救急患者は、天気がよければ必ず受け入れ可能だ」

世良が、ビールのジョッキを飲み干しながら、首を横に振る。

「ドクタージェット構想はできてるよ。使う機会がなく開店休業なだけだ。自衛隊と共用の熊村《くまむら》空港で待機状態で、空飛ぶＩＣＵと連携しているからね」

「毎日救急ばかりだと、世の中の様子がわからなくなるな。たまにはこうしていろいろ教えてもらう機会を持つことも重要かな」

「唯我独尊の速水にしては珍しい。それなら定期的に極北市民病院と雪見市救命救急センターで合同勉強会でも始めるか」と世良が言うと、速水はむっとした口調で言う。

「定期的とか、形式的な勉強会だの学会ってヤツは、苦手なんだ」

「それなら一応、名前だけつけておいて、問題が起きた時に臨時勉強会を開催するのはどうですか」と彦根が妥協案を提案すると、たちまち速水の機嫌が直った。

「『臨時』とか『緊急』がつくなら、退屈な会議でも大歓迎だ。『緊急事態の穏やかな連続』というのが救急医療の日常の実相だからな」

救命救急センターの将軍のモットーは「常在戦場」だ。だが速水自身がそんな言葉を口にしたことはない。それが当たり前だと思っているからだ。

速水は救命救急の防人《さきもり》にして現人神《あらひとがみ》だ。その現人神が殊勝な口調で言う。

「益村知事のサポートのおかげで救命救急に集中できている。だから何かあったら、できるだけ協力したい。ところで彦根が十年前に大騒ぎしたインフルエンザ・キャメルはどうなった？　冬はインフルエンザの季節だから、教えてくれよ」

「お教えするのは構いませんが、ひとつ訂正させてください。僕はキャメルで大騒ぎはしてません。弱毒性のキャメルで大騒ぎしたのは厚生労働官僚で、連中はキャメルは弱毒性だったのに水際作戦だ、封じ込めだと、とんちんかんな対応をして社会を混乱させた上、裏で村雨《むらさめ》元浪速《なにわ》府知事の『日本三分の計』を潰そうとした悪だくみを重ねたんです。厚労省は疫学というものが全くわかっていませんし、あれ以後も改善されていないので、新たな感染症が襲ってきたら同じことを繰り返すでしょう」

「なんですか、その『日本三分の計』というのは」と今中が訊ねる。

「行政区を首都圏、東日本、西日本の三つに分割し、各地に権限委譲して地域首都の機能を持たせて独立させるという、地方分権運動です。北海道の益村知事は極北市長時代から、その実現を目指すメンバーです。そうそう、世良先生も、でしたね」

「僕は彦根に引きずり込まれただけだよ」と世良が苦笑する。

「話が逸れました。病原菌の原則は『弱毒菌は蔓延《まんえん》し強毒菌は蔓延しない』です。致死率の高いエボラは感染するとすぐ劇症化し、死亡率がきわめて高いため拡散せず蔓延しない。一方、弱毒菌に罹《かか》った患者はあちこち動き回るから拡散し蔓延するんです。でもインフルエンザはマシで、もっと厄介な感染症もあるんです」

「それってどんな感染症なんだ？」と速水が訊ねる。

「重症急性呼吸器症候群、いわゆるＳＡＲＳなどのコロナウイルスです。二〇〇二年十一月に中国で発生した非定型肺炎に対し、ＷＨＯは二〇〇三年三月、グローバル・アラートを出し、四ヵ月後に終息しました。媒介動物は未確定でヒト＝ヒト感染をしますが、感染源は有症者だけで、治療薬がなく患者の早期発見と隔離しかありません。予防策は手洗い、うがい、マスク着用、体力や免疫力の増強を図る、などです」

「あ、コイツ、ネットでカンニングしてやがる」と速水が言う。

膝の上のスマホで厚労省の関西空港検疫所の疾患別解説を見ていた彦根は舌を出す。

「こういうのは、情報がある場所を知っていればいいんです。今、もしＳＡＲＳがきたら水際防衛はきっちりやらないと大変なことになりますよ」

「でも二十年も発生してないんでしょう？」と今中が言うと、彦根は首を横に振る。

「中東で媒介動物がラクダのＭＥＲＳが発生していますし、二十年経《た》った今もコロナ感染症の治療法は確立されていません。韓国はＭＥＲＳが来た時の対応が酷く、行政当局が反省しているので、次の感染の時はうまくやるでしょう。でも日本は前回が弱毒性のキャメルだったので、大失敗した厚労省は反省せず、いい加減に流してしまいました。ですので厚労省は以前と同じ過ちを犯す可能性が大、ですね」

そう言った彦根は腕時計を見た。

「もう十一時だ。僕は明朝の便で東京に戻るので、お先に失礼します」

「それならお開きにしよう。楽しかったよ。また、みんなで飲もう」

「その前に合同勉強会でしょ、世良先生」

「合同勉強会ではない。臨時緊急勉強会だ」と速水が真顔で言い、場が重くなる。

世良がオゴると主張したが、みんなで割り勘で、という速水の案が通った。

店を出ると、息が白く凍る。

ホテルへ帰る道で、彦根と今中が議論している後から速水と世良が肩を並べて続く。

「ところで奥さんはお元気ですか」と速水が世良に訊ねた。

「ああ、元気だよ。毎日、病院の師長勤務と息子の世話でてんてこ舞いしてる」

「勇気《ゆうき》クンはいくつになったんでしたっけ」

「六歳だ。来年の四月には小学生だ」

「他人の子どもは育つのが早いと言いますけど、本当ですね」

速水は立ち止まると、夜空を見上げた。

寒空には、ぽつんと北極星がまたたいていた。

4章　政策集団・梁山泊

二〇一九年十二月　銀座・麒麟タワー十階・「梁山泊」オフィス

師走《しわす》の銀座の街角を早足で歩く男性がいた。ヘッドホンを耳に当てた男性の銀縁眼鏡がきらりと光る。前夜、札幌・ススキノで飲んでいた彦根だ。

街角のあちこちに五輪関連ポスターが張り出されている。東京五輪は「白紙五輪」と呼べるくらい、すったもんだの連続だ。二〇一三年九月、安保首相は原発事故の放射能散布は「アンダーコントロール」にあるとIOC総会でプレゼンし、二〇二〇年の東京五輪開催を勝ち取った。だが被災地フクシマに戻れない住人は大勢いた。

いざ開催が決定すると、問題が噴出した。メイン会場の国立競技場はそのまま使うエコ五輪を謳《うた》ったが突然、新競技場の建設が決まる。外国の著名な建築家が射止めた設計は費用が高額で二〇一五年七月、白紙撤回された。二ヵ月後の九月、決定したエンブレムは盗作騒ぎで一ヵ月半後、白紙になる。

二十人分の視察で五千万を支出した枡野《ますの》知事は、リコールされた。都知事が辞職し、経費は当初の三倍を超え、メイン競技場の設計者とエンブレムのデザインの白紙撤回、JOCの竹村《たけむら》会長が五輪招致汚職疑惑で仏検察に捜査され辞任するなど、惨憺《さんたん》たる有様だ。更にＴＨＫ（帝国放送協会）の「大時代ドラマ」の「マラトン」が、歴史的低視聴率に終わる。一九六四年の東京五輪を描いたが、反骨の脚本家は、第二次大戦で日本が国際的に孤立して中止になった幻の一九四〇年の東京五輪とを交錯させた。日中戦争で軍部は武漢《ぶかん》攻略を目指すも失敗、五輪開催を返上した。戦前の軍事政権の振る舞いが安保政権と似ていると評判になったが、出演俳優が薬物使用で逮捕されたり税金未納で告発されるなど御難続きだった。警察、検察、税務署が一致団結して安保内閣への当てつけドラマを潰したというウワサがあった。

アルマジロのような新エンブレムが寒々しい。暗澹《あんたん》たる気持ちで彦根は、街角を歩く。銀座四丁目十字路から新橋《しんばし》方面に五分、にょっきり頭を突き出したビルは十年前に建設された三十階建て商業ビルで正式名称は篁《たかむら》ビルだが形状から「麒麟《きりん》タワー」の愛称がある。その十階のオフィスの扉を開けると室内は薄暗く、国際会議場のように独立したテーブルがあり、机上のモニタ画面が参加者の顔を反射光でうっすらと照らし出す。画面上にはテキスト化された発言が映し出されている。

十分遅刻した彦根は、発言録を手早くチェックする。

〈鷗《かもめ》〉第二十二回梁山泊《りょうざんぱく》定例ミーティングを始めマス。まず「今週の安保首相」カラ。担当の蘭《らん》さん、報告をお願いしマス。

〈蘭〉詳細な動向は別紙にあります。いつもと同じで、夜はお友だちと会食です。

〈兎〉あ、また新聞社の政治部キャップたちとお食事会だ。最近やたら多いっすね。

〈蘭〉官邸のメディア対策は万全です。ネット投票サイトによる「今日の安保政権支持率」では支持率5％と、安定の超低空飛行です。

〈雨〉新聞の世論調査は内閣支持率が常に四割を超えている。乖離が酷いね。

〈兎〉世論調査のデータの欺瞞《ぎまん》、相変わらずテレビや全国紙が取り上げないすね。

〈鷗〉「満開の桜を愛でる会」の前夜の後援会開催が政治資金規正法と公職選挙法違反になるという件に関し、検察の動きはどうデスカ。

〈鼬《いたち》〉検察内に特に目立った動きはありません。検察内部には不満が燻《くすぶ》っていますが、黒原東京高検検事長がにらみを利かせているので、暴発はなさそうです。

〈雨〉黒原さんは来年二月に六十三歳で定年退職するから、それまでの辛抱かな。

〈鼬〉現検事総長の平林《ひらばやし》さんは酸ヶ湯官房長官に任期前勇退を促されていますが、応じない模様です。もう十二月ですから、黒原高検検事長の退任は確実でしょう。

〈鳥〉二月まで「桜」問題で検察は動かないね。すると安保内閣を揺さぶる手は東京五輪の中止運動くらいだけど、これからお祭り騒ぎになるから絶望的かな。予算が膨れ上がっても都民は文句ひとつ言わないんだからなあ。まったくもう。

〈雨〉とにかく、こんな風になってしまったのは……、そこでテキストは終わり、バリトンの声が続きを話す。

「……政権に忖度したメディアが『ファクト』を伝えないからです。風通しをよくする地道な手で『ファクト』を国民に発信し続けるしか、局面は打開できないでしょう」

「村雨さんのおっしゃる通りです。ですからあちこちで発信を考えているわけでして」と黒サングラスに髭面《ひげづら》、小太りの男性が言う。モニタ上に〈兎〉と表示される。

発言がテキスト化されると「村雨さん」の部分が〈雨〉に自動変換される。

〈蘭〉の表示が出て、彦根の隣の女性がハイトーン・ボイスで話し始める。アラサー女性の髪は緑色。フォロワー数百万を超えるツイッターの女王、紫蘭《しらん》エミリだ。

〈蘭〉　安保首相と酸ヶ湯官房長官の動静から、首謀者は今川《いまがわ》首相補佐官と思われます。恒例の「なかよし会議」に検察幹部のキーマンが数名、混ざっています。

「なかよし会議」とは内閣府首相補佐官が同席する、官邸での多人数の打ち合わせだ。

教養がない安保首相は、答弁原稿の「云々」を「デンデン」と読んでデンデン首相と揶揄《やゆ》された。正しくは「うんぬん」と読む。現在の内閣で財務大臣を務める阿蘇太《あそた》一《いち》元首相は「未曾有《みぞう》」を「みぞうゆう」と読んで笑われた。

類は友を呼ぶのだろう。それらは単なる漢字の読み間違いだから、笑い話かもしれない。だが安保首相は容認できないトンデモな間違いもした。二〇一八年十一月の国会答弁で安保首相は「私は立法府の長だ」と言い放った。「立法府の最高機関は国会」であることなんて、中学生でも知っている。だが世人はこの発言ミスを看過した。

そんなトンデモ首相でも首相は首相、官僚には権威になる。「アホボン」の権力を笠《かさ》に着れば、やりたい放題なのだ。

「ふうん。すると黒原さんの件も、今川さんが裏で画策していそうだね」

モニタ上に〈鳥〉と出た。彦根の真向かいの小太りの男性は、相変わらず原色好きの派手ないでたちだ。これに対し細身でシックなモノトーンの〈鼬〉が発言する。

「東京地検特捜部に戻った千代田《ちよだ》からの情報はありません。もっとも彼は地検特捜部キャップの福本《ふくもと》に警戒されていますから、得られる情報レベルは低いのですが」

黒サングラスの鎌形雅史《かまがたまさし》は浪速の乱で粛正され、今はヤメ検界隈《かいわい》で名を馳《は》せている。

「それより厚労省の情報捏造事案はどうなさるおつもりですか、白鳥技官」

彦根は中央の席に座った発言者、ストライプの背広姿の男性を見る。

〈雨〉こと、村雨弘毅《こうき》・梁山泊総帥が切り込む。端正な顔立ちとシャープな弁舌で、コメンテーターとして人気の元浪速府知事は、安保マンセー一色のワイドショー界隈で、アンチ・安保の論客として存在感を高めている。

「小さいところからコツコツと、かな。兎田ちゃんのおかげで帝国経済新聞関連のウェブサイトに、ほんとのことを書ける連載を一本、確保できたからね」

白鳥技官の発言で、モニタの「兎田」という文字が〈兎〉に変換される。

「お言葉すが、アレだとすぐに上層部のチェックに引っ掛かり、ストップが掛かりそうす。もう少しやんわり書くように『イケメン内科医』にお願いしてほしいす」

「匂わせ程度じゃ鈍感な読者には届かないよ」

「でも、連載が中止になったら元も子もないと思うんすケド」

「そこをなんとかするのがウサちゃんの役目でしょ」

「頑張ってみますが最近、本部のチェックが厳しくなって厚労省ネタでボツが出たんす。無頼派作家の『健康なんてクソ食らえ』という連載なんすけど……」

彦根はマイクのボタンを押す。

「一般読者から『イケメン内科医』は二重性があり文体が統一されていない、という指摘がありました。そんなことを読者に感じさせる点は改善すべきだと思います」

発した言葉がモニタ上に、発言より少し遅れて展開する。モニタ上の名前は〈蟬〉。かつて彦根が〈空蟬《うつせみ》〉と自称したことからきている。一字名は、動物か象徴的なものに喩えて、自分で選ぶルールだ。

〈鷗〉がモニタに登場する。テキストが先行し後から電子音声が続く。

彼は天井にぶら下がるカモメのフィギュアで、AI司会者「ニコル君」だ。

〈鷗〉みなさま、議論お疲れさまデス。他に提起したい問題はございませンカ？

彦根は昨晩、シオンが資料を作成してくれた提案を、今回は見送ることにした。「政策集団・梁山泊」は一年前の二〇一八年に設立された。メンバーは十二名で、外部から新規の提案があるとプレゼンターとして推薦し、企画が通れば新メンバーに受け入れる。受け入れは半年にひとり。機動性に乏しいが、メンバーを厳選することで信頼感が生まれる。彦根は創設メンバーで、代表者は村雨弘毅・元浪速府知事だ。

彦根は十二年前、村雨総帥と鎌形と共に、浪速の行政的独立と地方行政区の再編成を見据え改革政策「日本三分の計」実現のために奔走した。ジュネーブのWHO本部や世界赤十字本部を訪ね、ベネチアのゴンドラで〈エレミータ〉（隠者）の世界経綸《けいりん》を聞いた。それらは彦根の胸中で、今も溶鉱炉のようにたぎっている。

「日本三分の計」は、東京中心の一極支配を解消するため、GNPレベルに合わせて関東首都圏、東日本、西日本に三分割し財政と権限を委譲、独自展開させるという、地方分権制度のドラスティックな政策だ。西日本の盟主は村雨だが、東日本の盟主は確定しなかった。地方自治体初の財政再建団体に指定された極北市の益村市長も賛同者だ。その益村市長は現在、北海道知事になっている。

過激な提案は既存体制から攻撃された。新型インフルエンザ・キャメルの流行で中央が仕掛けたワクチン戦争は、彦根の先読みで防衛したが、右腕の浪速地検特捜部キャップ・鎌形雅史は捏造調書疑惑で辞職し失速した。新政党「日本独立党」を旗揚げするが体制派から全方位的に攻撃され新党は瓦解、村雨は政界を引退した。

現在、村雨の後継者と目される蜂須賀守《はちすかまもる》が率いる「浪速白虎党」が活動している。だが村雨は彼らを後継者と認めない。彼らは村雨のマニフェスト「機上八策」と真逆の政策を採っているからだ。「機上八策」は「①医療立国、②教育立国、③治安確立、④健全財政、⑤情報保護、⑥自由言論、⑦中立報道、⑧笑顔の街」で、特に最初の「医療立国」を重視した。だが「浪速白虎党」は最初に医療費と教育費を削ったため、浪速は医療最貧府県になった。連中は志が低く、師匠より格下だった。

AI司会のニコル君が、議事進行を促して一分が経過した。誰からも発言はない。〈鷗〉のテキストが流れ、電子音声が続いた。

「〈蘭〉さんは首相官邸周辺の監視を続け、前回のご提案『安保首相、ごちそうさま』企画をツイッターで始めまセウ。膨れ上がり続ける五輪費用の『ファクト』を伝える『五輪費用、こんなに掛かっていいんですか』も準備してくだサイ」

「了解しました」と〈蘭〉が答え、〈鷗〉が続けて言う。

「〈鳥〉さん企画『イケメン内科医の健康万歳』も並行しまセウ。以上で第二十二回梁山泊定例会議を終わりマス」

明かりが点り人々が立ち上がる。真向かいにいた白鳥が彦根に近づいてきた。

「さっきの批評、ほんとに一般人の感想なの？　本当はお前の批評だろ」

「まさか。たかが批評ごときに人の名を借りなければならないほど、僕がヤワだとお思いですか？　しかも言いたい放題の梁山泊会議なんですよ」

「それもそうだな。だとすると二人の共同執筆が素人に丸わかりなのはまずいな」

「え？　アレは本当に二人の分業執筆だったんですか？」

白鳥はその言葉には答えず、「ご忠告ありがとう」と言ってぽん、と彦根の肩を叩き、部屋を出て行った。部屋には彦根と村雨と鎌形の三人が残った。彦根が言う。

「村雨さん、ご活躍ですね。先日も『モーニング・コール』でお姿を拝見しました」

「いやあ、お恥ずかしい。『満開の桜を愛でる会』の前夜の安保首相後援会の件は、梁山泊の基礎データをもらいながら、スシローと痛み分けでしたからね」

「仕方ないですよ。安保内閣批判を言うとワイドショーのディレクターに酸ヶ湯長官から直接『ご指導』が入るそうです。でも村雨さんが全国区の放送に出演するなんて、半年前は考えられませんでした。地殻変動が起こっているんですかね」

彦根がそう言うと鎌形が口を開いた。

「千代田の情報では、内閣府で内紛が起こっているようです。党規約を改正して、自保党総裁の三期目を務める安保首相は、四期目はないと公言しながらも、新元号を発表した酸ヶ湯官房長官の人気に嫉み排除を始めた模様です。内閣府は経産省から出向した今川と、国交省組の泉谷《いずみや》の二人の首相補佐官で鉄壁の布陣を敷いていましたが、酸ヶ湯長官の懐刀の泉谷追い落としのため、今川が裏で画策しているようです」

千代田は浪速地検特捜部時代の鎌形の元部下だ。鎌形が検察を離れた今も忠誠心は変わらず、ひそかに鎌形と連絡を取り続けている。彦根が言う。

「今川首相補佐官はどんなネタを使うつもりなんですか」

「シモ方面、泉谷補佐官と部下の不倫です。補佐官のお相手は我々と縁深い人です。キャメル騒動の時の浪速大医学部の公衆衛生学教室講師で、厚労省から内閣府に出向中の本田《ほんだ》苗子《みつこ》大臣官房審議官です」

彦根の脳裏に、アラフォーの女性論客の顔が浮かぶ。今はアラフィフか。

「しばらく見ないと思ったら、厚労省に潜り込んでいたとは。権力を追求するなら、首相補佐官と懇《ねんご》ろになるのは手っ取り早いですが、揉《も》み消されてしまうのでは？」

「本田審議官は虎の威を借る狐《きつね》で、厚労省内部では鼻つまみ状態だそうです。我が世の春の増上慢《ぞうじょうまん》、一強を謳う安保政権が崩れるのも遠くないかもしれません」

そう言って鎌形はニヒルに笑うと、村雨が言う。

「でも日本人は淡泊で、恨みはすぐに忘れて浮かれてしまいます。有朋学園問題の公文書改竄がスクープされた時は内閣は崩壊すると思いましたが、生き存《なが》えていますし」

「今の情報を、白鳥さんにお伝えしたいんですが、差し支えありませんか？」

彦根の問いに、鎌形は「どうぞご随意に」と答えた。


彦根は梁山泊を退去した足で、厚生労働省のある霞《かすみ》が関《せき》合同庁舎5号館に向かった。最上階のスカイレストラン「星・空・夜」に到着すると一番奥の席に、山積みの書類に埋もれた小太りの白鳥が座っていた。

「実は鎌形さんから面白い情報を聞いたもので」

「彦根がわざわざ知らせに来るなんて、相当なネタなんだろうね。早く教えてよ」

そう言った白鳥技官は、彦根が言い始めた説明を聞くと、興味を失ったような表情になり、手元の書類に目を落とした。

「その話なら説明は必要ないよ。だって仕掛け人はこの僕なんだもの」

「ほんとですか？　でもどうしてそんなことを」と彦根は驚愕《きょうがく》して訊ねる。

「本田審議官は僕の同期のジュンジュンの部下だけど、医療界でも大問題になってる。首相補佐官を笠に着て、同行二人であちこち鼻を突っ込み勝手な指示を出しまくり、その全てがとんちんかんで顰蹙の嵐だ。最たるものがｉＰＳ細胞研究でノーベル医学賞を取った山科《やましな》教授の施設への国家補助費を打ち切るという通告を勝手にやったことで、しかも山科教授を恫喝《どうかつ》した時は二人で京都で不倫旅行をしたってんだから看過できないよ。で、僕が摑《つか》んだ重大情報をお伝えしよう。来週『新春砲《しんしゅんほう》』が炸裂《さくれつ》しまーす。まあ、それは僕が直接手配したわけじゃないけどね」

「げえ、それはまた、えげつない手を……」と彦根は呻《うめ》く。

「新春砲」とは週刊誌「週刊新春」のスクープ報道で、芸能界の不倫から政治家の汚職まで容赦なく全方位的に攻撃し、恐れられていた。最近はワイドショーや新聞が、発売前日の「新春砲」のスクープ広告を見て後追いで先に報道するという、仁義なき恥知らずなことも行なわれている。

白鳥は淡々と言う。

「本田は、キャメル騒動後、国立感染症研究所に出向して厚労省に入省したんだけど、胡散《うさん》臭いからチェックしてたんだ。内閣府に出向以後、感染症に造詣が深く医療全般についても詳しいという大ボラを言いふらしてるそうだよ」

一週間後、泉谷首相補佐官が本田審議官と京都の名所を手つなぎデートをしている写真が「週刊新春」のグラビアに掲載され、二人が独断でノーベル賞医学者の山科教授の施設への国費補助を打ち切ると通告したことが記事で暴露された。

それは国会でも問題視され、泉谷補佐官の強弁は、虚偽答弁だと騒然となった。

だが安保内閣は、公文書を捏造毀棄する恥知らず内閣なので、身内の首相補佐官を守るため責は問わないだろう、というのが大方の見方だった。

それはとんでもないことだった。

公文書の改竄は歴史修正主義者の常套《じょうとう》手段だ。容認したら過去の改竄を容認し結果責任がなくなり、権力者のやりたい放題になる。そこに出現するのは独裁国家だ。

*

「新春砲」が熟年不倫公務員カップルの頭上で炸裂した二〇一九年十二月十一日。

中国湖南《こなん》省・武漢の華南《かなん》海鮮市場に勤務する五十代男性が、風邪《かぜ》症状で病院を受診した。一週間後、発熱で病院を受診した海鮮市場の六十代の男性は、胸部CTで肺の異常所見を発見された。十日後の十二月二十一日、同様の症状の患者が三十名に達したが彼らは別の病院を受診していたため、総数は認識されなかった。原因不明の肺炎患者七名のうち四名は海鮮市場で働いていたため、武漢中央病院の何秀《かしゅう》医師は共通の感染症を疑い十二月二十七日にラボに検査を発注。二十九日、病院上層部に検査結果を報告し中国CDCに連絡した。三十日、検査結果でSARSが確定し上司に報告、検査結果や肺の画像を医学部の友人に送信。その友人が中国版LINEの「微震」で

「華南海鮮市場で七名のＳＡＲＳ患者を確認、救急科で隔離している」と拡散した。

中国ＣＤＣ武漢事務所が過去に遡《さかのぼ》り調査したところ、多数の類似症例が見つかったため同日ＣＤＣ本部に報告。十二月三十一日、中国ＣＤＣ本部は九人の専門家チームを武漢に派遣し武漢保健局は注意喚起した。

華南海鮮市場は翌一月一日、消毒のため閉鎖された。この時点で発症二十七例、重症七例だった。

こうして新型コロナウイルスＳＡＲＳ－ＣｏＶ－２による感染症ＣＯＶＩＤ－19は、二〇一九年が終わる間際に、世界の片隅にのっそりと登場した。

日本では「満開の桜を愛でる会」の醜聞が吹き荒れていたが、年が明ければ五輪の熱風が全てを吹き飛ばすだろう、と関係者は高をくくっていた。

世界が平穏だった最後の年はこうして、不穏な空気に包まれながら暮れようとしていた。

5章 「廊下イーグル」の文才

二〇一九年十二月　東城大学医学部付属病院・不定愁訴外来

十二月中旬。藤原さんがおかんむりだったのは、医療エッセイ「診療室の窓から」もとい「イケメン内科医の健康万歳」（ああ、やだなあ、このタイトル）の第一回がダメ出しされてしまったからだ。

兵藤クンが藤原さんの文章を褒めそやしたまさにその時、担当の兎田さんからメールが届き「あ、担当さんからのメールだ」とうっかり口にしてしまった。二人が肩越しに覗《のぞ》き見る中でメールを開けてみると「文章は格調高く素晴らしいですが、二つのパートが乖離し読みづらいので次回は改善してほしい」という指摘だった。

しばらく沈黙した後、藤原さんが妙に明るい声で言った。

「白鳥さんがこちらに合わせるつもりがない以上、あちらに歩み寄るしかないけど、あたしには無理です。なのでこの件は下ろさせてもらいます」

「そんなあ。私には書けません。なんとかしてくださいよ」と俺は半泣きだ。

更に悪いことに今月は年末進行で締め切りは月半ばでお願いしたい、とあり、明後日までに書き上げなければならない。すると藤原さんは、隣の人物を目線で指した。

「そこに適任者がいらっしゃるじゃない」

見ると兵藤クンが、骨付き肉を見つけて舌を出したワンちゃんのように、へっへっへ、と息を荒らげている。依頼すればふたつ返事どころかみっつ返事、よっつ返事でやってくれそうだ。イヤな予感はするが、こうなったら仕方がない。

前半を書いてほしいとお願いしたら「もちのろんの合点承知の介でさあ。明日の朝イチでお届けしますぜ、旦那」と言って兵藤クンはそそくさと姿を消した。

翌朝の朝一番に兵藤クンは軽やかなステップでやってきた。

「藤原さんの格調高い文学性溢れる文章は、白鳥技官の情緒なき無味乾燥な告発文とは相性が悪いので、今回は僕が技巧の限りを尽くして白鳥文体に寄せてみました」

兵藤クンから受け取ったテキストを、藤原さんが反対側から覗き込む。

——診察室の窓から　東城大学医学部神経内科学教室准教授　兵藤勉《つとむ》

「ちょっと待て、原稿のタイトルはナシだ。それに建前上、執筆者は俺だ」と言って赤ペンで最初の一行を消した。さて、次、問題の本文だ。

——神経内科学教室に勤める身としては苦労が多い。第一に世の無理解に苦しめられる。心療内科や精神科と間違われてしまうことも多い。そこに心療内科と精神科のひそやかないがみ合いがあるので、准教授の身としては、悩ましい中間管理職的な板挟み状態になってしまう。

「俺は准教授じゃない。これはお前自身のことだろうが」と俺は言った。

なので「准教授の身としては中間管理職的な板挟み状態になってしまう」の一行も削除。「心療内科と精神科のひそやかないがみ合い」も内輪話すぎてわかりにくいので削除。すると前段の「世の無理解に苦しめられる。心療内科や精神科と間違われることも多い」という文も無意味になる。さらに冒頭の「神経内科学教室に勤める身」という自分の属性は書きたくないので却下。これでは「イケメン内科医」というタイトルにした白鳥の真意を汲《く》み取っていない。内科医にしておけば何でも書けるが、神経内科医と限定すると書ける範囲が限定され、早い時期にネタがなくなってしまう。と、そこまで考えた俺は白鳥の術中に嵌まっていた。兵藤クンはふくれ面だ。自慢の文章がほとんど削除され、すっからかんのすってんてんになってしまったのだから当然だろう。「構想は悪くないから、普遍化しよう」と俺は慌ててフォローした。

——大学病院に宮仕えする身は苦労が多い。世の無理解に苦しめられ、内科でも外科でも隣接する科と間違われてしまう。医者のクセに中には心療内科と精神科、神経内科をごっちゃにしているような猛者《もさ》もいたりする。そこに心療内科と精神科の間のひそやかないがみ合いが加わり、中間管理職的な板挟み状態になってしまうのである。

「田口先生、すごいじゃないですか」と兵藤クンと藤原さんの賛嘆の声がハモった。

「僕が書いた文章の主旨を、内容を一切変えず、通りすがりの第三者みたいな他人事にして、著者の属性を完璧に消去するなんて、まるで忍術みたいです」

「ええ、ほんとに。兵藤先生の表面的な文章を、内容も意味も広げずに、文章量だけをごく自然に膨らませるんですもの。凄《すご》い才能だわ」と藤原さんも大絶賛だ。

手放しで褒められているようだが、違う気もする。だが背に腹は代えられないので、同じ調子で兵藤クンの文章を書き換え、なんとかゴールにたどり着いた。

書き上げた文章をプリントし、三人で回し読みし誤字脱字を直した。よし、完成。

送信ボタンを押すと、白鳥宛のメールは、シュゴーと派手な音を立て虚空に消えた。

珈琲を飲みながら世間話をしていると十分後、シュゴーという轟音《ごうおん》と共に、白鳥が後半を書き加えた、完成版のテキストが戻ってきた。

✉ 締め切り前の納品、ファンタスティックです。前回の方が格調は高かったけど、高望みはせず、この辺で手を打ちます。担当者に転送してください。白鳥

メールを読んで三者三様、微妙な表情になる。だが兵藤原案、田口執筆、藤原校閲の分業体制で書いたのでダメージは分散され、藤原さんの名誉も回復できた。

続いて白鳥の本文を読む。こちらは前回に増してガチガチの官僚文体、かつ攻撃的だ。それはヤツの十八番のＡｉについて書いたからだろう。まさに「文は人なり」だ。

――ところで、日本の死因究明率は低い。死体の医学検査は解剖がメインだが、実施率は2％で警察絡みだと死因が遺族と社会に伝えられず捜査現場の闇、司法の闇になる。それを解消するためＡｉ＝オートプシー・イメージング、日本語では死亡時画像診断が提唱された。解剖代わりに画像診断すれば実施率も上昇する。その意義を見抜いた東城大は十年前、Ａｉセンターを創設したが原因不明の出火で焼失した。検査手法は単純で日本中に広がったが、法医学が扱う司法関連のＡｉ情報は隠蔽《いんぺい》されている。だが希望は東城大にある。そこでは法医部門のＡｉも画像診断が対応し、桜宮市の異状死症例に関して全例Ａｉ実施がされている。やろうと思えばできるのである。


内容はちっとも改善されておらず、またも掟破《おきて》りの「ところで」のひと言転換だ。

「だ、だ、大丈夫なんですか、コレ？」と兵藤クンが泡を食った調子で訊ねる。

「さあな。だがこの主張は東城大の人間としては全面的に同意する。島津が法医学部門で撮像されたＡｉも画像読影しているのは事実だから、この文章は俺が書いても不自然ではない。相変わらず接続部分は問題だが、このままでいいんだろう」

前回より品格は格段に落ちたが、一体感はむしろ向上している。俺は依頼人の意向通りにその文章を担当の兎田さんに送った。二日後、返信があった。

「本サイト『死ぬまで生きる』はシニアが健康に生きるための情報を伝えていただくのが本旨です。今回の文章は、趣旨に合っておりません。手直し願います」

俺はメールを白鳥に転送した。返信は五分後にあった。

✉　放置してください。白鳥

簡潔にして適切な指示だ。それでいいのか、とは思いつつ、従うしかない。

結局「イケメン内科医の健康万歳」のコーナーは更新されず、初回を掲載したままの状態で、俺が作家デビューした二〇一九年は終わったのだった。

＊

二〇一九年、令和元年が終わり二〇二〇年、令和二年の新年を迎えた。

「満開の桜を愛でる会」問題が燻り続けていたところに首相補佐官と厚労省審議官の官邸失楽園問題が「新春砲」で火を吹き、安保内閣は窮地に立たされた。

だが安保首相と周辺は、五輪を開催すれば国民は忘れると高をくくって、通常国会の年頭所信表明演説では、「オリンピック」という単語を三十回も連呼した。

安保首相は史上最長の在位日数を誇りながら代表的業績が何もないという、希有《けう》な首相だった。だから東京五輪開催と憲法改正を自分のレジェンドとすべく全力を傾注していた。メディアも追随し五輪の関連ニュースを流しご機嫌を取った。お友だちの学校法人に国有地を破格の低価格で払い下げようとして、首相夫人が夫人付秘書官から役所にＦＡＸさせた「有朋学園事件」、学部新設をごり押しした「門倉《かどくら》学園疑惑」に加え「満開の桜を愛でる会」前夜の後援会開催の公職選挙法違反など、出るわ出るわ、疑惑のオンパレードだ。だが安保首相は五輪の開会式に主賓《しゆひん》の座に座る自分の姿を思い浮かべ、その日までの辛抱だと自分に言い聞かせているようだった。

そんなきな臭さが漂う新年早々、定例の梁山泊会議が開催された。参加者は六名で、村雨、鎌形、白鳥、彦根、兎田、紫蘭という攻撃的な論客が顔を揃えた。

「首相動静から会食を抜き出しただけでこんな面白くなるなんて、びっくりです」と言うのは緑髪の紫蘭エミリだ。「安保首相、ごちそうさま」という、ツイッター企画は巷《ちまた》でバカ受けしていた。驚いたことに首相会食には記者クラブを構成する全ての全国紙の政治部キャップが顔を揃えていた。

「記者クラブって官邸のなかよしクラブなんです。光熱費やらなにやら、いろいろ援助してもらってますから、官邸を批判する記事なんて書けっこないんすよ」と兎田。

「政治部キャップが、政治は自分のテリトリーだから他の部署は手を出すなって、政権批判記事を封殺するんだって。大新聞って茶坊主だね」と辛辣《しんらつ》な白鳥。

「白鳥さんに言われるのは心外す。せっかく大メディアに食い込むチャンスを作ってあげたのに、あんなあからさまに批判したら目立っちゃうし、そもそもＡｉネタはご法度《はっと》なんす。未だに警察庁はＡｉの動向に目を光らせているんすよ」

「死亡時医学検索で外部チェックされ、自分たちのミスが見つかるのがイヤだから、Ａｉを外したんだからね。片棒を担いだお二人がここに雁首《がんくび》並べているのは奇遇だね」

「あの時は他に選択肢がなかったんです」と村雨は肩を落とす。背広姿の村雨と、革ジャケットを着た鎌形は、ちらりと視線を合わせ、あわてて互いに視線をそらす。

「結局、あれで浪速独立運動は頓挫しＡｉは司法が握り、桜宮Ａｉセンターは崩壊し、現在の黒原高検検事長のやりたい放題を醸成したんだから罪深いよね。そもそも官僚機構改革を断行しようとした民友《みんゆう》党副党首を失墜させるため『海山会《かいざんかい》事件』をでっち上げ、証拠捏造までやったトンデモ検事の暴走をうやむやにした黒原さんが検察を牛耳ったのが検察堕落の始まりさ。当時の南野《みなみの》検事総長が膿《うみ》を出すため尽力した検察改革も不発で、黒原さんは『安保トモ』になって安保内閣や自保党の政治家スキャンダルを片っ端から不起訴にしちゃったもんだから、安保首相は言いっ放しのやりたい放題になってしまったんだよ。まったくもう」

「おっしゃる通りです。面目ありません」と村雨総帥はますますうなだれる。

「ま、ここは浪速コンビに気張ってもらうからね。で、いい策はあるの?」

「ええ。小日向美湖《みこ》・東京都知事が標的です。頭越しにマラソンコースを札幌に変えられてお怒りなので、そこをつけば五輪開催を足下から崩せるかもしれません」

「でも、都知事は安保首相と同じ穴のタヌキだから、切り崩しは難しいんじゃない?」

「同じ穴にいるのはムジナですけど」という彦根の指摘を白鳥は華麗にスルーした。

「オリンピック実行委員会が湯水の如《ごと》くじゃぶじゃぶカネを使いまくり、後は焼け野原になるのに、東京都民ってバカで間抜けでうすらとんかちのお人好しだよね」

「ですから五輪開催後は都政は酷い赤字経営を強いられますと教えれば、五輪の費用負担を見直す可能性も出てくるのではないでしょうか」

「うーん、どうかなあ。彦根はどう思う?」

「現状では無理でしょう。そんな甘っちょろいことを、あの金権体質我利我利亡者のIOCが許すはずがありませんから」

「だよね。ほんと、恥ずかしくなるくらいの不平等契約だもの。でも世の中何が起こるか一寸先は闇だから、諦めず五輪中止の道を模索し続けないといけないだろうね。難儀だなあ」

「ところで、『新春砲』の熟年不倫カップルの片割れはお元気ですか」

「本田審議官? 元気も元気、逆風もなんのその、相変わらず本省の上とはタメ口だし、ヒマさえあれば高級エステサロンに通ってるよ」

「『新春砲』もびっくり、かつての標的ナッキー並みの面の皮の厚さですねえ」

「安保首相の取り巻きって経産省から出向した今川さんとか、国交省から派遣された泉谷さんとか、首相の権威を笠に着て威張りまくる、そんなのばっかなんだよね」

「しかし安保政権の守護神、黒原高検検事長を検事総長にするための動きが見られないのは不気味です。黒原さんは二月頭に誕生日を迎えて定年ですから、検事総長にするには一月頭に動かなければならないはずなんですが」

元浪速地検特捜部キャップだった鎌形の発言に、白鳥は楽観的に言った。

「ふん、さすがに連中も、どうにもできなかったんじゃないの」

その場にいた者は、釈然としない思いで顔を見合わせる。

やがて司会の〈鶥〉こと、AI司会者・ニコル君が終会宣言をすると、会議の参加者は「今年もよろしく」と挨拶を交わして三々五々、部屋を出て行った。

二〇二〇年一月十五日のこの日、COVID-19感染者は全世界で、中国で発生した五十九人だけだった。

6章　札幌雪まつり

二〇二〇年二月　北海道・雪見市救命救急センター

今年は雪が少なかったが、一月初旬に陸上自衛隊と関係者が出席する雪輸送式が開催されると、雪を満載した五トントラックが豪雪地帯から雪を運んできた。会場に雪像が作られ、全国から二百万人の観光客が訪れる。大通り公園会場とススキノ会場は二月四日から一週間、「つどーむ」会場はその前から開催される。北海道の一大イベントと関係なく、雪見市の救命救急センターにはドクターヘリで救急患者が運ばれてくる。一月中旬、交通事故で腕を骨折し整形外科病棟に入院した伊東《いとう》が不調を訴えた。

「今朝からダルいし熱もある気がするんだよ。風邪かなあ。あと今日の食事は味つけが薄いよ。ちっとも味がしないいんだけど」

「それならまず体温を測りましょう」と言う、若い看護師の白衣姿を見遣った伊東は、小さく咳《せき》をした。無謀運転のもらい事故で右腕を骨折したが、その程度で済んだのはラッキーと思えるくらいの大事故だった。週明けには退院できそうだと言われ、孫娘と雪まつりに一緒に行けそうだと喜んでいたので、体調不良は不安だった。

間もなく七十の声を聞く伊東は観光バスの運転手だ。ここ数年、中国からの観光客は増える一方で一月も毎週、三泊四日の道内のツアーに帯同した。それでも本数を減らしてもらっている方で、休みなしでフル回転の同僚もいる。最近で印象に残っているのは、事故の五日前に同行したツアーで、特に騒がしい一団だった。

日本語が堪能《たんのう》な中国人の李《り》さんが同行し、食事は李さんと一緒だ。日本が長く、伊東の会社のツアーにもよく帯同して顔見知りだった。

「今回のお客さん、武漢というところから来たネ。すごくいいところヨ」

「中国は広いからよくわかんねえな。でも景気がいいのはありがたいよ」

「インバウンド政策で、政府が観光客呼ぶの推奨してるネ」

「へえ、李さんは学があるなあ」と褒めると、彼女は照れくさそうに笑った。

そこへツアー客がやってきて早口でまくし立て、李さんは客のテーブルに行った。

その男性が酷く咳き込んで、伊東の顔に唾が飛んできたことを思い出す。

――あの時に伝染《うつ》ったかな。

若い看護師は、体温計を見て顔を曇らせた。三十八度あるから、先生に相談してくる、と言う。やれやれ、ツイてない、と伊東は思った。聴診した主治医は、肺炎の恐れがあるので、翌日の胸の写真を撮りましょう、と言った。

「今朝の採血では炎症所見はみられませんが、インフル初期の可能性もあるので様子を見ます」と言って担当医が部屋を出て行くと、若い看護師が伊東に言う。

「夜勤の担当の保阪《ほさか》さんに、伝えておくわね」と聞いて伊東はほっとした。二年目の保阪看護師は、孫娘に面立ちが似ていて、自分に特別に優しい気がしていた。


申し送りが終わると、日勤帯の看護師は同期の夜勤当番、保阪美貴《みき》に歩み寄った。

「伊東さんが熱発なの。明日、胸の写真を撮るけど、伊東さんて『気にしい』だから話を聞いてあげて。ま、心配ないか。美貴は伊東さんには特別に親切だもんね」

「伊東さんって昨年亡くなったじいちゃんに似てるの。早く、よくなってほしいわ」

「そうなんだ。そういえば美貴はお祖母《ばあ》さんにボーナスでプレゼントをしたのよね」

「覚えてた？　半月前、『豪華クルーズ船の旅』をプレゼントしたの。横浜《よこはま》から出発して台湾、香港《ほんこん》、ベトナムを回る二週間の旅よ。前の晩はばあちゃんの誕生日だったから、横浜のホテルに泊まったんだ」

「高かったんじゃない？」

「まあね。でも母さんと半分こしたから大丈夫」

「美貴は偉いわねえ。それより夜勤は気をつけてね。今夜の当直は『遅太郎《おそたろう》』よ」

同僚が目配せした先で、手術着姿の若手医師が電子カルテに打ち込みをしている。

タイプしては大あくびをして周囲を見回し、仕事に集中していない。

大曽根富雄《おおそねとみお》は二年目の研修医だ。一週間前まで初期研修でICUにいて整形外科病棟に回ってきたばかりだ。太目で動作が緩慢なので、あだ名が「太っちょ遅太郎」。それが短縮され「遅太郎」になっていた。ＩＣＵでは叱《しか》られ通しだったという。

大あくびをした大曽根は美貴と目が合うと、手をちらちらと振った。

美貴は視線を外す。その様子を見ていた同期の看護師は耳打ちする。

「遅太郎は美貴に気があるみたい。仕事は『遅太郎』なのに、女に手が早いって評判だから気をつけてね」

「大丈夫。タイプじゃないから」と言って美貴は、手元の看護記録に目を落とす。

実は先日、食事に誘われたのを、やんわり断ったばかりだった。


その夜。深夜勤の美貴がコールされ十五号室へ向かうと、部屋では伊東が苦しそうに咳き込んでいた。コールしたのは隣のベッドの患者だ。

「この人、一時間以上咳をしているんだ。なんとかしてあげてよ」

「伊東さん、我慢せずに知らせて。そのために看護師が夜勤してるんだから」

伊東は小さくうなずき、「く、苦しい」と小声で言い、大きく咳き込んだ。

「三十八度六分あるわ。当直の先生を呼ぶね」

十分後、当直の大曽根がねぼけ眼でやってきた。二年目の臨床研修医は緊急手術の時、合コンを理由に断ろうとして将軍の雷が落ちた恐れ知らずだ。

太っちょのくせに面食いで、手当たり次第に看護師を食事に誘うので評判が悪い。

伊東の胸をはだけて聴診器を当て、胸の音を聞いた大曽根は言う。

「この咳だと周りの人が眠れないから、個室に移そう。どこか空いてる？」

「明日、手術予定の患者さんの部屋が午後まで空いてます。他は一杯です」

「将軍がなんでも受けるから、救急患者がＩＣＵからはみ出して、通常の予定手術が遅れるんだよな。深夜帯に手間をかけて申し訳ないけど個室に移すよ」

深夜帯での部屋移動は避けるのが基本だが、これだけ咳が酷いと同室患者への影響があるので妥当な判断だ。口ばかり達者だと悪評芬々《ふんぷん》だった大曽根だが、ＩＣＵで将軍の厳しい指導を受けた今は、少しマシになったと評価は上向いていた。

深夜帯は二人勤務だが今夜の相手はベテランの紙谷《かみや》師長なので、ベッド移動はスムースだ。伊東は咳き込み続けたので、移動後に大曽根は改めて伊東を診察した。

顔色が悪いので酸素飽和度を測る指示を受け美貴は、ナースステーションからパルスオキシメーターを運ぶ。プローブを人差し指に挟むとアラーム音と共にデジタル文字が赤く表示される。数値は０２サチュレーション、つまり経皮的酸素飽和度を示す。

酸素が豊富な動脈血は鮮紅色で赤外光が多く吸収されるので、赤外光が指を通過する光量を測定し、動脈血中のヘモグロビンが酸素を運ぶ割合を計測するのだ。

「90だって？」と大曽根は思わず声を上げる。０２サチュの標準値は96％以上、95％

以下は呼吸不全の恐れがあり常時90％以下だと在宅酸素療法の適用だ。酸素濃度が下がるのは肺で酸素交換がうまくいかないせいで、原因のひとつに間質が肥厚する間質性肺炎があるが、胸部レントゲンでは所見が乏しく見逃すケースもある。

大曽根は、プローブを外してリセットする。その間に美貴は両手で包み込むようにして伊東の手を温める。動脈が脈動していることを使い、差分から動脈血の酸素飽和度を検出するから、装着の仕方が悪かったり末梢が冷えていると正しい数値が示されない。なので美貴は伊東の手を温めたのだが、再計測でも数値は90％だった。

午前四時。診断のため胸部CTを取るべきだが、明朝一番でいい。しばらく酸素吸入で様子を見て一時間後に02サチュを測り改善しないようなら電話するようにと美貴に指示し、大曽根は大あくびをしながら部屋を出て行こうとした。ふと立ち止まると美貴を手招きして呼び寄せ、「この間の返事はどう?」と小声で言う。

美貴は「まだ来月の勤務表が出ていませんので」と言いナースステーションに駆け戻る。後ろ姿を見送った大曽根は肩をすくめ、とぼとぼと当直室に戻った。

雪像がライトアップされている。隣には雪ウサギみたいな保阪美貴が寄り添う。

メリーゴーラウンドの音楽が流れる。見上げた雪像が突然怒りの大魔神像に変わり、剣を振り下ろす。雪の破片が飛び散る中、警報が鳴り響く。

左右を見回すが逃げ場はない。白い大魔神は、咆哮《ほうこう》を上げ再び剣を振りかざす。あぶない。自分の声で目が醒《さ》める。真っ暗な部屋。電話のベルが鳴っている。

大曽根が受話器を取ると、女性の切迫した声が飛び込んできた。

「伊東さん、呼吸困難です。O2サチュは85％です」

「酸素を50に上げて。すぐ行く」

個室には保阪美貴が待機していた。伊東をみて大曽根は院内PHSを取り出した。

「はい、ICU当直」という無愛想な男性の声が応じる。大曽根は急《せ》き込んで言う。

「六十五歳男性、昨日から肺炎様症状が現れ深夜帯にO2サチュが90だったので酸素吸入で様子を見ていましたが改善せず、現在85です。ICU転科は可能でしょうか」

受話器の向こうの相手は一瞬、沈黙した。だがすぐに力強い声が応じた。

「わかった。受ける。今、そちらに行く」

五分後、病室に手術着に白衣を肩から羽織った、大柄な医師が現れた。

——うげ。今夜の当直は将軍か。

将軍と畏怖されるセンター長の速水に、大曽根は初期研修でICUに配属された三ヵ月叱られまくった。判断が遅い、報告が遅い、対応が遅い、何もかも遅い、お前は遅太郎だという声が今も耳に残り、トラウマになっている。一般社会ならブラック企業のパワハラだ。医学生時代は屁理屈《へりくつ》をこねくり回すのが得意だった。医師に労働基準法が適用されないのはおかしい、働き方改革を導入しないのは不公平だ。その主張は間違えていないと思い、ICUに配属されて一週間は陰で文句を言いまくった。

そんな大曽根が変わったのは、ある晩、事故患者が運び込まれてきた時だ。交通事故で全身複雑骨折。大動脈も破裂し血圧が低下していた。大曽根は日勤を終えたところだったが緊急オペに組み込まれた。その日は合コンだったが、言うヒマもない修羅場になった。腹部を開けた途端、大量の血が溢れた。大曽根は無我夢中で輸血をポンピングした。術野は血の海だ。飛び散る返り血を浴びながら将軍は傲然《ごうぜん》とメスを振るい続ける。一時間後。将軍は、からん、とメスを膿盆に投げた。

「腹部止血処置、終了。骨折処置は伊達《だて》に任せる」

部屋の隅で待機していた伊達副センター長に交代すると、速水は部屋を出て行った。ポンピングから解放された大曽根は呆然《ぼうぜん》としていた。時間は十二時を回っていた。その時、大曽根の頭の中には、行きそびれた合コンのことは微塵《みじん》もなかった。

それから大曽根は文句を言わなくなった。相変わらず遅太郎と罵られながらも黙々と研修を終えた。そして整形外科に転属して一ヵ月が経った。

速水はちらりと大曽根を見て、看護ボードに視線を走らせる。

「適切な対応だ。ICUに転科後、挿管する。遅太郎、やってみるか？」

一瞬ためらったが、大曽根はうなずいた。

ＩＣＵで研修中、一度も挿管できなかった大曽根は転科を拒否されたので、母校の極北大学の外科の教授に泣きついた。

「水沢《みずさわ》教授の要請だから転科させるが、俺は認めない。挿管ができなければ目の前で救える命を見殺しにするからな」と言った速水は、少し考えて言葉を続けた。

「だが俺の考えが絶対に正しいわけでもない。血を見るのが苦手で外科系の処置は一切やらなかったヤツもいたが、ソイツもソイツなりに医療に貢献しているからな」

今なら速水が言うことがわかる。もし自分しかいなかったら？　挿管をマスターせずに強引に転科した、わがままで未熟な医師である自分しかここにいなかったら？

そう思うと恐怖で心底震えた。そして思った。

速水は、課題をクリアするチャンスをくれたのだ。

大曽根は患者の枕元に立つ。喉頭鏡を左手で握り患者の口に差し込む。先端を利かせ、ぐいっと持ち上げ喉頭を展開する。右手にカニューレが手渡される。以前は見えなかった声門が、今日は見えた。「そこだ」と背後の声に押されカニューレを押し込む。管はすんなり収まった。「呼吸音を確認」と指導医の声。「左右差、ありません」

気道深く入れすぎる片肺挿管ではない。手にしたシリンジでカフに空気を入れ、聴診器を患者の胸に当て、左手で麻酔バッグを押すと空気の通過音が聞こえた。

「人工呼吸器に接続しセッティングしろ。最後まで気を緩めるなよ」

ふう、と吐息をついた大曽根の肩を、将軍がぽん、と叩いた。

「合格だ。さっきの判断といい、進歩したな、遅太郎」

そう言い残すと将軍は大股で、ナースステーションへ向かって行った。


朝日が差し込む中、病棟に戻ると日勤帯のナースが出勤し申し送りをしていた。

看護師たちは大曽根に会釈した。これまで無視されていたので大曽根は驚いた。

部屋の隅で当直日誌を書いていると、看護師の申し送りが終わった。保阪美貴が「お疲れさまでした」と小声で言い、立ち去った。

翌日。出勤した大曽根はICUの速水から電話を受けて、足が震えた。

「早朝、伊東さんが亡くなった。前後の状況を聞きたいのでICUに来てくれ」

俺が見落としをしたんだ、と思った。とぼとぼ階段を下りる。ICUに入るとドクターヘリの司令室が目に入る。ICU研修期間にヘリに搭乗した時のことを思い出す。

大空を駆けて人命を救うミッションに関わった経験は、大曽根の意識を変えた。

でも、もう二度と、あんな輝かしい気持ちにはなれないかもしれない。

扉を開けると部屋に女性が三人いた。ICUの五條《ごじょう》師長と整形外科病棟の紙谷師長、あの晩の夜勤だった保阪美貴は私服だ。桃色のセーターが可愛《かわい》い、と大曽根は思う。

大曽根が着席すると、将軍が口を開く。

「一昨日はご苦労だった。電話で伝えたが、大曽根先生の適切な判断と処置もむなしく、伊東さんは早朝亡くなられた。主治医の平野《ひらの》先生には昨日の転科時にICUに来てもらい、詳しい経過を聞いた。大曽根先生の対応もミスはなかったと思う。だがあまりに突然の死で、ご遺族は病院の対応に不信感を持っている。死因究明のため解剖を申し入れたが拒否された。だがAiを撮らせてもらえたのは幸いだった」

速水は説明を続けた。第三者機関の東城大Aiセンターに診断を委託し先ほど読影結果が戻ってきたこと。右肺下葉に軽度の間質性肺炎の所見があるが、他は年相応の動脈硬化所見で死因は不明ということ。遺族は納得した、がこの患者が亡くなった理由を総括する必要がある、ということだった。

「俺も経験がない特殊な経過なので、伊東さんに対応した担当者に集まってもらった。まず入院経過から説明してくれ」

病棟責任者の紙谷師長が、大型観光バスの運転手で事故で入院し骨折手術をしたという入院経過を説明する。次に大曽根が、当直で対応しICUに転科するまでのO2サチュの変移について説明した。大曽根の報告に耳を傾けた速水は、立ち上がる。

「医療行為に手落ちはなさそうだ。あとは誠実に説明してご遺族に納得してもらうしかない。今後、遺族から何かあったら、必ず俺に報告しろ。以上、解散」

速水が立ち去ると、五條師長が大曽根に近寄ってきた。

「たったこれだけのために呼ばれたのが不思議みたいね。担当者が情報共有することが重要なの。遺族が不信感を持っていると聞いたら、先生は心配でしょう？」

大曽根はうなずく。実際、呼び出しを食らって感じたのは、そのことだった。

速水からの説明を聞いた今、そうした不安は完全に消え去っている。

「速水先生が怖いのは、あたしたちの緩みが患者さんの命を脅《おびや》かすことに直結する時だけ。他の時はグウタラ野郎よ」

そう言った五條師長は紙谷師長と連れだって部屋を出て行った。保阪美貴と大曽根も部屋を続いて出る。歩きながら美貴がおずおずと言う。

「この間のお誘いですけど、勤務表が出て水曜日の午後なら行けそうです」

保阪美貴の後ろ姿を見送った大曽根は次の瞬間、ガッツポーズをした。その日は平日だが、救命救急センターでは研修医は、当直明けは休みだ。

センター長室で速水は、シャウカステンに掛けたレントゲン写真を凝視していた。

「ゆうべの患者をまだ気にしているのか」と言ったのは副センター長の伊達だ。

「Aiを撮像し第三者機関に診断をお願いしたから医療事故だとしても対応は万全だ。当直は遅太郎だったが、対応はほぼ満点だ」

「ならば今、すべきは死んだ患者への対応ではなく今から来る救急患者対応だろ」

「その通りなんだが、この病気はこの人に限ったものじゃないという気がするんだ」

「感染症疑いか。当然、細菌やウイルスチェックはしたんだろ」

「もちろんだ。インフルエンザや肺炎球菌ではないという結果が検査室から来ている」

「ひょっとして中国で発生した新型コロナウイルス感染症も疑わないといけないかもしれない。二十一日に武漢という都市をロックダウンしたらしいからな」

「そんな大事になっているとは知らなかった。お前はいろいろよく知っているな」

「お前が浮世離れしすぎなんだよ。たまにはテレビくらい見ろ。ウイルス蔓延のせいで東京オリンピックを延期するの、しないので世間は大騒ぎだ」

「俺は感染症は苦手なんだ」

「俺も知識はないが、自分に知恵がない時は知恵のあるヤツのところに行って聞け、という、爺《じい》ちゃんの教えを忠実に守ってきたんだよ」

伊達に言われた速水の脳裏に、銀縁眼鏡の、スカした男の顔が浮かんだ。

——院内で問題が起きた時、そのテーマで臨時勉強会を開催するのはどうですか。

脳裏に浮かんだ顔を振り払うように、速水は首を左右に振った。

——まだアイツを呼び出すまでのことはあるまい。

*

三日後。非番の保阪美貴と大曽根富雄は、雪まつりの会場にいた。

恒例の札幌雪まつりの二日目。二人の初デートを祝うように盛大な晴天だった。

大学時代は遊び人だった大曽根だが、生真面目《きまじめ》な美貴を前にすると勝手が違った。

美貴の希望が賑《にぎ》やかな大通り公園会場や繁華街のススキノ会場でなく、マイナーな「つどーむ」会場だったのも拍子抜けだ。開催が午後五時までなので、まるで中坊だ、と思うが、隣で無邪気に笑う美貴を見ていたら、それでもいいか、とも思えた。

屋台で焼きそばを食べ外に出ると、雪像の巨大な滑り台が見えた。

「あれ、やりましょう」と美貴は積極的だ。渋る大曽根の腕を、美貴が引っ張った。

胸の感触が腕に当たり、どぎまぎしながら、この程度でうろたえるとは、「合コン大王」と呼ばれた俺らしくないぞ、と思いつつ、大きな滑り台の行列に並んだ。

順番が来ると、美貴は滑り台に座った。後ろに座った大曽根は、美貴を背後から抱きかかえる形になった。腕の中に小柄な身体がすっぽりと収まった。

二人の身体が滑り台を降りていく。美貴が滑り終わり、そこに大曽根が後ろからのしかかるような形になり身体が重なり合う。

美貴はもがいたが、大曽根はなかなか動きがとれない。

ようやく身体をどけると、「ごめん」と小声で謝る。美貴は黙って雪を払い、立ち上がった。そして大曽根に言う。

「ほんとは大曽根先生のお誘い、お断りするつもりだったんです」

「うん、わかってた。俺って評判が悪いからね」

「そうじゃなくて、小学校の頃、私のことを『掘っ立て小屋』と言ってからかった、いじめっ子に、先生は似ているんです」

「そうなんだ。それならなぜ誘いに乗ってくれたの？」

「伊東さんが急変した時の先生を見たからです。伊東さんは亡くなったじいちゃんに似ていて、私の看護師姿を楽しみにしていたんですけど間に合わなくて」

美貴は声を詰まらせた。大曽根はどんな顔をすればいいか、わからなかった。

その時、ドーム内に夕焼け小焼けのメロディが流れた。終了の時間だ。

夕飯を一緒に食べよう、という大曽根の誘いに美貴は首を横に振る。

「今夜は旅行に行ってたばあちゃんが帰ってくるので、早く帰ります」

夕方五時にデートが終わりだなんてやっぱり中坊だ、と思ったが、たまにはそういうのも悪くないか、と思い直す。美貴の肩を、大曽根は摑んだ。

「今度は食事につきあってくれないかな」

美貴は小さくうなずいた。

「やった。うれしいよ」と言った大曽根は次の瞬間、咳き込んだ。

咳はかなり続いた。背中をさすった美貴は、白く華奢《きゃしゃ》な手を彼の額に当てた。

「大曽根先生、熱があるみたいです」

「ひょっとして、伊東さんの風邪が感染《うつ》ったかな」

「やだ、縁起でもないこと、言わないでください」

「ごめん。考えたら伊東さんはお年寄りで大怪我の手術後だし、糖尿病もあって抵抗力がなかった。俺は若いし体力もあるから問題ないさ」

「そうでしょうけど。少し痩せた方がいいかもしれませんよ」

「それはあんまりだ」と言いながら大曽根は、美貴の手を握る。

一瞬、美貴は戸惑いの色を見せたが、その手を振り払おうとはしなかった。

二〇二〇年二月一日、COVID-19感染者は中国で七千七百人と爆発した。隣の韓国では四人、日本では十一人が確認された。この時、全世界の感染者は七千八百人に達したが、中国以外の感染者は百人にすぎなかった。

7章　五輪狂騒曲

二〇二〇年二月三日　銀座・麒麟タワー十階・「梁山泊」オフィス

梁山泊の定例会議を終えた後、村雨と鎌形、彦根の「日本三分の計」でタッグを組んだ三人が残った。いつもなら真っ先に姿を消す兎田も、今日はなぜか残っている。

「どうも攻めあぐねてますね」とぽつりと村雨弘毅・元浪速府知事が言う。

「安保首相の悪運の強さは、異常ですよ」と彦根が答える。

「スキャンダルが下火になった頃に別のスキャンダルが出て、その前のスキャンダルが薄れる。有朋学園の国有地払い下げ事件だって、明菜《あきな》夫人が関わったことが明らかになったのに結局はお咎めナシで済ませてしまいましたからねえ」

「『満開の桜を愛でる会』前夜の後援会開催なんて明白な公職選挙法違反で、一発で政権が吹っ飛んでもおかしくないんですが」と彦根が言うと、鎌形がうなずく。

「黒原さんがバックにいるから検察が起訴せず、罪にならないんです。しかしさすがに今回は驚きました。黒原さんが今月初めに六十三歳の誕生日を迎え、やっと定年だと思ったら、定年延長を無理やり閣議決定してしまいましたからね」

「もうメチャクチャです。一月二十九日というギリギリに、閣議という密室で手前勝手に速攻で決めてしまう。法律無視、国会軽視の最たるものです。普通の神経では考えられません。第一次内閣の時は持病悪化を理由に政権を放り出したボンボンと同じ人物とは思えません。馴染《なじ》みの記者の話では一次政権の最後は首相執務室に山のようにお守りが積まれていて、それを見た記者が、こりゃダメだ、と思ったそうですが」

「本当に有朋事件は酷いものです。国有地払い下げ疑惑の時は国会予算委員会に現場最高責任者の瀬川《せがわ》理財局長が証人喚問され『売買契約締結を以て事案は終了し書類は速やかに廃棄した』と答弁し、肝心の部分は悉《ことごと》く『刑事訴追の恐れがありますので証言は控えます』でシャットアウト、その後安保首相は『私は公人だが妻は私人だ』と言い張りそれを閣議決定し、払い下げを受ける予定の関係者だけ詐欺罪で逮捕、瀬川局長は国税庁長官に出世ですからね」と、鎌形が静かな口調で言う。

「財務省の『忖度親父』ですね。でも天網恢々《てんもうかいかい》疎にして漏らさず、破棄した文書がどこかから出てきて、毎朝新聞がスクープしたんですよね」と彦根が言う。

「その通りです。改竄前の文章には首相夫人が問い合わせをしてきた事実が残されていました。明らかな改竄でスクープの五日後、汚れ仕事をさせられた事務官が自殺し、瀬川元国税庁長官は辞任しました。でも検察は動かず、背任や虚偽公文書作成、公文書毀棄罪で市民団体が告発しましたが桜宮地検は一括して不起訴にしました」

　そう説明した鎌形は目を閉じる。眉間に深い皺《しわ》が刻まれている。

「首相の失言に合わせるため、公文書を改竄しても罪ではない、と捜査機関がお墨付きを与えた。役所が公文書を改竄するなんて由々しき大問題で、起訴を求め市民団体が検察審査会に訴えたら『不起訴不当』という曖昧な結果に終わり、検察審査会で誰がどんな風に審議したか、内容は一切非開示。決定を受け、桜宮地検はこの件を不起訴とし、一連の事件は終止符が打たれました。裏で差配した責任者が黒原です。あの瞬間、事件の真相は完全に隠蔽された。事件に関わった検察官が誇りをドブに捨てたあの時、検察の正義は死んだのです」

冷静な鎌形が珍しく怒気を孕《はら》んだ口調になった。それを受け、村雨が言う。

「政府、霞が関、検察が一体になった壮大な犯罪隠蔽行為を遂行したあの瞬間、日本は法治主義の民主国家から、無法な独裁国家になったんです。どうしてそんな大変なことが大事にならないのかと言えば、安保政権が強力にメディアをコントロールしているからです。政府、霞が関、検察の三位一体の犯罪にメディアも加担しているんです。なので兎田さんには期待しています」

いきなり重い話を振られて兎田はあたふたする。そんな彼を見て、彦根が言う。

「それにしても首相夫人のはっちゃけぶりはすごいですね。どんな女性なんですかね」

「彦根先生、明菜さんと話したいすか？　実は俺、明菜さんの携帯番号を知り合いから教えてもらったんす。で、面白半分で掛けたら、すぐコールバックがあったんす」

「まさか。冗談でしょ」と彦根が言うと、兎田がむっとして携帯を取り出した。

「それなら試してみるっす」と番号をプッシュし、しばらく耳に当てていたが「出ないす」と言う。「ほら、やっぱりね」と彦根が言う。

するとその時、携帯の呼び出し音が鳴り響いた。ダースベーダーのテーマ曲だ。

「まさか」と呆然とする彦根の隣で、兎田は勝ち誇ったように聞こえよがしに言う。

「明菜さんすか？　兎田でっす。明菜さんとお話ししたいという人がいるんすけど」

そう言って相手の返事を待たず携帯を彦根に渡した。彦根はおたおたして言う。

「あ、あの、僕は彦根といいまして、フリーの病理医をしてます」

――病理医っていうと、お医者さまの一種なの？

「はあ、一種と言いますか、一応、医師とは言われています」

――そうなの。なんだか面白そうな人ね。今度、一緒にご飯を食べましょうか。

「あ、いえ、あの、光栄ですけど、僕なんか……」

――僕なんか、なんて言わない方がいいわ。あなた、イケイケの匂いがぷんぷんしてるもの。お名前はなんて言ったっけ？

「彦根です。彦根新吾と言います」

――彦根さん、ね。それなら彦ちゃんかな。ううん、平凡すぎるわ。彦たんはどうかな。彦たん、うん、悪くないわね。これから彦たんって呼ぶわね。

首相夫人に言われて、ダメだと言える人はいませんよ、と彦根は苦笑する。

——じゃあ彦たん、気が向いたら電話して。電話番号はウサたんから聞いてね。

電話はぷつん、と切れた。

携帯を返された兎田は、得意げに言う。

「自分は知り合いの知り合いなんすけど、明菜さんは知り合いの知り合いの知り合いまで電話番号を教えていいことになってて、俺が電話すると遅くても必ず一時間以内にコールバックがあるんす。で、そういうの俺だけじゃなくて、俺が知っている人はみんなそうだって言うんす」彦根は呆然とした。

これが世間で話題の的の首相夫人か。

他の三人がまじまじと見ているのに気がつくと、彦根は気を取り直し、話題を戻す。

「こんな人だったんですね、首相夫人って。安保首相が御しきれないのもわかります」

それから、呟くように続けた。

「しかし安保首相は悪運が強い。五輪の聖火リレーが始まればお祭り好きの日本国民は、あっという間に安保政権の悪行三昧なんて忘れてしまうでしょう。聖火の前に消える正義の火、か」

「ほう、彦根先生はなかなかの詩人ですね」

村雨の言葉に、彦根は首を横に振る。

「いいえ、僕なんてまやかしです。本物の詩人は言葉ではなく行動で、人の心の松明《たいまつ》に火を点すような人のことを言うんです」

彦根は「日本では革命なんて起こりっこないんだ」と天に向かって吠《ほ》えた、仰ぎ見る星のような英雄の横顔を思い浮かべる。

吐息をついた彦根は、語調を変えた。

「オリンピックを阻止する強力な一手がありそうです。それが本当になったらお二方は複雑な心境になるかもしれません」

「それって、一体何なんですか？」と村雨が興味津々の表情で訊ねる。

「中国からやってくるウイルス砲ですよ」

「浪速の時のキャメルのような騒動になるんですか？」

「キャメルは弱毒性のインフルエンザでしたが、今回はコロナなので全然違います。インフルには治療薬がありますが、SARSが流行《はや》って二十年近く経つコロナにはまだ治療薬がありません。これが流行したらキャメル騒動の比ではありません。医師としては『手』にしたくない。ただボンクラ安保内閣だとそれが『手』になってしまう。

するといいと日本は……」

「わかりにくいので単純に言ってください」

寡黙《かもく》で冷静な鎌形が珍しく、苛立った口調で言う。

「失礼しました。一月二十一日に武漢をロックダウンした中国は、二十五日から始まる中国の重要な国民行事の春節の間、各所の名所を封鎖し催しも中止しました。春節の七連休は日本でいえば正月休みとゴールデンウィークを一緒にしたようなものです。それを止めたんですから中国政府がいかにコロナを恐れたか、わかります。ところが、観光産業の儲《もう》けに目が眩《くら》んだ安保政権は、二十七日から中国政府が中国人の団体旅行を禁止したにもかかわらず、中国人の入国を禁止せず、中国国内にコロナ患者が蔓延しているのに、無防備に受け入れてしまった。中国以外の感染者が八十二名だった一月三十日、WHOは『国際的な公衆衛生上の緊急事態』を宣言し、新型コロナウイルスの世界的流行に警鐘を鳴らしています。ただしWHOには各国に対し忠告を聞き入れるよう強制する権限はなく、日本政府や厚労省はガン無視を決め込んでいます。実はジュネーブのWHO本部に知り合いがいて、しつこく忠告を送ってくるんです」

彦根は遠い目をした。「キャメル騒動」の時に議論を戦わせたブロンド美女の顔が浮かぶ。美女は美女だが、メンタルはウイルスと格闘する猛女だ。

「コロナが上陸したらどうなるんです?」という鎌形の問いに、彦根はうっすら笑う。

「キャメルの時の厚労省のドタバタぶりから想像すれば、酷いことになる、としか言えないでしょうね。武漢にチャーター機を出しておいて、乗客の検疫をせずに帰宅させるなんて、公衆衛生学的には絶対にあり得ない失策です。でも一応、僕たちが持つ最強の一手、厚労省の火喰い鳥に現状を伝えておきました。そしたらさすが厚労省のファイヤー・バードも危機感を持っていて、すでに動いていました。けれども、いかにロジカル・モンスターといえども、非論理的で非科学的で感情的な組織である厚労省に、合理的な方法を導入できるとは思えません。すると厚労省がドジを踏んで、安保政権がガタガタになった瞬間、こちらが反撃する一手が見えてきます」

「そうなる前に対応するのが、彦根先生のお考えだったのでは？」

「そうなんですけど、とりあえず放置して日本がどうなるか見せつけるしか、手がないと思うんです。この国は一度壊れないと、どうにもならない。もちろん僕はそんな風にしたくない。でもきっとそうなってしまう」

「さっきから仄《ほの》めかさず、はっきり言ってくださいと申し上げているんですが」

珍しく鎌形が苛《いら》立《だ》った口調で言う。

「わかりました。コロナは必ず日本に入ってきます。でも今の官邸と厚労省の連携ではきちんとした防疫はできません。すると日本中にコロナが蔓延する。安保政権はなんとしてもそれは避けようとする。七月の五輪が中止になるからです。ではどうするか。日本でコロナ感染がなければいい。だから政府はそう対応します」

「は？　たった今、コロナは必ず入ってくるとおっしゃったじゃないですか」

村雨が言うと、彦根はうなずく。

「ええ。でも誤魔化す方法がひとつある。日本の感染者を少なく見せかけるのです。そのためにはズバリ、検査をしなければいい」

「何を言っているんですか。症状が出たら検査して診断をつけなければ治療もできないなんて、素人の私たちでもわかります」と村雨が言う。

「そう、素人でもわかるトンデモなことを彼らはやるんです。考えてみてください。

公文書を改竄したり捨てたりしたらいけないなんて、小学生でも知っています。でも安保政権下では、プライドを捨て政権に尻尾を振った官僚が出世する。その人たちが偉くなって、下に指図する。腐敗の拡大再生産、といったところですね」

そこで言葉を切った彦根は、深々と吐息をついた。そして続けた。

「これは官房機密費と同じやり口です。使い放題で領収書もいらず後世の歴史の審判も受けない。そんな身勝手で無責任に使えるカネが、民主国家の税金から拠出されているなんて驚くべきことです。ここ二年、安保政権がやったことは政治活動、官僚活動の官房機密費化です。そのせいで『なんでもあり』の『民主主義破壊政権』が出現してしまいました。そんな政権は、自分たちがやりたいことを押し通すためなら、なんでもやる。だから感染者を見て見ぬふりをするなんて朝飯前です。五輪が終わるまで安保政権は、日本にはほとんど感染者はいない、と言い張り続けるでしょう」

村雨も鎌形も、何も言えず、彦根をみつめるばかりだった。

「この新型コロナウイルスに対抗するには正しい疫学的対応が必須なんですが、今の厚労省にはその素地も素質も能力もありません。ですので安保内閣の意図を忖度し続け、ＰＣＲ検査を抑え、感染者数を少なく公表し続けるでしょう。それは五輪が終わるまで続く国策です。そんな逆風の真っ只中で厚労省のロジカル・モンスターが、果たしてどこまで抵抗できるか……」

その時、彦根の携帯電話が鳴った。

「噂《うわさ》をすれば、そのご本人から連絡です。経過報告かな」

受話器に耳を当てた彦根の顔がみるみる青ざめていく。電話を切ると村雨と鎌形に向かって言った。

「横浜に帰港したクルーズ船内で、新型コロナウイルス感染者が発生したそうです」

8章　大宰相・安保宰三

二〇一〇年代　永田町・首相官邸及びその周辺

安保宰三は、人気が高かった大泉《おおいずみ》政権の後継者として華々しく登場した。昭和の妖怪と呼ばれた大宰相《だいさいしょう》・岸辺龍三《きしべりゅうぞう》の孫で、首相の有力候補ながら念願叶《かな》わず病死した父・安保宰太郎《さいたろう》の三男と血筋は抜群で、首相就任当時は人気が高かった。だがお坊ちゃま育ちの彼はストレスで、一年少々で持病の悪化を理由に政権を放り出した。

だが草葉の陰で父・宰太郎は喜んでいたかもしれない。幼い頃から、宰三には人の情がない、一番政治家にしてはいけないヤツだと酷評していたからだ。

どん底の日々が始まった。政権トップの座から転げ落ちた瞬間、周りでちやほやしていた連中が潮を引くようにいなくなった。傍らには妻の明菜が残った。病気が悪化し紙おむつを当てたが、明菜はイヤな顔もせず面倒をみた。明菜はゴッドマザーと呼ばれる母からは悪評で、首相時代は引っ込んでいた。宰三が政権を投げ出した時、母は激怒して宰三を罵り、明菜は宰三を労った。

そんな中、新薬が開発され体調は劇的に改善した。それを見たゴッドマザーは宰三に、再起を要求した。亡き夫の遺志を思えば当然だ。

「二度と政界には戻りたくない」と抗《あらが》う宰三にある日、明菜は言った。

「サイちゃんは、やられっぱなしで悔しくないの？」

「そりゃあ悔しいさ。だけど、僕には無理なんだよ」

「サイちゃんは優しすぎるからいろいろ考えちゃって、なかなか決められないものね。わかった。そういう部分はわたしがやってあげる」

「え？　アッキーナが僕の代わりに国会議員になるってこと？」

「そんなことやりたくもないわ。わたしは、わたしとサイちゃん、そしてわたしたちのお友だちが楽しく生きられればいい。だからサイちゃんが首相になっても何も考えなくていいようにしてあげる。サイちゃんはわたしが決めた通りにすればいいの」

「それで国民が喜ぶ政治をできるかなあ」

「一億人以上いる国民は、望みばかりのわがままな人たちばっか。だからサイちゃんはメチャクチャにされたのよ。もともと全ての人を満足させるなんてできっこないからどこかで線を引いて、あたしたちと、あたしたちのお友だちが幸せになるようにすればいいの。そうすればサイちゃんもあたしも幸せになるわ」

なるほど、と宰三は納得した。その日から宰三は再起を目指して活動を再開した。

だが以前のように重責に押し潰されることはなかった。すべての重要な判断を明菜に任せたからだ。

万事に開けっぴろげな明菜はとても気さくで、取り巻きも多勢いた。頼まれごとはできる限り聞いた。それを宰三の決定に連動させたのだ。

「サイちゃんもいろんな人と会って一緒にお食事すれば一遍で仲良くなるわ。食事の費用は相手の人が払ってくれるし、後援会から出してもらってもいいんだから」

「でもそれって法律違反になっちゃうかもしれないね」

「そっか。サイちゃんが刑務所に入っちゃったら困るわね。どうしたらいいかな」

明菜は小首を傾《かし》げた。そのあどけない仕草に宰三は一目惚《ひとめぼ》れしたのだ。政治家は艶聞家《えんぶんか》が多いが、宰三は他の女性には興味がない。目の前に女神がいるのに他の女を追いかける理由がない。やがて宰三の女神、明菜はぽん、と手を叩いた。

「いいこと思いついちゃった。警察の人とお友だちになればいいのよ」

宰三はブレインに相談した。酸ヶ湯儀平《ぎへい》議員は段ボール会社の職員をしながら夜学で大学を出た苦労人で、第一次安保内閣で抜群の実務手腕を発揮した。宰三が首相を辞任した後も変わらぬ態度で接してくれた数少ない人物で、宰三の信頼も厚かった。

「家内が、警察幹部を『なかよし会』に入れてあげたらどうかなって言うんだけど」

酸ヶ湯は、相変わらずこの夫婦は幼稚だな、と内心の苦笑を隠しつつ言う。

「さすが明菜奥さま、目の付け所が素晴らしいですね。確かにそれは必要です。ただし警察より、警察を指揮する検察の人間と仲良くなった方がいいでしょう。犯罪になるかどうか決定するのは検察官ですから」

酸ヶ湯は内心、明菜の嗅覚に舌を巻いた。確かに検察の実力者を取り込めば強力な布陣になる。その時に浮かんだのは、暴走検事が民友党の副党首を捏造で起訴した「海山会事件」だ。

証拠捏造がバレた時、検察改革を断行しようとした南野検事総長のハシゴを外し、組織防衛した黒原大臣官房審議官だ。こうして宰三の食事会は「なかよし会」という隠然たる力を持つ会になった。酸ヶ湯はメディア工作も始めた。官房長官は、領収書のいらない使い放題の官房機密費を自由に使える。酸ヶ湯はそれをメディアを手なずけるために使った。日本人の情報リテラシーは低く、テレビ発表を信じる老人が投票に熱心だ。つまりテレビと大新聞を押さえればいい。以前も政治評論家に支払いをしていたが、酸ヶ湯はそれを制作部のキャップやディレクターにまで範囲を広げ、記者クラブに目を付けた。酸ヶ湯はその食事会を「フレンドリー・ディナー・グループ」として、カッコ良く「FDG」とイニシャルで呼びたかった。けれども明菜がどうしても「なかよし会」にしたいと言い張るので、しぶしぶ諦めた。

政治部キャップを誘うと、報道機関は第四の権力で権力監視が使命だという大原則など忘れた彼らはほいほい応じた。その枠組みは宰三が首相に返り咲く前に完成した。

返り咲き前の「お友だち」への信頼は、その後も揺るぐことはなかった。

そんな宰三が心服する人物は、明菜の他にもう一人いた。

昭和の大宰相、祖父の岸辺龍三は幼い宰三を膝に抱いて、こう言い聞かせた。

「偉くなれば周りは言うことを聞いてくれる。周りの言うことを聞いてはいけないよ」

と言う龍三は「CIAの人のお願いは絶対に叶えてあげなさい」と繰り返した。

「CIAの人がいなければお祖父《じい》ちゃんもいない。そしたら僕もいなかったんだよね」

A級戦犯として処刑されるところを救ってくれたのがCIAだ、と繰り返し聞かされた宰三がそう言うと、龍三は、彼の頭を撫《な》でながら言った。

「宰三は賢いな。CIAは宰三の命の恩人でもあるんだから、大切にしなさい」

宰三は両親に反発したが祖父には従った。父親は宰三を「政治家にしてはいけない人物だ」と酷評したが、祖父は、「総理大臣になれ」と励ましてくれたのだった。

国民人気が高かった大泉進一郎《しんいちろう》首相が二期で首相の座を下りたのは、経済ブレインの竹輪拓三《たけわたくぞう》に、自分が採用した政策の末路を聞いたからだ。「新自由主義」は規制を撤廃し、民間の自由競争に任せる政策だ。規制のせいで経済成長が阻害されるから規制を撤廃するというと聞こえはいいが、要は「弱肉強食」理論だ。国家レベルの規制は「強者（大資本）の総取り」を避け「弱者を護る」ためのことが多い。大資本優遇の「新自由主義」を推進すると格差が広がる。「新自由主義」は初めは景気がよくなるが、やがて国の経済が破綻する。購買力がある健全な中間層が破壊されるからだ。「新自由主義」経済は一人の大富豪と九百九十九人の貧乏人を生む。国内製品の消費には「一人の大富豪」よりも「千人の中間層」の方が大切だ。豊かな社会は中間層が「ささやかな贅沢」をしてカネが回る社会だ。真っ先に福祉や教育や医療など社会保障費を削るため敗者復活は難しくなり、将来に希望を持てない層が増え治安は悪化し、富裕層は国を捨て荒廃した国土が残る。「新自由主義」は亡国政策だ。そんな近未来像を聞いた大泉は綺麗に身を引いた。だが変人と呼ばれた彼にも情はある。

後継者の宰三に軟着陸の計画は伝えておいた。結局、安保政権はそこまで持たずに自壊してしまったのだが。

大泉元首相が自保党を「ぶっ壊した」影響は甚大だった。宰三の後の福井《ふくい》、阿蘇と二代続いた自保党政権は、ともに一年しか保たず、国際金融危機に見舞われた阿蘇内閣が大博打で総選挙に打って出たものの民友党に大敗し、下野した。

政権を担った民友党は官僚機構改革に手を付けようとした。これを察知した官僚が、主導者の会澤次郎《あいざわじろう》を「海山会事件」の冤罪《えんざい》で嵌めた。首謀者は検察『花の三十五期』作田《さくた》検事で、悪行がバレた時に後始末に奔走したのが同期の黒原だった。

その後、二〇一一年三月十一日、マグニチュード9の東日本大震災が起こった。続いて大津波、原発事故による放射能散布になった。

ジリ貧になった民友党の田野《たの》首相は、消費税増税を争点に解散する愚挙に出た。それは宰三に吹いた神風だった。総裁選に立候補した宰三はあれよあれよという間に首相に返り咲いた。総選挙でも勝利した。こうして宰三の対策はバッチリだった。明菜に全て任せ、宰三は何も考えないという新方式は司令部・明菜、実動部隊・宰三という夫婦二人羽織政権だ。

こうして最強のハリボテ首相、良心の呵責《かしやく》のない無痛の鋼鉄首相が誕生した。返り咲いた宰三は以前とは別人だった。メンタル・タフガイになったが進化ではない。重責を愛妻に丸投げしただけだ。宰三は明菜の付き人を五人に増やした。正式名称は内閣総理大臣夫人秘書。ルーツは第一次内閣にあり、奔放で蒙昧《もうまい》な明菜の行動を心配した宰三の母が、教育係をつけたことに始まる。その時は良識のある人物が就いた。

非常勤職の肩書きは「首相公邸連絡調整官」、人員は一名である。

第二次安保政権が成立した時、まず明菜の付き人の首相公邸連絡調整官を三名に増員したが、中身は変えた。「前回みたいな小言おじいちゃんは要らない」と明菜がむくれたからだ。宰三は明菜が快適に過ごせるよう、小間使いを増やし、正式名称も内閣総理大臣夫人秘書に変え「内閣総理大臣夫人付」という名刺を作らせ、内閣成立二年目の年度末のどさくさで、三名から五名に増員した。経産省から常勤出向職員を二名、外務省から非常勤三名で、人件費の総額は年三千万円。

官邸内に明菜の専用執務室を置き首相夫人秘書官を傅《かしず》かせた。国会議員の公設秘書と同様の待遇で、宰三が大好きな米国大統領のファースト・レディの仕組みを意識した。明菜への厚遇を、宰三は当然だと考えた。日本の政策の舵取りは事実上、明菜の思いつきに依存していたからだ。正式な公務員だが業務内容は首相夫人の使い走りだ。貴族の奥方の依頼には、どんなことがあろうとも対応するのが、下女の勤めだ。

そんな宰三の第二次政権は原発事故の後始末という厄介事から始まった。それは因果応報だった。原発事故の責任の大半は、宰三自身にあったからだ。

第一次安保内閣で、事故でバックアップ電源が機能せず全電源喪失が起こり原子炉を冷却できなくなると炉心溶融する可能性がある、というマルクス党議員の国会質問に対し、宰三は「バックアップ電源が破壊されることなどあり得ない」と断言した。宰三はこのことを問題にしたメディアを潰した。枝葉末節の間違いを針小棒大に取り上げ「捏造」と喧伝《けんでん》し、批判報道を押さえ込むのは第二次政権で獲得した手法だ。

この時は「津波によりバックアップ電源が破壊されるという質問はされていない」と強弁した。だがマルクス党議員は、「何らかの事故でバックアップ電源が破壊された場合」を質問したので、「そんなことはあり得ない」と断言した宰三の甘い認識が、原発事故を引き起こしたという指摘は正しかった。絶体絶命だったが宰三には姑息《こそく》な特技があった。議論を茶化し、論点をぼかすという技術だ。

加えて愛妻・明菜が考えた「悪夢の民友党時代」というフレーズを連呼し続けた。

効果的なフレーズだが冤罪だ。原発事故の最中、宰三は明菜のアドバイスで創設したメルマガに「やっと始まった海水注入を止めたのは、神田《かんだ》総理その人だったのです。海水注入の報告を受けた神田総理は『俺は聞いていない！』と激怒して海水注入を止めたのです」という内容を発信した。それはとんでもないデマだった。

官邸に無断で海水注入を止めるよう指示したのは東日本電力会社の役員で、現地の所長が指示に逆らい海水を注入した。自分のミスを捏造と言いくるめ相手の間違いにする。『フェイク』も人々が受け入れたら、『ファクト』になる。

そうした考え方の師匠はフェイスブック大好き愛妻、明菜だった。

盲従する大新聞やテレビで言い分を垂れ流し、原発事故が起こった責任を回避した。論戦での混ぜ返しは得意技だった。ただしそれは国民には途方もない不運だった。

引退後も高い国民人気を誇った大泉は、自保党が政権を奪還し愛弟子・安保宰三が首相の座に就いたのを機に、「新自由主義」を軟着陸させるべく、元経済ブレインの竹輪拓三に方策を模索させた。竹輪の腹案は斬新だった。一九八〇年代に中南米で展開した「新自由主義」は軍部の抑圧が必須で、最後は軍事政権が破綻して幕を閉じた。

だが日本に軍隊はない。では終幕はどうすればいいのか？

そこで思いついた奇手が五輪の政治利用だ。戦争や内戦ではなく盛大なフェスタで全てをうやむやにして、その時に首相を辞めれば、国民が褒めそやす大宰相になれる、と大泉は宰三を唆《そそのか》したのだ。ただしそうしたアイディアを伝えた相手は宰三本人ではなく、宰三の懐刀・酸ヶ湯官房長官だった。

宰三のブレイン、酸ヶ湯はアラジンのランプの魔法使いみたいな存在だった。願いごとは、酸ヶ湯が叶えてくれた。宰三の願いは「今の楽園のような生活を続けたい」という軽薄かつ幼稚なものだ。酸ヶ湯は宰三の幼稚な願望を、政策言語に変換する翻訳者だ。酸ヶ湯のホームランは東京五輪開催とインバウンドの観光政策の一体化だ。

盛大な打ち上げ花火は、破壊力はないが強烈な目眩ましの照明弾のようなものだ。五輪招致は民友党時代に発案されたが、指名獲得のため本腰を入れたのは宰三だ。五輪招致が決まると宰三は費用を突っ込んだ。予算の上限などないようなもの、必要なら追加を出せばいいというのは、「満開の桜を愛でる会」でも当初予算の二倍以上の経費をつぎこんだ宰三の基本的な思考法だ。二〇一二年七月に五輪招致を決めた際、予算総額は七千億円だったが三年後の七月、JOC組織委員会トップに就任した毛利《もうり》は、五輪経費は二兆円を超す可能性を示唆した。同年十月には当時の都知事が三兆円掛かると発言。十二月に総費用が二兆一千億になると報道された。

当初の予算額の三倍である。

二〇一六年八月。東京五輪前のブラジル・リオ五輪の閉会式での引き継ぎ式で、宰三は世界中を驚かせた。人気キャラのドザエもんに連れられた人気ゲームキャラである「マリ坊」に扮装したのだ。異国で万雷の拍手を受け、スポットライトを浴びた。

思えば、あの瞬間が大宰相・安保宰三の頂点だった。

二〇一九年十一月、宰三は歴代宰相の在任期間最長になり、大宰相となった。だが宰三の表情は冴《さ》えない。「満開の桜を愛でる会」の前夜祭の宴会で支援者に利益供与した疑惑で、翌年の会は中止に追い込まれた。その会は明菜の超お気に入り行事で、つむじを曲げた明菜に、宰三は平謝りした。だが二年前に封印した有朋学園国有地払い下げ問題に伴う公文書偽造事件に飛び火しそうだったのでやむを得なかった。

宰三は大宰相になりたかった。それには業績が要る。だから改憲にこだわった。実は改憲はどうでもよかった。なにしろ宰三はとうの昔に「立法府である国会を司る」総理大臣という、超法規的存在になっていたのだから。

それなら面倒な改憲より五輪の方が手っ取り早い。おまけに自分が総裁四選を否定した途端、後継レースが始まったのも不快だった。自分は出たくないが、周囲が推すからしぶしぶ出馬する、というポーズを取りたかったのに、みんな本気で後釜を狙い始めた。特に改元元号を発表した酸ヶ湯が「令和おじさん」とちやほやされるのが羨ましかった。地味な酸ヶ湯を後釜にすると、考えただけで腸《はらわた》が煮えくりかえる。

なので酸ヶ湯の右腕の泉谷首相補佐官に、お灸《きゅう》を据えて警告した。

泉谷補佐官は有朋学園問題で問題収束に尽力してくれた。だから首相の威光を笠に着てやりたい放題しているというウワサも黙認してきたが、この際やむを得ない。

泉谷補佐官が寵愛《ちょうあい》する部下の女性と一緒に出張に行きたがるのは、周知の事実だ。そこで今川首相補佐官に「新春砲」にリークさせた。宰三は七月の五輪までは絶対首相の座に居座るつもりだったし、その後も権力の実権は握り続けたかった。

年明けに電撃解散に打って出る選択肢は「満開の桜を愛でる会」騒動で花と散った。

宰三は「我慢」を強いられたが「なかよし会」の会食は控えなかった。愛妻の明菜が勧めたからだ。宰三の政権で国民に訴える知恵は全て明菜から出ていた。

「アボノミクス」という言葉も、経済ブレインの竹輪から「レーガノミクス」という言葉を聞いた時、「レーガさんのミクスより、アボのミクスの方がカッコいいわ」と言ったのに、竹輪が「アボノミクス、いいですね」と追随し世に広がったのだ。

レーガノミクスが「福祉削減、企業減税、規制緩和」の三本柱だと聞くと「三本柱より三本の矢の方がグッと来るわ」と明菜が言って、「アボノミクス・三本の矢」とした。明菜は、人の心を掴む感性に優れていた。宰三が首相になると社交性に磨きがかかり、宴会好きが高じて居酒屋「烏頭《うず》」をオープンした。ちなみに烏頭は毒草トリカブトの根を乾燥させたもので、毒として用いるときは「ぶす」と呼ぶ。

その居酒屋のオープンを黙認した時、宰三は烏頭の毒を呷《あお》ったのかもしれない。明菜は幸運の女神だ。彼女の交友関係のおかげで首相に返り咲く足がかりも得た。

おかげで宰三のメンタルは安定し、安保一強と呼ばれるまでになった。だがある日を境に、幸運の女神は疫病神になった。運命の反転は、桜宮の学校法人トップを宰三に紹介した時に始まった。調子のいい漫才師みたいな夫婦が運営する学校法人では、小学校を建設しようとしていた。だが規制で土地取得が進まない。宴席で頼まれた明菜はほいほい応じ、担当秘書に担当部署へ電話やファックスをさせた。時の首相夫人の依頼は絶大で、滞っていた認可はたちまち下り、時価八億円の一等地の国有地は、八分の一の一億円で払い下げられた。

学校法人の経営者は感激し、学校名を「安保宰三記念小学校」にしたいと言った。

「サイちゃんの名前がついた小学校ができるんですって、すごいわねえ」

「アッキーナのおかげだよ」「ううん、サイちゃんの人徳の賜物《たまもの》よ」

……などという愚にもつかない甘い会話が交わされたかどうかは定かではない。

だがこの破格の値引きが市議会議員の警戒網に引っ掛かった。市議は学校の敷地にしたいと申し出た音楽大学が八億円で購入を申し出たが断られたと聞いた。調査すると首相夫人の口利きで、桜宮理財局が値引きに応じたという仰天話が飛び出した。

国会でこの件を追及された宰三は「万が一、私や妻がこの件に関わっていたらですね、そりゃあ辞めますよ、首相はもちろん国会議員も、当然辞めますから」と啖呵を切った。だがその国会での論戦がテレビで報道された直後、明菜は言った。

「サイちゃん、桜宮の素晴らしい学校の校長先生と仲良くなった話はしたわよね。サイちゃんの名前をつけてくれると言った、小学校の校長先生よ、覚えてるでしょ」

「ああ、あの親切な校長先生か。もちろん覚えてるよ」

「今日、サイちゃんが国会でいじめられてたけど、ひょっとしたらその校長先生の話、私が谷《たに》やんにお願いしたかも」

谷やんは明菜付きの内閣府の職員、谷山京子《たにやまきょうこ》だ。宰三の顔が青ざめた。

「どうしたの、サイちゃん。明菜、いけないことした？」

「そ、そんなことないよ、アッキーナ。大丈夫だから心配しないで」

自分がどん底の時、明菜が支えてくれた。ならば今度は自分が明菜を守る番だ。

桜宮理財局には総理大臣夫人秘書の国家公務員からファックスで国有地払い下げに関する問い合わせがあったというメモが保管されていた。絶体絶命の大ピンチだ。

だが酸ヶ湯官房長官を司令官として内閣府のスタッフは頑張って防衛してくれた。他人に滅多に感謝しない宰三だが、この時は深く感謝した。特に財務省の瀬川局長はよくやってくれた。彼は明菜夫人が口利きをした証拠となる文書から、明菜夫人という文字を削除してくれたのだ。それは「公文書改竄」という重罪だった。

野党は明菜夫人の証人喚問を要求した。五人の国家公務員が仕える明菜は公人だが、強引に私人と閣議決定し、文書変更は大意に影響ないから改竄にあたらない、という屁理屈を押し通した。瀬川局長の証人喚問は、「捜査中の案件なので中身は話せない」の一点張りでやり過ごした。市民団体から雨後の竹の子のように告発が起こった。それを十把《じっぱ》一絡《ひとから》げで不起訴にしたのは検察のお友だち、黒原だ。隠蔽工作は完了した。

かくして官邸と内閣府と検察がタッグを組んで隠蔽を図った醜聞《スキャンダル》は、壮大な偽りとつじつま合わせと言い訳と屁理屈を総動員した茶番劇として、幕を閉じた。

そんなある日、明菜が言った。

「あたしたちのために頑張ってくれた人はみんなお友だちよ。お友だちには優しくしてあげてね。そうするとお友だちともっとなかよくなれるわ」

宰三はその足で、酸ヶ湯のところへ行った。

「家内が、今回頑張ってくれた人たちは優遇した方がいいって言うんだけど……」

「さすが奥さま、人情の機微をよくご存じです。早速手配します。今回の件で対応してくれた者たちは戒告を出した後で、ほとぼりが醒めた頃に必ず栄転させます」

第二次安保政権で、酸ヶ湯は各省に分散していた昇進決定システムを内閣府に統括した。その単純な一手で省庁を掌握し、官僚を官邸に服従させた。意のままにならない者は、内閣調査室と公安警察を使いスキャンダルを流して潰した。

こうして安保一強政権は司法権と行政権を手に入れた。立法権は必要なかった。既に宰三は、「立法府の長」になっていたことを、国会で表明していたからだ。

議員の党公認の決定権も自保党総裁の宰三が握った。宰三に批判的な重鎮の溝尾《みぞお》議員の選挙区に新人を投入し、通常の十倍の一億五千万もの選挙資金を投じて落選させた。自保党員で刃向かう者はいなくなった。検察の横暴に批判的だった溝尾議員がいなくなると黒原は国会の監視を逃れた。官邸官僚は宰三の幼稚な願望を、自分たちの利を最大限に引き出せるように変形し、推進した。それが安保官邸の正体だった。

ある日、明菜は「谷やん」こと谷山首相夫人秘書官に言った。

「谷やんは、イタリアが大好きだって言ってたわよね」

「学生時代に一度、貧乏旅行で行きました。また行ってみたいですね」

「それならイタリアで仕事してみない？　サイちゃんがね、谷やんをイタリア大使館の一等書記官に推薦したいって言ってるんだけど、どおかしら」

「谷やん」はごくりと唾を飲み込んだ。ノンキャリの彼女には絶対手の届かない夢物語に、次の瞬間彼女は首がちぎれそうなほど激しく縦に振っていた。

9章　検疫争議

二〇二〇年二月　霞が関・合同庁舎5号館

「あーあ、なんで僕が、彦根の指図を受けなくちゃならないんだ。そもそも、お前は出禁なんだぞ」とぶつくさ言いながら歩くのは厚労省の火喰い鳥、白鳥圭輔だ。

「僕が提案したからです。白鳥さんならとっくに手配済みだと思っていたんですが」

銀縁眼鏡の彦根が珍しくヘッドホンを外している。白鳥は立ち止まると振り返る。

「その通り、お前が考えつくことなんて、とっくの昔に思いついたさ。じゃあなぜやらなかったのか？　答えは簡単、無駄だからさ。ム・ダ・だ・か・ら。骨折り損のくたびれ儲けは、僕が一番嫌いな言葉だよ」

「じゃあなぜ、ぼくの指図に従って、やろうと思ったんです？」

「そうすればお前をコキ使えるからさ」

「どうやら白鳥さんも、僕と同じビジョンを共有しているみたいですね」

「冗談じゃない。外見は似ていても全然違う。エンジンの載った本物のポルシェと、段ボールで作ったランボルギーニくらい、中身は全然違うぞ」

よくわからないけれど、酷い喩えだな、とさすがの彦根もむっとした。

会議室には老年男性と中年女性がいた。

「久しぶりだね、本田さん。お隣の男性はどなたかな」と白鳥はそらとぼけて言う。

「泉谷首相補佐官よ。とっても多忙な方だけど、今日は無理言ってご足労をお願いしたの。この後も分刻みでスケジュールが詰まっているから、手短に済ませて頂戴《ちょうだい》」

「ではお聞きしますが、首相補佐官のご専門は感染症ですか？　それとも悪性新生物一般とか？」と言って、白鳥はこほん、とわざとらしく咳払いをした。

「どれも違う。私は国土交通省の出身で、現在は内閣府で首相補佐官を務めている」

「つまり、感染症に関しては、まったくのド素人なんですね」

「うるさいわね。だから私が補佐しているんじゃないの。これで鉄壁の布陣よ」

「鉄壁かもしれないけど、穴だらけだな」とすかさず白鳥が応じる。

「君が言う通り、失礼なヤツだね。こんなヤツ、どこかへ飛ばしてやろうか」

「心配ご無用。僕は火喰い鳥って呼ばれてます。翼があるから、自分で飛びますよ」

「まあ、みなさん。身内同士で喧嘩している場合ではないかと」と彦根が割って入る。

「何言ってるの。こんなヤツ、身内じゃないわ。国見《くにみ》先生に言われたから面会に応じただけよ」と本田審議官は、浪速大時代の上司、国見淳子《じゅんこ》教授の名前を挙げた。

「で、そのジュンジュンと同期の僕には敬意を払わないワケ？」

「次長審議官の私は、厚労省の序列第五位だけど、今は内閣官房健康・医療戦略室で泉谷首相補佐官直属の次長を兼務しているから、首相から見た序列は第三位で、省内で序列二位の厚労審議官と同列なの。ヒラのあんたが同等の口を利くなんて、ちゃんちゃらおかしくて笑っちゃうわ」

言葉遣いから察するに本田審議官の育ちはあまりよろしくないようだと彦根は思う。そう思ったのを察知したように、本田審議官の舌鋒《ぜっぽう》はいきなり彦根に向けられた。

「ところで焼き鳥の隣にいる、銀縁眼鏡のスカした兄さんはどこのどいつなの？」

彦根はぷっと笑う。なるほど、火喰い鳥と焼き鳥はどちらも火が関係するお仲間か。

「僕の使い走り三号だよ。不実な非常勤部下かな」

「まさかメディア関係じゃないでしょうね」と本田審議官は声を低める。

「違う違う。正真正銘の医者だよ。フリーの病理医なんだ」

「病理医なら臨床音痴ね。割れ鍋に綴《と》じ蓋か」

「そんなこと言ったら病理医に失礼だよ。一応彼らは臨床医のはしくれだからね。でも、その意味では僕たち四人は割れ鍋綴じ蓋コンビの組み合わせだね」

黙り込んだ本田審議官を見て、白鳥は話題を変える。

「お忙しそうだから本題に入ろう。聞きたいのは二点。第一点はチャーター機で武漢から帰国した人たちと、さっきニュース速報で流れたクルーズ船の検疫体制について。

第二点は市中で発生したコロナ感染者に対する対応について。簡単にレクしてよ」

「それはこれから私たちが首相にレクするのよ。なんであんたたちみたいな馬の骨に、首相と同じ対応をしなくちゃならないのよ」

「ふうん、この後のスケジュールって、首相レクだったんだ」

図星を突かれ、本田審議官は一瞬押し黙ったが、「そうよ。悪い？」と居直った。

「悪かないけど、首相にレクするのなら、僕たちみたいな下々の声も聞いておいて損はないと思うよ。僕たちみたいな下々の者ですら思いつくようなことを万が一、審議官と首相補佐官が見落としていたら、とんでもないことになるだろ」

「わかったわよ。それならさっさと言いたいことを言えば」

「ち、人の話を聞いてないなあ。あんたたちは水も漏らさぬ鉄壁の検疫体制を考えていると言っただろ。それをレクしてよ。漏れや穴を指摘してあげるからさ」

本田審議官がぐっと詰まった。だがむかつくけれど、申し出としては悪くない。

「じゃあ簡単に説明するわ。チャーター機の帰国者も、クルーズ船の乗船者も、基本は同じ。熱発者や重症者にPCR検査して陽性患者は専門病院に搬送して隔離する。軽症者や無症候者は十四日間隔離し、症状が出なかったら帰宅させる。以上よ」

「帰宅させる前にPCRチェックはしないの？」

「必要ないわ。無駄だもの」

「帰国者やクルーズ船の乗客のゾーニングはどうするの？　え？　知らないの？　国立感染症研究所にいた本田審議官は、検疫は超専門なのに」

「あそこでは細菌の遺伝子配列のエラーについて研究したから、現実的な検疫は専門外よ。でも感染症研究所の所長にご指導いただいたから、専門知識はあるわ。とにかく感染者と非感染者は区分けします。ゾーニングってそういうことでしょ」

「すごいね、本田審議官は独力でゾーニングがなんたるか、自得しちゃうんだから」

白鳥はぱちぱち拍手する。

「二番目は市中感染が起こった場合ね。まずそれがあってはならないという前提でシステムを組むわ。万が一、市中で感染疑い患者が発見された場合は保健所で検査対象かどうか判断し、必要に応じてＰＣＲ検査を実施すれば問題はないでしょ」

「帰国者はともかく、市中感染疑いも保健所中心で大丈夫？　パンクしない？」

「心配ないわ。その辺は私が考え抜いてあるから」

「でも検疫の超基本的用語のゾーニングを当てずっぽうで言い当てているような門外漢が、深く考えても意味がないんじゃない？」

がたり、と音を立て、本田審議官は立ち上がる。

「補佐官。そろそろ行きましょう。首相のレクに遅れてしまいます」

「うん。そうするか」と立ち上がった泉谷首相補佐官は、白鳥をじろりと睨《にら》む。

「君のような無礼者がいるとは驚いた。事務次官に報告しておくからな」

「へいへい、どうぞ、よしなに。安保首相のレクは二度目でしょ。今度は怒らせないようにしなよ」と言って白鳥はへらりと笑った。

「何言ってるのよ。どうして私が首相を怒らせなくちゃならないのよ」

「本田さんの言葉遣いは神経を逆撫でするからね。泉谷首相補佐官の部下になってからさらに高圧的になったと省内で評判だよ。あんたが失敗するとみんな大喜びで、その話が他の省庁まで回ってくる。チャーター機対応で『機内検疫はやらない、帰国後は各自移動させる』という基本方針を首相にレクしていたら、側にいた今川補佐官に『的外れなことを言うな、もういい、君は下がれ』と一喝されたんでしょ」

本田審議官はぎょっとした顔になる。白鳥はそれ以上追及せず、代わりにメモ帳を取り出すと、さらさらと何かを書き付け、びりりと破って本田審議官に手渡した。

「検疫を始める前に、その人に相談するといいよ。その先生は僕とは真逆の人格者だから、相談に乗ってくれると思うよ」

本田審議官は忌々《いまいま》しそうに、その紙片をハンドバッグにしまい込む。

足音荒く、ふたりが退出すると、彦根が白鳥に言った。

「あれでよかったんですか？　なにも解決していないと思うんですけど」

「でも本田に、衛生感染学会の理事長を紹介してやったんだ。僕って親切だろ？」

「でもあれじゃあ感染が拡大しかねません。手は打たないんですか」

「うん。忠告したって聞く耳を持たないし」

「そんなの、やってみなくちゃわからないじゃないですか」

「それなら、お前がやってみる？」と問い返され、彦根は黙り込む。頭の中にいくつものパターンが浮かんだ。そして「いえ、遠慮します」と言って、首を横に振った。

「自分ができないことを人に強要するなんて、不細工な行為だろ」

「ごもっともです。深く反省します」と言って、彦根は唇を噛《か》む。

「本田審議官の提言は安保首相に気に入られることだけを目指し、国民のことは考えていない。だから僕は自分のやれることをやるだけさ。で、やることは山ほどある」

そう言った白鳥に、彦根は深々と頭を下げる。

「な、なんだよ、いきなり。どうしたんだよ」

「日本国民を助けるため、僕に貴重な光景を見せてくれたことに対する、心の底からの感謝の気持ちです」

「お前って、時々僕にも読めないことを言うね。それって僕の知恵の限界を試されているようで、なんか不愉快なんだよ」

*

首相官邸に向かう公用車の後部座席で、泉谷と本田は身体を寄せ指を絡めていた。最近は人目が気になりスキンシップが取れないので、この時間は貴重だった。

「しかし無礼な男だな」と泉谷首相補佐官は怒った。だが白鳥の言葉は事実を言い当てていた。今川首相補佐官の忌々しい言葉が一言一句、再現されていたことに驚いた。

──本当に、あんなウワサが本省内を駆け巡っているのかしら。

不安を吹き消すように本田審議官は泉谷首相補佐官に言う。

「アレは省内の鼻つまみ者です。とりあえず厚労省内に『新型コロナウイルスに関連した感染症対策に関する厚生労働省対策推進本部』を設置して、各部署から二名人員を配置し、六階の部屋を割り当てました。様子を見て人員を適宜拡充します」

泉谷首相補佐官は、慰めるように言う。

「今川のヤツにも困ったもんだ。何かと張り合おうとするからな。首相の悲願、東京五輪が始まり来月にはギリシャから聖火もやってくる。その前に襲来した厄介者をなんとかしなければならない。前回のレクでは不興を買ったが、あれは今川の邪魔が入り、安保首相の願いを叶えるための検疫を考えている君の考えが伝わりきらなかったせいだ。今日はリベンジで、そこに力点を置いて説明しなさい」

本田審議官は、頼もしい男の肩にもたれかかった。

官邸に到着した車から降り立った時、二人は、命運を掛けたプレゼン前の企業戦士のように、引き締まった顔になっていた。

首相執務室の控え室では、明菜と今川補佐官が楽しげに談笑していたが、泉谷の顔を見ると明菜は部屋を出て行き、その後を今川補佐官が追いかけて退室する。

今川補佐官は明菜と姻戚《いんせき》関係で、幼い頃から顔見知りで信頼関係は深い。

本田審議官は、泉谷首相補佐官の下に配属され首相と顔を合わせるようになったが、明菜とは話ができていない。首相夫人秘書官は経産省と外務省ががっちりガードを固め食い込む隙を与えないのだ。本田審議官は焦りを感じた。明菜夫人と親しくなれないと安保首相には取り入れない。寵愛を失った酸ヶ湯官房長官と、「新春砲」で窮地に陥った泉谷首相補佐官にとって、コロナ禍は巻き返しのチャンスだった。

それは官邸経済官僚と厚労官房長官官僚という、ふたつのKKKの対立でもあった。二度目となる首相レクの機会を得た本田審議官は、今度こそ総理の心を鷲摑《わしづか》みにしてみせる、と意気込んだ。そんな二人を見て安保首相は「なんだ、君か」と呟《つぶや》き、深々とため息をついた。

「コロナって、なんか嫌いなんだよね。できればさっさと済ませてくれないかなあ」

弛緩しきった言葉に本田審議官は軽い衝撃を受ける。だが泉谷首相補佐官は慣れているのか、平然と答える。

「もちろんです。そのため感染症の造詣が深い専門家、本田審議官に秘策を考えてもらいました。前回は彼女がどれほど安保首相のことを深く思い、ああした提言をしたかという部分が、今川補佐官の邪魔で十分伝えきれませんでした。今日は東京五輪のため、いかにコロナを扱うかという点に重心を置いて説明してもらいます」

「ふうん、じゃあ詳しく、説明して」

安保首相は、むくりと身体を起こした。本田審議官は一礼し、顔を上げる。

「五ヵ月後の東京五輪において、今回のコロナ禍は最大の脅威です。日本中にコロナが広がれば開催は不可能になるかもしれません。これはそれを防ぐための献策です」

安保首相は膝の上に肘をつき、「面白そうだね」と前のめりの姿勢になる。

食いついたわ、と本田はほくそ笑む。

「ただ今から、日本にコロナが蔓延しないようにする方策の根幹を説明させていただきます」

10章　ダイヤモンド・ダスト

二〇二〇年二月　横浜港・クルーズ船船内

二月三日

美貴ちゃんは私の自慢の孫だ。看護学校を卒業して地元の病院に就職して一年。誕生日に豪華クルーズ船の旅をプレゼントしてくれた。去年亡くなったじいちゃんにプレゼントできなかったから、なんて言うけど、いつも私と一緒のじいちゃんも喜んでいるはず。でも、この年でクルーズ船で外国に行くなんて思わなかった。

客船は乗客定員三千七百人、乗組員数約千人。客室は千三百室とパンフレットにある。お客さんは五十六の国と地域から二千六百人が乗っている。

美貴ちゃんはお休みを取って、出発前日の一月十九日の私の誕生日に横浜のホテルで誕生日のお祝いしてくれて、翌日、出港の見送りまでしてくれた。

五日後、香港に着いた。生まれて初めての外国。毎日食事は豪勢でショーもある。海上に出れば外国だから日本で禁止されているカジノもできる。同室の晴美《はるみ》さんに誘われたけれど断った。このノートを書き始めたのは、「上陸できなくなりました」と船内放送があったからだ。「横浜から香港まで五日間、本船で過ごした乗客がコロナウイルス陽性と診断されました。横浜に到着後、専門の職員が乗船し検査をします」と言う。晴海《はるみ》客船ターミナルから横浜埠頭《ふとう》に変わったから、下船に時間が掛かるかもしれない。なので暇つぶしにクルーズの思い出話を書こうと思う。北海道に帰ったら美貴ちゃんに土産話をしようと思ったけれど、遅れたらどんどん忘れてしまいそう。

船内の様子は変わらない。食事はバイキングだし催し物も盛りだくさんだしカジノは相変わらず大勢の人で活気がある。明日は横浜港に入港する予定だ。

首相官邸内の、泉谷首相補佐官の部屋では、本田審議官が彼に寄り添っていた。

「コロナはとんでもないな。中国からの春節の客が激減し、酸ヶ湯長官のインバウンドに陰りが見える。五輪に向け、観光客の来日を盛り上げていこうという矢先なのに」

肩に置かれた手を撫でながら、今までのようにスキンシップが取れなくなってしまったことに、泉谷首相補佐官はいらついていた。心底「新春砲」が憎い。

リークした裏切り者はわかっている。経産省の今川だ。官邸の二枚看板だの竜虎だのと並び称されたが最近は分が悪い。酸ヶ湯長官が安保首相に疎まれたせいだ。

「心配いりませんわ、補佐官。私の進言した方法で感染者数は低く抑えられますから」

「だが野党連中は言いたい放題で、中国からの入国は制限すべしだなんて無茶を言いそうだから、うまくやってくれよ」

「釜田《かまた》厚生労働大臣は理解が早くて助かります。国会で『現時点で人から人への感染は確認されていないが、横浜でしっかり検疫で対応します』と断言してくれましたし」

だがそれは間違いで、この時点で中国もＷＨＯもヒト＝ヒト感染を公表していた。

「外務省は湖北省への渡航を中止レベルに引き上げたが、中国からの入国は制限しなかった。ここへきてオール官邸の一致団結感が戻ってきたようだ」

「『新型コロナウイルスに関連した感染症対策に関する厚生労働省対策推進本部』を厚労省に設置しました。一月三十一日、クルーズ船対応で沖縄・那覇《なは》検疫所は熱発者十名以上の報告に対し通常のサーモ検査に加え乗客乗員の問診をし、湖北省訪問の有無は確認を取っています。対策推進本部の垂井《たるい》局長に連絡を取り、なるべく速やかに検疫を済ませ、症状のない乗客を下船させればいいのです」

泉谷首相補佐官が本田審議官の腰に手を回すと、彼女はしなだれかかってきた。

二月四日

クルーズ船は入港したけど沖に停泊したままだ。「今日の下船は中止になりました」と朝放送があった。その後「熱がある人は船内クリニックに来てください」という船内放送があった。三十人が熱を測り、鼻の穴に綿棒を突っ込む検査をされたそうだ。

食事は朝昼晩ともバイキング。お別れパーティでは、ウエイターさんやコックさんが賑やかな音楽と共に白いナプキンをくるくる回しながら、座席の間を練り歩き、お客さんも手拍子で盛り上がった。同室で同い年の大山《おおやま》晴美さんと、一緒にお昼を食べた。割増料金を払えば一人部屋にできるけど、誰かと同室の方が淋《さび》しくない。

「ホタテちゃんともお別れね。船を下りても連絡を取り合おうね」と言われた。

晴美さんは人にあだ名をつけるのが趣味だ。私の名字は保阪だから「ホタテ貝」。孫の美貴ちゃんは小学校の頃『掘っ立て小屋』なんてあだ名をつけられ、べそをかいていた。貧しい母子家庭だったので深く傷ついたのだろう。それと比べれば「ホタテ貝」なんて可愛らしいものだ。

「最後にカジノに行かない？　ホタテちゃんは二度と行くことはないでしょ？」

「そうねえ。晴美さんがそこまで言うなら、一度だけ行ってみようかな」

「やった。いい記念になるわよ」と言われルーレットをやったら三回目に一点賭《が》けが当たりコインをたくさんもらった。「クルーズで毎日ルーレットをやったけど、一点賭けを当てた人は初めて見たわ。ビギナーズラックね」と晴美さんは言った。

私は疲れてしまい、「もう止める」と言うと晴美さんが換金してくれた。千円賭けたら三万円になってびっくりした。売店で美貴ちゃんのお土産に雪ウサギのぬいぐるみを買った。晴美さんは夜遅くに部屋に帰ってきた。

「みんなで太鼓を叩いて踊りまくったの。ホタテちゃんも来ればよかったのに」

そおねえ、と答えたけど、やっぱり行かなくてよかったと思った。

おやすみなさい、と言って晴美さんは隣のベッドに潜り込み、灯りを消した。

二人で決めたルールでは、十二時に消灯することになっている。今は零時二十分だけど、最後の晩だからこのくらいは大目に見よう。


四日夜、クルーズ船でPCR検査を実施したところ、有症者三十一人中十人が陽性だったという衝撃的な一報が入った。結果は『新型コロナウイルスに関連した感染症対策に関する厚生労働省対策推進本部』の垂井局長から政務三役の釜田大臣、本橋《もとはし》副大臣、阿字《あじ》政務官に報告され、緊急三役会議が開かれた。釜田大臣の決断は速かった。「これは省内で対処できる問題ではない」と酸ヶ湯官房長官に電話を掛け、彼は直《ただ》ちに政府全体での対応を決定した。こうして深夜、臨時会議が招集されたのである。

会議が終わったその足で垂井局長は『新型コロナウイルスに関連した感染症対策に関する厚生労働省対策推進本部』正式略称「シンコロタイホン」、後にはさらに縮めて、「シンコロ」と呼ばれることになる本部へと向かう。垂井局長の後に庄村《しょうむら》事務局長代理が続き、後ろから本田審議官がついてくる。首相補佐官のお気に入りという権勢を笠に着て審議官に収まったお邪魔虫だ。本省の上層部にもタメ口で言いたい放題。

引っかき回されるのだけは何としても避けなければ、と庄村事務局長代理は中間管理職の悲哀を味わいつつ、早足で歩く。

　六階小会議室に設置された「シンコロ」部屋に机が七つ置かれ「国会班」「広報班」「検証班」「症例班」「省内連絡班」「地方班」と書かれた紙に混じり「マスク班」という見慣れないものもある。机には各々二人が所在なげに座っていた。つまり総勢十四名だ。空気は淀《よど》んでいる。出世頭や野心家は、五輪特別対策班に参加しているから、ここは落ちこぼれの吹きだまりだ。垂井局長は鼓舞するように声を張り上げる。

「今夜、酸ヶ湯官房長官が極秘緊急会議を招集する。ダイヤモンド・ダスト号で新型コロナウイルス感染者が発生しその対策だ。『シンコロタイホン』の各部署から一名ずつ参加させる。希望者は挙手しろ」

　メンバーが互いに顔を見合わせる中、勢いよく挙手した人物がいた。

「あ、なんであんたがこんなところにいるのよ」と本田審議官が声を上げた。

「なんでって、上司に命令されたからに決まってるでしょ」

　厚労省の火喰い鳥、白鳥圭輔は肩をすくめた。二人の上司も顔をしかめる。

「心配するな、コイツは指名しないから」と垂井局長が言う。どの部署も年上を指名したのに、マスク班は新人の古村《こむら》だ。垂井局長は神奈川県知事の赤岩《あかいわ》に電話で事情を伝え連絡班に、横浜保健所に連絡し十人の患者の受け入れ先を見つけるよう依頼しろ、と命じ部屋を出て行った。本田もそれに続いて姿を消した。

小会議室に沈滞した空気が広がる。白鳥が、指名された新人、古村に言う。

「大変だねえ。ああいう会議はやたら長くて、くたびれるだけなんだよなあ」

「先輩が挙手したのになぜ僕なんですか。僕、残業は嫌だし会議も好きじゃないのに」

「それならいいことを教えてやる。僕の言う通りにしたら、役立たずとみなされ対策室から外されるか、評価され出世できる。どっちにしても現状よりもよくなるよ」

「今よりは状況が改善されるんなら、教えてください」

白鳥がにっと笑い新人、古村の耳元で悪魔のアイディアを囁《ささや》いた。

「簡単だろ？　まあ、この手が使える局面になる可能性は八割だけどね」


日付が変わり、午前零時二十分。

安保首相御用達《ごようたし》のホテルオーヤマ会議室に真夜中、政権の中枢の人々が集まった。「満開の桜を愛でる会」前夜祭が「帝王の間」で開かれた。セキュリティは抜群で官邸からも近く安保首相のお気に入りだ。今川首相補佐官の叔父がホテルの取締役だ。見返りは果たしている。天皇陛下の即位式関連の祝宴は随意契約で会場に指名した。安保宰三後援会パーティをダンピングの低価格で提供しても十分にペイするだろう。

完全な不正利益供与だが、検察が動かなければ罪には問われない。

緊急会議は酸ヶ湯官房長官が招集し釜田厚労大臣、本橋厚労副大臣、赤崎《あかさき》国交相が揃った。背後に担当官僚の大臣秘書官が並び課長、課長補佐が続き、何か聞かれたら、この順で問い合わせが行く。厚労省関連は多人数だ。政務秘書官、副大臣秘書官、審議官を始め『シンコロタイホン』の垂井局長、庄村事務局長代理、各々の部下と合わせて総勢二十名弱。密集状態の会議室で目を惹《ひ》いたのは泉谷補佐官と本田審議官の密着ぶりだ。官僚たちは目をそらしながらも、ちらちらと横目で見ていた。

酸ヶ湯官房長官が矢継ぎ早に質問を繰り出す。濃厚接触者の検査体制は？　陽性患者の搬送は？　マスコミに何時に知らせる？　患者の上陸のやり方は？

釜田大臣、本橋副大臣、阿字政務官の背後霊が質問を復唱し伝言ゲームのように後ろに回す。質問が親亀から子亀へ、孫亀へ伝えられ、孫亀から子亀へ答えが戻り、最後に親亀が親分に報告する。そこにしゃしゃり出てきたのが本田審議官だ。

「乗客は船室に留まってもらいましょう。一度に三千人は対応できませんから」

「それしかないな。武漢チャーター機の時は民間のホテルが手を上げたが、三千人となるとお手上げだ。誰かいいアイディアはあるか？」と酸ヶ湯官房長官が問いかける。

厚労省・対策本部の背後霊集団の一番下座の若手官僚が「あの」と、おずおずと手を上げた。発言序列の儀式から外れた玄孫亀の所作に前列の親亀、子亀がぎょっとして振り返る。酸ヶ湯長官は手にしたボールペンで玄孫亀の新人を指した。

「そこの若いの。案があるなら言ってみろ」

「三千人を一度に収容できる施設はあります。豊洲《とよす》のオリンピック選手村は今、まるまる空いているので政府の一存でやれますし、費用もロハで済みます」

一瞬、空気が凍る。次の瞬間、前にいた子亀、親亀が玄孫亀にのしかかり押さえ込む。官僚玉すだれの先頭の「シンコロタイホン」の垂井局長が「なにぶん急ごしらえでして……」と汗をふきながら謝罪する。

酸ヶ湯官房長官は咳払いをすると、おもむろに繰り返す。

「三千人を収容する施設はないな。『船内隔離』方針でやってくれ」

庄村事務局長代理が応諾すると、本田審議官が「私も行きまあす」と手を上げた。

滅多に感情を表に出さない鉄面皮の「シンコロタイホン」垂井局長の顔が歪《ゆが》む。

打ち合わせが終わると散会し、みな急ぎ足で会議室を退出した。

残った酸ヶ湯官房長官は、がらんとした部屋で、深々と吐息をつく。

安保首相の関心は五輪一色だ。そして自分の身を守るためお友だちの黒原検事長の定年延長を打ち出した。直前の金曜日に閣議決定し公表するという迅速《じんそく》さだ。

だがその決定は酸ヶ湯には知らされなかった。黒原を「お友だち」に加えようと提案したのは酸ヶ湯なのに、酷い仕打ちだ。安保首相は酸ヶ湯を蚊帳の外に置いた。

自分は切られた。酸ヶ湯が自分の座の後釜を狙っていると誤解されたのだ。

そんなことは望んでいなかった。酸ヶ湯は、ずっと官房長官でいたかった。

どうしてこんなことになったのだろう、と酸ヶ湯は暗い窓硝子の外に目を遣った。

二月五日

朝、船長さんの船内放送で目が覚めた。

「船長のアブドルから残念なお知らせです。新型コロナウイルス検査をしたお客様の十人の方が陽性でした。今後は部屋から出ないでください。熱のある方はスタッフに申し出てください。食事はスタッフが各お部屋までお運びします」

化粧をしていた晴美さんは、ベッドの上にぱふ、と身を投げ出す。

「旅行の最後の最後で寝室にカンヅメだなんて、信じられない」

ノックの音。ドアを開けると、浅黒い肌の小柄な青年が立っていた。

「あら、ファンちゃん、食事を運んできてくれたの。ありがとね」

晴美さんの声が裏返る。晴美さんのお気に入りのフィリピン人の船内スタッフだ。

ファンさんは食事のトレーをふたつ、部屋に運び込んだ。

「ねえ、ファンちゃん、ほんとに部屋を出ちゃダメなの？」

「うん、ダメね。センチョさんに怒られる。でもスタッフは一緒のまま、コックさんもマスク着けてないネ」と流暢《りゅうちょう》な日本語で答える。

「そうなんだ。ところで一番最初にコロナに罹ったお客さんって誰か知ってる？」

「ウン。香港で下りたチャンさんね」と答え、彼は部屋を出て行った。ご飯を食べ終えトレーを部屋の外に出すと「貧乏くさくて、ヤな感じ」と晴美さんがこぼす。

「そういえばお孫さんは看護師よね。コロナってどうすればいいか、知ってる？」

「基本は手洗いとマスクらしいわ。急にどうしたの？」

「そりゃあコロナは気になるわ。当然でしょ」と言い晴美さんは、声を潜めた。

「チャンさんに社交ダンスを誘われて一度踊ったの。咳してたけどマスクはしてなかった。頬を寄せてきたから、ステップを間違えたフリして、思い切り足を踏んづけてやったけどね。香港で下船した時ランチをご馳走《ちそう》してくれて旅行が終わったら会いたい、と言うから連絡先を交換したの。お手伝いさんが十人いる御殿みたいな家に住んでいて、春節でカジノ・シップで帰ろうと思いついたんだって。ギャンブル好きなの」

やけに詳しい。そう言えば香港で下船した時、「ご飯はクルーズ船でいつも一緒だからお昼は別々に食べましょ」と放り出されたっけ。ひょっとしたらあの時、チャンさんの家に招待されたのかもしれない。気がかりなことをさりげなく言ってみた。

「チャンさんがコロナだったら、晴美さんも感染っているかもしれないわね」

「やだ、怖い。冗談言わないで」

「とりあえず熱を測ってみたら？」と私はポーチから電子体温計を取り出した。

その中には血圧の薬に加え、風邪薬や熱さましの錠剤がある。お医者さんや看護師さんが海外旅行に行く時の「お出かけセット」を美貴ちゃんが準備してくれたのだ。

晴美さんは神妙な顔で腋《わき》の下に体温計を挟んだ。ピピッと電子音がして、晴美さんは恐る恐る体温計を取り出した。「三十七度七分……」と呟くと両手を合わせて拝む。

「お願い、見逃して。友だちでしょう？」

そういう話ではないけど、ま、いっか、と思い「わかった。見逃してあげる」と言うと、晴美さんは「ありがとう、友よ」と言って抱きついてきた。

彼女をやんわりと押しのけながら、訊ねた。

「下船が延びたから、血圧と糖尿病のお薬、足りなくなるんじゃない？」

「大丈夫。飲んだり飲まなかったりで半分以上余ってるの」と晴美さんは、ぺろっと舌を出す。私は、毎日飲んだので血圧の薬がなくなりそうだ。晴美さんと同じ薬だ。

「ホタテちゃんと同室でよかった。ウチの人と一緒だったら血圧は上がりっぱなしよ」

そう言って晴美さんは、ふふ、と笑った。その時、ノックの音がした。

ドアを開けると、白い宇宙服姿の人が二人立っていた。

「厚労省から派遣された検疫官です。いくつか確認と検温をさせていただきます」

宇宙人さんは体温計で晴美さんの額を撃つ。ピッと音がして次にピピッと音がした。

「三十七度三分、微熱がありますね」と言われ晴美さんは「普段から平熱が高いんです」と言うと、係員さんは納得したようだ。私の体温は三十六度三分だった。

体調についていくつか簡単な質問をされた後で、こう聞かれた。

「半年以内に中国へ行ったことがありますか？」

「この船は十日前に香港に寄ったから、みんな行ったことになるんじゃないかしら」

「今回の旅行以外で中国本土に行ったことがあるかどうかです。今後、発熱しましたら院内クリニックまでお知らせください」

「コロナって治療してもらえるんですか？」と晴美さんが訊ねると、係員さんが言う。

「私たちの仕事は、病気が広がらないようにすることで病気を治すことではありません。日本では一、二例しか発症していないので大丈夫でしょう」

係員が立ち去ると晴美さんは「危機一髪。あたしって運が強いのよ」と微笑する。

部屋の前の通路に見張りの人がいた。建前上は船内にいる人が自室内に留まるのは「要請」で、「命令」ではないらしい。感染した人数は教えてもらえなかった。


二月五日夜。安保首相は「なかよし会」のお食事会をしていた。今夜のお相手は元ニュースキャスターで今は右翼界隈に女神と崇拝されている梅田《うめだ》さと子《こ》だ。

宰三は人当たりがよく、下手に出て相手を持ち上げるのが得意だ。大泉内閣の番頭の官房長官として有能だったから、後継者に指名された。だが宰三はすぐに行き詰まる。指示に従うのは得意だが指示すること、自分で決めるのは苦手で、周りが処理してくれ、いつしか周りの人間は何かしてくれるのを当たり前と思うようになった。

　尊敬した相手には尽くした。宰三が献身した人物は二人。一人は大宰相・岸辺龍三、政治家になってから大泉進一郎だ。宰三はマッチョに仕える「メンタル・オネエ」だ。

　劣等感を隠すため外交と国防に力を入れ、憲法改正にも固執した。だがゴッドマザーと呼ばれる母親は父の望みを叶えるよう厳しく接し、体調を崩した宰三は政権を放り出した。再起のため愛妻・明菜が全て肩代わりしてくれたのは以前見た通りだ。

これで重圧から解放された宰三は、長期政権を担った。そんなことを思い出していると、右翼の女神、梅田さと子女史が切り出した。

「徴用工裁判の不当判決への安保さんの厳しい対応に、韓国はベソを掻いていますね」

　国粋主義の権化・梅田女史は煙たい存在だ。毅然《きぜん》とした物言いは母に似ていた。

「そうですか」と答える宰三の顔色は冴えない。「外交の安保」の実態は外国にじゃばじゃばカネを出してウケがいいだけだ。実質的な成果は韓国に対するヘイトだけで結果韓国人観光客は激減し、観光地から怨嗟《えんさ》の声が上がった。おまけに最近お友だちになった国際法学者の教授からびっくりする話を聞いた。韓国の反日デモを報じたニュース記事のプラカードの写真は「反日」ではなく「反安保」と書かれているという。

　そんなことは、誰も教えてくれなかった。その上、徴用工裁判は国際法的に日本が間違えていると教わり、腰を抜かしそうになった。

それが本当なら、宰三はわからんちんのヘイト野郎ではないか。

　一九六五年、韓国の軍事政権と日本の間で条約締結後の一九七九年、日本は国際人権規約を批准した。政府や企業、軍隊に人権を侵害された者は救済されるという規定があり、ドイツは徴用工賠償を実行し、米国やカナダも先住民に賠償した。

――締結条約が『上書き』され日韓協定が無効になるのは国際法上の常識で、国際司法裁判所に提訴したら敗訴しますな。総理は取り巻きに騙《だま》されとるんですな。国際法廷に提訴し思い知らせてやろうと言ったら、連中はうやむやにしようとしますな。

　確かにこの問題を相談しようとすると、泉谷補佐官も今川補佐官も、そそくさと姿を消した。目の前の右翼の女神は「徴用工は日本の募集に、自由意志で来た」説を延々と繰り返している。宰三は韓国嫌いではない。前政権の女性大統領の金信恵《キムシネ》とは食事を一緒にする仲だ。彼女の父の金正洙《チョンス》は元大統領で軍事政権時代に日韓協定を結んだ。CIAのお友だちなので、宰三は自然と仲良くなった。そのお友だちの金信恵を逮捕したのが今の崔貞浩《チェジョンホ》大統領だ。だから今の韓国政府と仲良くするなどとんでもない。

　それに第一次政権を投げ出した宰三に、変わらず優しく接してくれた右翼の帝国会議の人たちも今の崔政権を攻撃するのは当然だと後押しする。こうして宰三は表向き嫌韓主義者になった。だが宰三に本当のことを教えてくれた国際法学者は言う。

――そもそも日韓協定を締結した相手は軍事独裁政権で、市民の虐殺や弾圧をやり放題で、今の韓国政府は民主化運動で軍事独裁政権を倒して誕生した革命政権だから、不当条約として反故《ほご》にするのは公約で当然で、国際法的に妥当なんですな。

——でも、約束を守るのは、人として当たり前じゃないですか。

宰三が自分の振る舞いを棚にあげて抗議すると、学者は首を左右に振った。

——それは国際的な常識ではないんですな。米国もオバタリ前大統領が決めたキューバとの国交回復をトランペット大統領がひっくり返したんですな。政権交代で政府の立ち位置が変わったら、新政権と改めて関係を作り直さなければならないんですな。

——ええ？　なんだかめんどくさいですね。

「でもそれが外交というものなんですな、総理」

教授の最後の言葉が、今も宰三の耳にこびりついている。だが今さら、方針転換は不可能だ。梅田さと子は、右翼の親父たちを魅了する微笑を浮かべて言う。

「韓国では最近、ドライブスルーPCRとかいう検査を始めたそうですけれど、ハンバーガーショップみたいですね、あの国は本当にいろいろ笑わせてくれますわ」

先日のレクで、厚生労働省の女性審議官から聞いた話を思い出した宰三は、言う。

「韓国は人口も経済規模も日本の八分の一だから、PCRの全数検査は可能なんです」

宰三は久々にきちんとしたデータを前提に話ができた。だが、全てを丸投げお任せ宰三も、今日は心配事がふたつもあって会食に集中できず、上の空だった。

　今日の国会は紛糾した。憲法保持党《けんぽうほじ》の議員が「全員の検査結果がわかるのはいつ頃か」なんてどうでもいい質問に拘《こだわ》った。検査係じゃない我々にわかるはずがない。船内隔離で個別に船内生活を二週間送るのは不可能ではと聞かれ、「ご夫婦が多いので、そういう方は同室になっているだろう」と答えた。中身はないが膨らませる答え方は得意で、久しぶりにいい仕事をしたな、といい気持ちでいたら、黒原検事の定年延長問題になった。お友だちの黒原には今の職に残ってもらいたい。六十三歳になったからといって、優秀な人材を杓子《しやくし》定規に辞めさせるなんて、国家の損失だ。
「これまでのお礼に、黒ちゃんを検事総長にしてあげましょうよ」と明菜も言った。国会なんかより閣議で決める方がスピーディでスマートでストレスがない。国会なんてなくなればいいのに、と思う。秘書官に、お時間ですと告げられ我に返った宰三は、右翼の女神に挨拶をして、愛妻が待つ私邸に帰った。

　二月六日
「私たちの船、日本中の注目らしいわ。携帯で連絡を取った娘さんがワイドショーに出たんですって。番組では船内の様子を流しっぱなしですって」と晴美さんが言う。
「でもテレビカメラは、船内では見ないけど」
「クルーズ船のプロモーション・ビデオらしいわ。おかげで旦那に、お前はあんな贅沢な食事をしているのか、とイヤミを言われちゃった」と晴美さんは舌を出した。

「イヤミくらい、いいじゃない。お話しできるんだもの。夫を亡くした私からみたら羨ましいわ」と言うと、晴美さんは身を縮め「ごめんなさい」と言う。

「そういえば晴美さんのお住まいは、聞いていなかったわね。どこなの？」

「東海地方の、桜宮というちっちゃな街よ。のんびりしていていいところよ。新幹線の『のぞみ』は止まらないけど、砂浜は綺麗だし立派な水族館もあるわ。それで水族館には『黄金地球儀』っていう地球儀もあるの。制作費は一億円だったらしいわ」

「すごいわね。さぞ大きい地球儀なんでしょうね」

「そんなでもないわ。駅前の商店街『蓮っ葉通り』にはレストランや居酒屋があるけど、シャッター通りになってる。通院してる『三田村《みたむら》医院』もそこにあるのよ」

「よさげな街ね。船を下りたら遊びに行こうかな」

「大歓迎よ。雪見に遊びに行ったらカニをご馳走してね」

その時、昼食が運ばれてきた。晴美さんは食欲がなく、少しダルいわ、とベッドに潜り込んだ。活動的な晴美さんがお昼寝するなんて初めてだ。

私はクロスワードパズルを解き始めた。しばらくして「ただいま、本船は横浜港埠頭に接岸いたしました」という船内放送が流れた。下船できなければ意味はない。

隣のベッドでは晴美さんが、すうすうと寝息を立てていた。

二月六日、船内隔離二日目。クルーズ船の船内では感染者が二十名と倍増した。

神奈川県庁健康危機管理課の竹田《たけだ》課長は途方に暮れた。厚労省から無理難題が下りてくる。船が入港したら対応できるよう部長は待機指示を出し、そこに電話が掛かってきて健康危機管理課は混乱した。夕方十名の患者を搬送せよという依頼も無茶だが、どういう患者でどんな症状か、周辺情報が一切ない。医療施設が戸惑うのも当然だし、通常業務の妨害になりかねない。竹田課長が十名の患者を受け入れてもらった時は日付が変わっていた。そこに更に十名いるという連絡が入り、もう無理だ、と観念した。

患者は今後も増え続けるだろう。その時に浮かんだのがＤＭＡＴ責任者の顔だ。

ＤＭＡＴはDisaster Medical Acute Team の頭文字で、「災害派遣医療チーム」だ。業務は災害現場での医療活動や病院の支援活動。日本ＤＭＡＴは全国組織で、厚労省が研修会を主催しＤＭＡＴ資格を与える。各都道府県のＤＭＡＴが連携を取りつつ活動する二階建ての仕組みだ。基本は医師一名、看護師二名、サポート調整員一名の四名で必要に応じ増員する。竹田課長が神奈川ＤＭＡＴの代表に連絡を取ると「感染症って災害かなあ」という戸惑いの声が返ってきた。だが竹田が懇願すると、切羽詰まった気持ちが届いたのか、最後には代表は首を縦に振った。

「わかりました。困っている患者がいるなら出動します」という言葉は涙が出るほど嬉しかった。竹田は県行政のトップに知らせ、赤岩知事は了承し、自衛隊に災害派遣要請を出した。自衛隊の統合幕僚長は陸自出身でその下に海自と空自を置いた。

その時、陸自の東北方面衛生隊長は何をやるのか、理解していなかった。とりあえず練習用の防護服で着脱の訓練をさせ、現地入りさせた。一方、神奈川ＤＭＡＴは厚労省に設置された日本ＤＭＡＴに出動要請があったと知らせ、日本ＤＭＡＴは神奈川ＤＭＡＴの判断を支持した。この判断には厚労省は介入しなかったので素早く合理的に対応できた。神奈川ＤＭＡＴと同時に乗船した自衛隊が全活動をサポートするという棲み分けも決まり、厚労省の担当官は検疫作業に集中できた。

乗船した神奈川ＤＭＡＴは五階レストラン「セイレーン」に対策本部を設置した。

一連の対応は大規模災害や大規模事故の被災地で実施したのと同じだが、今回は感染症が相手なので勝手が違う。本部には各階から熱発患者の報告が次々に上がり、ホワイトボードに熱発患者を書き込むと、たちまちボードは一杯になった。

その頃、船内対応の記者会見に登場した人物を見て記者たちは驚いた。公私混同不倫視察旅行と恫喝行政で巷の顰蹙を買っていた本田審議官が滔々《とうとう》と説明する姿を、報道する記者もテレビ中継画面を見ている市民も呆然と眺めた。不倫でも浮き草稼業の芸能人がワイドショーに袋だたきにされるのに、国民の禄《ろく》を食《は》む国家公務員は容認されるという、メディア倫理のダブルスタンダードが露呈した瞬間だった。

二月八日

昨日日記を書かなかったのは、晴美さんとお別れしたからだ。晴美さんは三十八度の熱が出た。晴美さんは両手を合わせて言った。

「ホタテちゃんお願い、見逃して。あたしたち、友だちでしょ」

「でもこれだけ大騒ぎになっているんだから、きちんと診てもらった方がいいわ」

「あたしなんか死んでもいいの。どうせ先は長くないんだから」

沈黙が流れた。部屋は窓がなく、窒息しそうだ。晴美さんは起き上がる。

「ごめんね、わがまま言って。熱が出てもコロナかどうかわからないから、確認で診てもらった方が安心できるわよね」と言って、部屋を出て行った。

一時間後。晴美さんが戻ってきた。

「どうだった？」と聞くと、晴美さんはにっこり笑った。

「ＰＣＲ検査で鼻の穴に綿棒を突っ込まれたわ。いい女が台無しよ。結果は明日わかるんですって。あと一晩かもしれないけれど、それまでよろしくね」

「まだわからないでしょ」と私は言った。

「でもあたしは船を下りた方がいいと思う。コロナだったら貴美子《きみこ》さんに悪いもの」

言われて気がついた。晴美さんがコロナだったら感染ってるかも。

コロナの人と一緒に、こんな狭い部屋で過ごしているなんて、と急に怖くなった。

ノックの音がした。ドアを開けると、白い宇宙服を着た検疫官が立っていた。

「大山さん、二時間後に救急車で病院に搬送しますので、下船の支度をしてください」

「陽性だったんですか、あたし」

検疫官は、何を今さら、というような顔をして「そうです」と答えた。

扉が閉まると、晴美さんは泣き崩れた。

「ごめんね、ホタテちゃん。あたしがわがままを言ったばかりに」

「仕方ないわ。そんな怖い病気だなんて、知らなかったんだもの」

晴美さんは涙をぬぐい立ち上がると、大きなスーツケース二つに荷物を詰め込んでいく。それから、薬を取り出し、私に差し出した。

「ホタテちゃんは同じ薬だったわよね。あたしは入院するからあげる」

一瞬ためらったけれど、明日にも薬が切れるところだったのでありがたく頂戴した。

「何だか餞別《せんべつ》みたい。薬をあげるなんて変だけど」

晴美さんは笑った。そういえば私はいつもこの人の笑顔を見てたんだな、と思う。

二時間後、晴美さんは「さよなら、ホタテちゃん」と手を振って部屋を出て行った。

扉が閉まると、暗い部屋はがらんとした。

四〇六号室の大山晴美が下船した時、四〇七号室では元医師アドルフ・ポッパーが、古巣の米国疾病対策センターCDCの同僚医師に電話を掛けていた。船内にグリーンゾーンがない、船の隔離は実験場だ、私たちは巨大な培養器の中で新型コロナの増殖のベクターになりかねない、と訴える電話の声は切迫していた。専門家の同僚は危機を理解した。クルーズ船内では感染症対策がされず「船内隔離」されていたのだ。

同僚は直ちにCDCのファウル所長に連絡を取る。半日後、米人乗客は、十四日の隔離を承諾すればチャーター機で救出する、と国際電話で返事をもらう。五日後の二月十七日、米国チャーター機二機が羽田《はねだ》空港を飛び立ち米空軍基地へ乗客を移送した。クルーズ船には約四百人の米国人が乗船していたが一割の四十人が感染していた。

電話でSOSを告げてチャーター機を要請したポッパー夫妻は、残留した。細君が陽性だったのだ。米国立感染症研究所のアンドレ・ファウル所長は、感染確認された米国人は日本に残留し治療を継続するように、と指示した。

船内隔離期間に加え十四日の隔離措置を命じた理由を「船内での感染力は、ホットスポットにいるのと同等だからだ」と答えた。それは船内の隔離措置が意味をなさないことを意味した。かくして厚労省独自の検疫、隔離処置は名に値しないことが全世界に公表されてしまったのだった。

二月十日
昨日はダルくて、一日中寝ていた。体温は三十八度。頭が割れるように痛い。
クリニックに行くとPCR検査をされた。結果が出るのは数日後だ。けれども検査結果を待たずに下船し、病院に搬送するという。「コロナですか？」と聞くと「わからないけれど、船内で無理に診断をつける必要がなく、熱があったらコロナと見なそうと、DMATのトップの人が切り替えたんです。『トリアージ』と言うんですよ」
明日十一日の十時に下船になった。明日の午後、船は蒸留水を作るために沖に出るそうだ。その前で、嬉しい。もうひとつ嬉しいニュース。船会社が旅行代金を全額払い戻すという。これから入院したりいろいろ物入りになるだろうから、とても助かる。

二月十日夜。大臣室で釜田大臣、本橋副大臣、阿字政務官の政務三役会議が行なわれた。例によって背後霊の黒子が並ぶ。本田審議官は「シンコロ」の司令官気取りで、真の現場指揮者の垂井局長と、直属の部下の庄村事務局長代理が横目でにらんでいる。新規感染者は三十名と増加の一途だ。日本DMAT隊長から検査結果を待たず発熱者は一括してコロナとみなす「コロナ・トリアージ」を採用すること、DMAT隊長の判断で衛生感染学会に派遣を要請したことなどの報告があった。
静寂を破ったのは場の空気も現場の状況も理解しない最強の審議官、本田だ。

「日本DMATの権田《ごんだ》隊長の暴走を一刻も早く止めないと、船内秩序が崩壊します。私が直接現地に出向いて混乱を収拾してきます」

大臣、副大臣、政務官の三役は唖然《あぜん》とした。本橋副大臣が言う。

「とにかく現状が見えないことが問題です。我々政務三役レベルが現場を見てこないと、船内の状況はわからず、問題解決ができません」

その真意は、このままだと本田審議官が単独侵入してしまう、という危惧《きぐ》だ。

「では本橋君が行ってくれるか」と以心伝心、阿吽《あうん》の呼吸で釜田大臣が言う。

わかりました、と言って本橋副大臣が立ち上がると、庄村局長代理も従う。

「私も同行しまあす」と本田審議官が言うと、場にいた全員が一斉に顔をしかめた。


二月十一日早朝。横浜港に向かう車中で本橋副大臣は庄村局長代理のレクを受けた。

「船は海水を蒸留し飲み水を作るため沖に出る必要があり、作業完了まで最低十時間は帰港できません。出港までに四十一名の陽性者を下船させたい、とのことです」

「まずは早急に船外待機所を作らなければならないな」

「こんな騒動の最中に沖に出るなんて、船長は何を考えているのかしら」

そう言った本田審議官を、本橋副大臣はうんざり顔で見た。コイツは人の話を聞いているのか、沖に出る理由は庄村が説明したではないかと苛ついた。だが港に着くと、苛立ちは吹っ飛んだ。客船ターミナルで活動している人たちの熱気が政治家・本橋の本能を刺激する。動線に無駄が見える。俺の出番だ、と気持ちが高鳴る。

「厚労副大臣の本橋です。クルーズ船は本日午後、蒸留水の精製のため離岸し沖に出ます。その間患者の搬送も検体の提出も薬の搬入も不可能になりますので、薬送付と検体受け取り班、下船者の船外待機所を構築する班の二班にわけます」

庄村事務局長代理が人員の手分けを始める。本橋は船外待機所でパイプ椅子を運ぶ。元総理大臣の子息という点は安保と同じだが、父親の遺伝子を受け継いだ彼は汗を掻くのが心地よい。その頃、本田審議官は接岸中のダイヤモンド・ダスト号を見上げた。

この豪華客船には一つ星レストラン「セザンヌ」のシェフが乗っていたはず。有名なクレーム・ブリュレを戴くチャンスだわ、と密《ひそ》かに舌なめずりをしていた。

船外待機所を構築すると本橋は勇躍乗船した。庄村事務局長代理と本田審議官が続き七階本部へ直行した。そこではDMAT総隊長の権田が待ち構えていた。

「隔離の基本、ゾーニングができていないので、感染予防作業の専門家である衛生感染学会の指導医グループに入っていただき、ご指導を仰ぎ、是正している最中です」

防護服を着た二名のドクターが会釈する。二人が自己紹介のため口を開こうとしたその時、けたたましい声が響いた。

「勝手なことしないで。検疫はわが省の業務、他に指導される謂《いわ》れはありません。こんな暴挙、見過ごせないわ。厚労省のレベルが低い、と言われたようなものよ」

「独断で要請したのは申し訳なく思いますが、船内のゾーニングは危ういと専門家からご指摘いただいております。このままだとスタッフに危険が及びかねません」

「厚労省の検疫は完璧です。この方たちにはお引き取り願ってください」

「ま、待ってください、少しお時間をください」

「権田先生は日本DMATのトップだけど主管は厚労省だから、私の方が上位です。ゾーニングなんて知ってるわ。人から教わる必要なんてないんだから」

本田審議官は激して言う。衛生感染学会の指導医のふたりは顔を見合わせ「上と相談します」と言って立ち去った。権田と周りのスタッフに、本田審議官は言った。

「さて、混乱は収拾したから、取りあえずお茶しません？」

彼女の視線はテーブルに並んだ、綺麗なデザートに向けられた。

この日、WHOが新型コロナウイルスの正式名称「SARS-CoV-2」による感染症を「COVID-19」と命名した。コロナのCO、ウイルスのVI、疾病のDに加え末尾にWHOに報告された2019年の下二桁19をつけた命名法だ。

WHOは、新ウイルスを同様の命名法で名付けることも発表した。

ダイヤモンド・ダスト号は高らかに汽笛を鳴らし、外洋へ出発した。

以後の本田審議官の暴虐ぶりをあげつらったら、それだけで長編小説になるので、ここでは割愛する。オペラの一節を口ずさみながら、マスクもせずに船内を気ままに闊歩《かっぽ》する様は悪目立ちし、船内スタッフは、彼女に蝶々《ちょうちょう》夫人というあだ名を付けた。ブランド物に身を包み白衣も着用しないため、ガマンの限界を超えた権田DMAT隊長が「船内ではマスク着用が基本です」とか「食事スペース以外での飲食は控えていただけますか」とおそるおそる注意すると、その度に本田審議官はキレた。

その傍若無人ぶりを本橋副大臣と庄村事務局長代理は苦々しく眺めていたが、本田審議官の背後には安保政権の二枚看板のひとり、泉谷首相補佐官が控えていると思うと何も言えなくなってしまう。衛生感染学会の指導医ふたりが遠慮がちにゾーニングの是正を提案すると、本田審議官は頭ごなしに拒否してしまう。

二月十二日。ダイヤモンド・ダスト号が沖合から戻り、再び接岸した。

トラブルはクルーズ船の外部でも勃発していた。その日、国会は大炎上した。舌鋒鋭い憲法保持党の辻利《つじり》議員が衆院予算委員会で質問中、安保首相を指し「鯛《たい》は頭から腐る」と糾弾した。腹に据えかねた安保首相は「意味のない質問だよ」と野次を飛ばし、それを聞きとがめた辻利議員が発言への謝罪を要求し紛糾した。

首相が野次を飛ばすなど前代未聞の行儀の悪さだが、自分が攻撃されるとガマンできない幼児性が表出したのだと識者は分析した。

後日、珍しく安保首相が「真摯《しんし》に」謝罪して混乱は収まったが、「真摯な議論」は無残にも破壊された。

翌日、厚労省と官邸に衝撃が走った。船内検査に従事していた厚労省職員が新型コロナウイルスに感染し入院したのだ。PCR検査に当たった検疫官だった。

釜田厚労大臣は「WHOのガイドラインに従い細心の注意を払っていたが、新型ウイルスの脅威を改めて思い知らされた」と発表した。検疫官の感染はあってはならない失態で検疫体制の不備と見做《みな》される。船内検疫がきちんと機能していなかった証拠だ。乗客の元CDCの米国人医師が母国に救援要請し、米国がチャーター機を出した事実は、厚労省の検疫に対するグローバルな評価だ。

だが船内に巣くうゴーゴンはお構いなしに、外部から侵入した異分子、衛生感染学会の指導医を攻撃し続けた。本田審議官にとってそんな指導医など屁でもなかった。

理知的で世間の尊敬を一身に集める、若きノーベル医学賞受賞者の山科所長に対してすら、見下した態度で対応できる人物なのだから。

二月十四日。船内隔離十日目。

衛生感染学会の指導医ふたりがDMATの権田隊長の許にやってきた。

「申し訳ありませんが、学会上層部の命令で本船を退去することになりました」

「なんですって」と絶句した権田隊長は、絞り出すように言う。

「みなさんは、専門家がいられないという場所に、我々を残して帰るんですか」

権田隊長は罵りながらも、彼らを許していた。提案が悉く却下された挙げ句、今後のミスは自分たちになすりつけられるかもしれないのでは堪《たま》らんよな、と権田隊長は同情する。「我々を見殺しに」というフレーズは、悲惨な状況を共有した同志への泣き言だった。この人たちを責めるのはお門違いだとわかっていた。

そう、魔女ゴーゴンを抑えるのは、本来は自分の役目だったのだから。

「申し訳ありません」と言い、人の良さそうな二人の白衣姿の医師は頭を下げた。

一人が去り際に権田隊長にメモを渡した。

「その人なら、ひょっとしてなんとかしてくれるかもしれません」

権田隊長は、すがるような思いで、メモを見つめた。

この日、豪華クルーズ船ダイヤモンド・ダスト号の乗員乗客のＰＣＲ検査実施者は四百九十二人、陽性者は二百二十一人に達した。だがこの時点で死者はゼロだった。

11章　ナパーム弾・投下

二〇二〇年二月　横浜港・クルーズ船ダイヤモンド・ダスト号船内

「白鳥さん、どうするんですか。クルーズ船内は、しっちゃかめっちゃかですよ」

先日、電話で「横浜に帰港したダイヤモンド・ダスト号の船内でコロナ感染者が発見された」という一報を受けて以来、彦根は白鳥が陣取る厚生労働省に日参していた。

だが事態はみるみる悪化していく。白鳥の天敵、本田苗子審議官が指揮を執っていたからだ。国立感染症研究所の研究協力員に出向していた本田は、自分は感染症の専門家だと自負していたが非常事態では実力が露呈する。出向先の上司といい仲になり、公費で不倫デートと揶揄《やゆ》され総スカンを食っても、注目の事態のど真ん中に居座る図太いタマだ。そんな状況なのに合同庁舎のスカイレストランでのんびりクリームソーダをすする危機感のなさに彦根は憤りを感じたが、白鳥は平然として言う。

「心配するなよ。僕は『シンコロコロリン』に潜り込んでるから焦る必要はないんだ」

「何なんですか、その『シンコロコロコロ』って？」

「『シンコロコロコロ』じゃない、『シンコロコロリン』だよ。『新型コロナウイルス対策本部』の略号だよ」

――どちらも違う。本当は『シンコロタイホン』である。

「最初の『シンコロ』はわかりますが、後半の『コロリン』って何ですか？」

彦根に無邪気に問い返された白鳥は詰まるが、すぐに胸を張る。

「この際、名前なんてどうでもいいだろ。とにかく僕は厚労省のホットスポットに首を突っ込み、手なずけた後輩から船内の状態の報告を逐一受けている。本田審議官が設定したゾーニングはメチャクチャで、ＤＭＡＴのボスが古村に相談したのでアドバイザーを紹介した。本田嬢にも教えてあげたんけど、アイツは僕の親切心を無下にしたんだ。ＤＭＡＴは感染症は門外漢だから高度な感染対策をやれるワケがない。だから専門家の衛生感染学会を紹介したら、おかんむりで、学会医の指導を拒否した。とんでもない女だけど、アイツはもっととんでもないことをしでかしているんだ」

そう言うと白鳥は、声を潜めて左右を見回す。

「バイキングのデザートを食べまくっているそうだ。豪華客船だから食事は超一流で、なんと『セザンヌ』のシェフがデザートを担当してる。立場を利用してそんな名品をカネも払わずに食いまくるなんて、国家公務員としてあるまじき行為だ」

白鳥は、怒気を孕んだ声を上げた。この人が本気で怒るポイントってそこなのか、と彦根は呆《あき》れた。たぶん心底羨ましいのだろう。「セザンヌ」ってそんなに有名店なのかと思ったが、そのことを聞くのは止めた。

下手に突っ込んでそっち方面に行ったら怒濤《どとう》のように喋《しゃべ》りまくり、二度とこっちに戻ってこられなくなってしまうと思ったからだ。そこで彦根は話題を本筋に戻した。

「でもこのまま放置したら、検疫じゃなくて疫病培養になってしまいますよ」

「わかってるけど顔を潰された衛生感染学会員は逃げ出し、二度と人員は派遣しないと宣言した、おかげで船内のDMATの親分からもSOSが来た。仕方ないから明日、ナパーム弾を投下することにしたよ」

「は？　感染源を丸ごと焼き尽くすという、原始的な感染対策を実施するんですか」

平和民主主義国家日本で、そんな軍事演習みたいな真似《まね》ができるはずがないと確信するが、非常識が服を着ているようなロジカル・モンスターならやりかねない、なんて思っている時点で彦根もメンタル・バランスを崩されている。

「まさか。ナパーム弾というのは喩えに決まっているだろ。日本でナパーム弾を発射するにはものすごい承認が必要なんだぞ。ゴジラを爆撃するのでさえ七重チェックが要るんだ。蝦夷《えぞ》大学から名村《なむら》先生を呼び寄せた。もうじきここに来るんだよ」

「うげ、そっちのナパーム弾とは、また物騒な」と彦根は絶句する。

名村茫《ぼう》。蝦夷大学感染学教室の五十過ぎの若手現役教授だ。

感染学の第一人者で「感染症専門家は現代の探検家だ」と言って憚《はばか》らない。エボラが出ればアフリカへ駆けつけ、SARSの時は中国へ飛ぶ。まさに口八丁手八丁だ。

破天荒な行動力もさりながら、本当に恐るべきは発信力だ。ＳＮＳや動画を駆使しツイッターのフォロワーは二十万人、影響力は大きい。感染病学会界隈では歯に衣着せぬ発言で物議を醸すこと数知れず。だが世を煽りバズることを目的にしていない。インフルエンサーとしての顔が目立つので誤解されやすいが、名村教授のスタンスは学術的真実を元に世の現象を読み解き、できるだけ多くの人に知ってもらいたい、という学者の欲望に純粋に忠実なだけだ。だが、体制維持が金科玉条である官僚集団にとっては特Ａ級の危険人物だ。彦根にも名村教授の投入が最も効果的、かつリスキーな一手だということは理解できた。それを踏まえ、常識的なツッコミを入れてみた。

「厚生労働省が仕切る現場にそんな劇薬を投入するのは、本田審議官がにらみを利かせている以上、不可能だと思うんですけど」

「おっしゃる通りだけど今回はＤＭＡＴの要請だ。魔女ゴーゴンの前にひとり取り残されたＤＭＡＴがあまりに不憫《ふびん》だから、二重三重に救いの手を準備しておいたんだ。派遣された衛生感染学会の指導医に、退去することになったらＤＭＡＴの親分に僕の連絡先を渡すよう、保険で伝えておいた。そしたら昨日、救難信号が届いた。だから名村さんを船内に侵入させる手筈《てはず》を整えた。手を引いた学会は今さら派遣できないから、僕がやるしかないワケさ」と白鳥は慈愛に満ちた口調で言った。

「なるほど。で、白鳥さんは、名村さんを現場に放り込めるんですか？」

「本田審議官が自分の縄張りだと頑張っていたら無理だよ。彼女のバックには天下無敵の首相補佐官がいるからね。厚労省の同僚だとさらにハードルが高いわけさ」

「それじゃあ、どういう手を考えているんですか？」

「将を射るにはまず馬を射よ。ゴーゴンが気にしない周辺から固めて行くよ。ま、そのうち彦根センセにも手伝ってもらうことになるから、待っててね」

その時、レストランに入ってきた人物が、まっすぐ奥の机のところにやってきた。中肉中背、細身で彦根と似た体型の男性は、たぶん年齢も彦根と同じくらいだ。目が細く眼光は鋭い。それが黒縁の細いゴーグル型の眼鏡の奥で光っている。

「白鳥氏、お久しぶりです。この度は散々コキ使ってくださって感謝してます」

「諸々ご苦労さま。『シンコロコロリン』代表として、名村センセには期待してるよ」

名村は会釈しながら、彦根に視線を投げた。

「こちらはどなたですか？」

「こちらにあらせられまするは天下の素浪人、彦根新吾センセですぞ」

名村教授はきょとんとした顔になる。盛大にスベりやがった、と彦根は思う。自分に関することなのでいたたまれないので、彦根は自己紹介した。

「フリーランスの病理医、彦根新吾です。白鳥技官にはいろいろな局面で、時々お世話になってます」と言って彦根は頭を下げた。白鳥は咳払いをして、続けた。

「この方はいくつかのプロジェクトを一緒にやっている共同研究者みたいな感じかな。でも実体は『スカラムーシュ』と呼ばれるロクデナシなんだ」

白鳥の言葉に彦根はむっとしたが、名村教授は無邪気に訊ねる。

「『スカラムーシュ』ってどういう意味があるんですか、彦根氏？」

「古いイタリア歌劇の登場人物で、からいばりする道化役者です。ピエロなのになぜか『大ボラ吹き』って呼ばれます。主に僕のことを嫌う人が使います」

「なるほど。『大ボラ吹き』なら、今回は出番があるかもしれませんね」と初対面なのに名村教授はさらりと言ってのける。こういうメンタリティの持ち主なら、白鳥と無敵のデュオが組めるかもしれない、と彦根は直感した。

「人畜無害じゃないけど、この場では無害だから同席させてもいいかな？」

「構いませんよ。私には一切隠し事はありません。プライベートは別ですけど」

「じゃあ手短に。名村先生がＤＭＡＴとしてクルーズ船内に入れるよう、手配した」

「ありがとうございます。でも私は救急医療のたしなみはありませんが」

「知ってる。これはデザスター（災害）でもヒューマニタリアン・デザスター（人災）だからね。救急医療のたしなみより、システマティックな防疫工学が必要なんだよ」

「わかりました。私は見たまんまを発信しますけど、それでもいいですか？」

「もちろんさ。ていうか、むしろそうしてもらいたいんだよね」

「わかりました。先立って振られた仕事と同様、存分に対応します」と言い残し、名村教授は出て行った。前に振られた仕事って何だろう、と彦根は少し気になった。

名村教授はその足で横浜港に向かった。だが、話はすんなりいかなかった。

一時間後、名村教授から連絡が入った。携帯を持たない白鳥の連絡先はこのレストランでウエイトレスが取り次ぐ。不安定な連絡システムだ。

——DMATの権田氏に乗船を断られました。私の乗船は困ると言われたそうです。

「ち、権田センセは救急の腕は一流だけど政治力は皆無だからな。本田審議官が危険を察知したんだ。横浜埠頭なら、そこで待ってて。すぐ連絡を入れるから」

白鳥技官は、受話器を置いてからまた取り上げ、別の電話をかけ始める。

「権田センセ？　助けてほしい、と言われたから助っ人を手配したのに。僕が本田審議官を説得しろ？　ムリムリ。感染症の専門家じゃなくDMATのお手伝い扱いにして、副大臣の許可をもらえばいいよ。でも本当の目的は言っちゃダメだよ」

十分後、名村教授から電話があった。

——なんかDMATの下っ端としてなら入れるって言われたんですけど。でも言いましたが、私は救急は爪の先ほどすら、できないんですけど。

「大丈夫。権田センセは乗船後にクルーズ船用のトリアージを作ってしまうようなリアリストで、本田審議官と合わないいんだ。たぶん、ちゃんとしてくれるよ」

「たぶんって、そんな無責任な……」という名村教授の言葉をシャットアウトして、白鳥は電話を切る。それから別の電話を掛け始めた。ＤＭＡＴにコールバックしているようだ。会話を隣で聞いていた彦根は、正真正銘の大悪党め、と苦笑した。

名村効果は劇的だった。まさにナパーム弾と呼ぶにふさわしい衝撃だった。

名村教授はクルーズ船の内部映像を映像サイトにアップした。しかも日本語と英語の二バージョン。動画を彦根は厚労省のスカイレストランで白鳥と一緒に鑑賞した。

動画サイトの見方がわからないから、一緒に見てほしい、と頼まれたのだ。

画面に飄々《ひょうひょう》と登場した名村教授は、乗船の経緯から簡潔に語り始めた。

――乗船していた専門家からＳＯＳがあったと、厚労省の某氏から連絡を受けました。衛生感染学会は決まりを作ったので、私だけ特別扱いはできないという。そしたら厚労省の人がＤＭＡＴの一員ならＯＫというので埠頭に行ったら電話が掛かってきて、「誰とはいえないが猛烈に反対している人がいる」と言われました。でも粘ってみたら「ＤＭＡＴの職員の下で、感染対策の専門家でなく、ＤＭＡＴの仕事をやるだけなら入れてやる」という奇妙な条件付きで入船許可をもらったんです。

「小心者の権田先生にしては上出来だ。名村先生も嘘《うそ》はついてないし役者だねえ」と他人事のように言う白鳥を、彦根は呆れ顔で見る。画面の中の名村教授は続ける。

——で、船内に入ったらDMATの人が「専門家でない人間に救急の仕事をされても困る。あなたはご専門の感染対策をしてください」と言われて何がなにやら。「え？　いいんですか？」ということで取りあえず船内の様子をチェックしてみたんです。でもって中に入ってビックリ、二十年以上、世界中のいろいろな場所に行きましたが、あんな酷い検疫現場は初めてです。アフリカの僻地《へきち》のエボラだってあんな酷くない。エボラの現場は感染症対策がきちんとされています。私はプロだから、自分が感染症に罹らない方法は熟知していて、システム構築のやり方もわかる。でもクルーズ船の中は怖かった。あれでは「コロナウイルス培養船」です。

「言うねえ、名村センセ。まさにナパーム弾、周囲を焼け野原にしちゃっているよ」

白鳥は楽しげだ。名村教授の語調がやや落ち着く。

——検疫の原則は単純で、ゾーニングすること。レッドゾーンでは防護服を着て、グリーンゾーンは何もしないでいいエリアにする。ところが統括責任者がレッドゾーンを跨《また》いだその足で、グリーンゾーンに行ってケーキを食べてるんですよ。

「あ、『セザンヌ』のクレーム・ブリュレだな」と言った白鳥の髪が逆立った。

——そんな調子なら船内は無法地帯です。乗員もマスクをつけたりつけなかったり、部屋から歩いて医務室にいくし。そんな彼らが配膳や客室からのコールに対応してる。検疫官が陽性になったのもさもありなん。でもそれはルール違反です。衛生感染学会の人たちが中に人を入れないと決めた理由もわかりました。彼らが最初に入った時、正しい進言をしたけど却下されたんでしょう。私が入った時は救急患者を外部病院に搬送している真っ盛りでしたが、一緒に歩いていた係員が「あ、患者さんとすれ違いました」なんて言って笑っている。いや、全然笑い事じゃないんですけど。

「名村センセはいい仕事するねえ。衛生感染学会の人たちもこれで浮かばれるね」

白鳥が微笑すると、機関銃のような名村教授の言葉はさらに続く。

――それは感染症のプロが常駐していないからです。仕切っていた厚労省の偉い人に進言しましたが「なんであなたのような人がここにいるのよ」とヒステリーを起こされる始末。せめて夕方のカンファレンスで進言したいとDMATのトップに言ったら、一旦OKが出たんですが、夕方になって突然「あなたは出ていきなさい」という電話が掛かってきて「検疫の仕事に関わる許可は与えない」と言われました。乗船の手はずを整えてくれた厚労省の中の人には「だからDMATの仕事をしなさいと言ったのに」と怒られましたが「そのDMATに感染管理してくれと言われたんです」と言うと、中の人は「とにかく名村にムカついた人がいる。誰とは言えないけどムカついた、と。だからセンセは出ていくしかないんだよ」と言われたわけです。

画面の中の名村教授は、うっすらと笑った。

「ほぼ本当のことだけど、ひとつだけ嘘があるね。僕は埠頭に行ってないもん」

「もちろん、わかってますよ」と彦根はうなずく。名優・名村教授は話を続ける。

——そこで私は言ったんです。「今、私が去ったら感染対策するプロが一人もいなくなりますよ」。「それはそれで仕方がない」と言われちゃってもうビックリです。

名村教授は心底驚いた、という口調で言った。ここは本音だろう。

——船内の医師は「自分が感染する」状態に置かれ、防ぐ方法は世界標準で確立されているのに船内には適用されず、そのことを知らずに医療業務をしている。彼らは医療従事者だから船を下りたら病院で働く。彼から院内感染が広がり病院はクラスター化し医療崩壊します。ＣＤＣ（疾病対策センター）がない日本でも、この事態で感染症の専門家が入り感染対策するのが当たり前です。でもクルーズ船の現場は全然違う。これはとんでもない事態です。

画面の名村教授は、ふう、と吐息をついた。白鳥と彦根もつられてため息をつく。

——新型コロナに関して中国は、医療情報は日本よりオープンです。経済大国を目指す中国は、ＳＡＲＳの時に情報を隠蔽し国際社会から非難され、ビジネスが行き詰まった経験を反省したんです。日本のダイヤモンド・ダスト号の内部で起こっていることは外に伝わらない。ワイドショーは船内のカジノやショーとか、どうでもいい情報はダダ流しにするけれど、検疫体制の不備は報じない。そもそも感染症の発生時には発熱のオンセットを記録し感染カーブを作成する、「エピ・カーブ」という超基本的な統計手法があるんですが、その基礎データすら取っていない。これでは感染状態はわからないので感染対応ができない。日本の検疫の大失態です。でも間違いを指摘すると排除される。「マズい対応がバレるとマズい」という気持ちはわかる。でも隠蔽したらもっと恥ずかしいことになる。ミスは仕方ないがミスをごまかしてはいけません。感染症対策では情報公開が重要です。現場の医師や係員は専門的なプロテクションを受けられるのに、危険に身をさらされるのはシャビイでお気の毒です。個人的にはお役に立てなかった無力感と、このままではまずい、ということを市民のみなさんと共有したくて、この動画をアップしました。あしからず。

動画が終わり、彦根と白鳥は顔を見合わせた。次の瞬間、ふたりはにやりと笑う。

完璧だ。それを後押しするように、勝利は更に拡大した。

乗船した本橋厚労副大臣が「ゾーニングできています」と、自身のツイッターに船内写真を上げて反論したが、その写真が、ゾーニングができていない証拠になってしまったのだ。いい加減なゾーニングが「清潔」「不潔」という無神経な言葉でされていることでネット界は炎上、副大臣は「不潔大臣」という、不名誉な称号を得た。

日を置かずしてダイヤモンド・ダスト号から米国人乗客三百名が退去した。米政府から船内にとどめるよう依頼があったが、急に方針転換されたのだという。

数日後、名村教授は動画を削除した。伝えたいことが伝わったから、という理由だ。

後追いで、厚生労働省の子飼いの医師が、「あの人は二時間しか乗船せず、しかもデッキ周辺しか見ていない」と言って、名村教授を非難した。

だが二時間でデッキ周辺だけしか見なかったとしても、そこのゾーニングができていなかったのも真実だ。そして防疫というものはどこか一ヵ所がダメなら、全てが破綻してしまう仕組みなのだ。しかも船に米国CDCのOBが乗船し、名村教授と同じ危機感を訴え本国に救援を要請して、立ち去った直後だった。すると船室内も同じだと推察され、「船全体でゾーニングはできていなかった説」が証明されてしまう。

厚生労働省は上書き消去しようと後日、「ダイヤモンド・ダスト号の真実」という「検証」番組を地上波で垂れ流したが、名村教授の発言には触れなかった。

名村教授の告発動画を見終わった彦根は白鳥に訊ねた。

「これでクルーズ船問題が解決したとは思えないんですが。船から次々に重症患者が下船します。その先でも同じようなことが起こったら、パンデミックになりますよ」

すると白鳥は小首を傾げて言った。

「彦根センセは、この僕が、その先を考えていないボンクラだと思っているの？　目立ちたがり屋の本田審議官は、下船した患者には興味もないから放り出す。だから僕は、下船患者の搬送治療という、地味な丸投げ案件をこっそり引き受けたんだよ」

「下船患者は一体どこに集約したんです？」

「僕が自由に使える現場のひとつに、今回ぴったりの場所があったんだよね。聞いてビックリ、彦根センセの母校の東城大の付属病院さ。ついでに感染症対策の本部長には田口センセを指名した。『イケメン内科医』のウェブ連載もあるから食いつく媒体もあるかも。その上で名村先生に桜宮のゾーニングの指導を頼んで、既に完了してる。ね、対策はバッチリでしょ」と言った白鳥はふふん、と得意げに鼻を鳴らす。

「恐れ入りました。そこまでの深謀遠慮は、僕には思いつきませんでした。それにしても、つくづく田口先生はお気の毒ですね」と彦根は言った。

「そうだね。ただひとつ困ったことが出来てね。名村先生を桜宮に引っ張っちゃうと名村さんに頼んだ北海道プロジェクトが遅延しちゃうんだ。まあ、実動部隊はあの喜《き》国《くに》さんだから、あまり問題はないと思うんだけどね」

かつて弱毒性インフルエンザ・キャメルが社会を揺るがす大騒動になった時、村雨や鎌形と共に、浪速独立運動に協力した浪速検疫所出張所検疫官・喜国忠義《ただよし》は現在、蝦夷大学感染学教室の准教授となり、陰に陽に名村教授をサポートしていた。

「現場第一主義の派手な学者と、地道なデータマンという組み合わせはある意味で、最強のバディだからな。とりあえず名村センセのお手並み拝見、かな」

「へえ、それってどんなプロジェクトなんですか？」

「それはまだ、ひ・み・つ」

人差し指を立てて、虚空を叩きながら、白鳥はスタッカートで言う。

彦根は思わずむっとしながら、言う。

「何を企んでいるかはわかりませんが、白鳥さんの指令を喜国さんに伝えればいいのなら僕が北海道にお使いに行きましょうか。喜国さんなら気心が知れてますし」

「うん、確かにそれはナイス・アイディアかも知れないね。お前は北海道知事の益村さんに受けがいいし。これは医療の枠を越え政治に関係する話になるだろうから、首長との関係は大切だ。そうか、それならついでに、小日向美湖東京都知事も籠絡《ろうらく》しておく必要があるかもしれないな」

「白鳥さん、言葉遣いを完全に間違えてます。東京都知事は籠絡するんじゃなくて、事前協議するんでしょ。ところで、僕は北海道で何をすればいいんですか？」

「厚生労働省では近々、専門家の諮問委員会を設置する予定がある。その時に喜国さんに委員になってもらいたいんだ。役割は決めてあるからね」

白鳥はＰＣを起動しテキストをパラパラと打つ。それを印刷すると彦根に手渡す。

「これをよく読んで、喜国さんに上手く伝えてよ」

二月十五日、クルーズ船内は統計上外国と見做されるため、船内のＣＯＶＩＤ−19感染者二百十八人は国際統計上のルールで日本の感染者から除外された。

このため、日本国内の感染者は三十八人となった。

中国では六万六千人、世界全体では六万七千人、中国以外の世界の感染者は千人であった。

12章　光冠《コロナ》の肖像

二〇二〇年二月　北海道・雪見市救命救急センター

蝦夷大学のキャンパスに着くと、彦根は一番奥にある二階建ての建物に向かった。昔の結核病棟を改装して設置されたのが名村教授の砦《とりで》、レトロな感染症研究所だ。小さな池のほとりに人影が見えた。小柄な中年男性に、彦根は歩みよる。

「お久しぶりです。インフルエンザ・キャメルの時以来ですから九年ぶりですね」

男性は振り返り一瞬、眩《まぶ》しそうな表情をした。

「トラブルシューターの彦根先生がお見えになったとは、『国難襲来』ですね」

「さすが気配りの喜国さん。厚生労働省の問題児なら、僕を『トラブルメーカー』と言いますよ。やっていることは同じなんですけどねえ」

「あの方は異次元モンスターですからね」と喜国忠義はしみじみと言う。

「早速、本題に入らせていただきます。白鳥さんからの伝言で、喜国先生にデータマンとしてコロナ感染爆発のシミュレーションを作成していただきたいとのことです」

「それは取りかかってます。累積したデータを解析していますが、いかんせん、症例が少なすぎるのでとりあえず、インフルエンザ症例で先行的に疑似解析しています。

だが果たして、私の古巣の厚労省が、私のデータを受け入れるでしょうか」

「そこは白鳥さんの突破力に期待しましょう」

「まあ、あまり期待はしてませんがね。衛生感染学会がクルーズ船に入った時、本田審議官にクソミソに罵られたそうですから。やっぱり変わらないんですよ、あそこは。でもとりあえず、部屋の方へどうぞ」と言って、喜国は立ち上がり膝の埃《ほこり》を払った。

「感染症研究所は名村教授と私に大学院生が一人、秘書さん一人の小所帯ですので、珈琲くらい自分で淹れないと。昔は日本茶を片手に時代小説を読んでいましたが、北海道に来てからは、珈琲を飲みながら海外ミステリーですよ」

彦根は、珈琲カップを受け取ると、香りを吸い込んだ。

「白鳥さんは、新型コロナが蔓延した場合の感染増加カーブを作成し、素人にもわかりやすく周知させる手法を開発してほしいそうです」

「理論疫学を専攻する私の研究課題ですのでインフルエンザでひな形を作っています。私からもお願いがあります。小規模施設でのインフルエンザ症例の患者データをいただきたいのです。性別や年齢、既往症の有無などの情報がほしい。地域密着で患者の移動が少ない中規模の病院、しかも医療活動は活発な病院が希望です」

「蝦夷大学付属病院に頼めばいいじゃないですか」

「私のような外様には敷居が高くて」と喜国は苦笑する。旧帝大でプライドが高い蝦夷大では肩身が狭いのだろう、と彦根は推察する。

「心当たりの病院に連絡してみます。返事はすぐにもらえると思います」

「そんな対応が早い病院があるのですか？」

「雪見市救命救急センターです」

「ああ、救命救急の将軍が君臨している、という病院ですね」

「さすが速水先生のお名前はここまで轟《とどろ》いているんですね」と感心しつつ、彦根は携帯を掛ける。しばらく会話していたが、携帯を切ると喜国に言った。

「さすが将軍、判断が速い。今からでも可能だそうですが、行きますか？」

「もちろん」と言って立ち上がる喜国に、彦根が言う。

「ついでに新型コロナのレクチャーをしてください。先日お会いした時、将軍が勉強会をやりたいと言っていたので、どうせならそこで説明してくれれば効率がいい」

「学生の講義用に作ったハンドアウトがありますので、お安い御用です」

喜国は書類を鞄に詰め部屋を出ると、駐車場に停めた赤い軽自動車に乗り込んだ。

「窮屈ですが、雪国だから軽でも四駆なんです」

雪見市は札幌から車で一時間ほど掛かるが、道はがらがらに空いていた。

「今年の雪まつりの人出は二百万人で、中国のコロナ騒動で昨年より七十万人減りましたが、心配しています。武漢のロックダウンは一月二十一日で中国の春節と重なりました。中国は広いですから、武漢周辺に感染が広がっていた可能性は大いにある。するとと雪まつりが感染爆発の母地になりかねません」

「二十年前にSARSが流行した頃と比べ人の移動は活発になりましたね。ここ数年来、政府が推進した観光奨励政策で、中国人観光客の数は激増しています。感染疫学の専門家のご意見として、道庁はどう対応すればいいですか」

「専門家としては雪まつりは中止、中国全土からの訪日客の入国を全面禁止です。もちろん不可能でしょうがコロナが感染爆発すれば、そうせざるを得なくなります」

「キャメルの二の舞いですね」

「ええ。厚労省の対応は『水際阻止、患者追跡、クラスター監視』の三つ組です。間違いではありませんが、感染経路不明の患者が出たら、蔓延防止策に切り替えないとダメです。厚労省はそのフェーズ・チェンジが苦手で、第一フェーズにこだわりつづける。すると市中で隠れコロナが増殖し、一気に感染爆発となるでしょう」

彦根は、喜国が描く暗黒の未来図を共有した。キャメル騒動から厚労省は何も学ばず進歩していないのは、チャーター機とクルーズ船に対する対応から明白だ。

「白鳥さんは、『シンコロ』専門家諮問会議に喜国さんを押し込むつもりらしいです」

「そんなことができたら、白鳥さんを心底から尊敬しますよ」と喜国が言う。

彦根は携帯電話を取りだすと、どこかに電話を掛け始めた。

「お久しぶりです。今から所用で雪見市に行くんですが、よろしければお茶でもご一緒しませんか？　……では後ほどメールで、場所をお知らせします」

彦根は電話を切り、伸びをした。遠目に雪見市救命救急センターが見えてきた。ちょうどヘリコプターが、センターのヘリポートに着陸したのが見えた。

駐車場タワーに車を止めエレベーターで降りようとしたら、先客がいた。怪我人を載せたストレッチャーと二名のツナギ姿の医師と看護師だ。「乗れますよ」と看護師が言うので、彦根と喜国は遠慮がちに乗り込んだ。

一階に到着するとストレッチャー部隊は、待機した救急車で走り去った。

「救急現場は修羅場ですね」と喜国がぼそりと呟いた。


三階のセンター長室ではセンター長の速水、副センター長の伊達、背広姿の痩せた小田《おだ》事務長、太った青年は医療情報部部長の槇村《まきむら》、女性はＩＣＵ病棟の五條師長と、整形外科病棟の保阪が顔を揃えていた。互いに挨拶が済むと、喜国が言った。

「ここ三年の冬期のインフルエンザのデータをいただきたいのです。必要な属性は性別、年齢、職業です。氏名は不要ですがナンバリングしていただきたい。入院日、外来受診日と予後、つまり完治か死亡か、治療離脱か載せてください」

「対応できるか、医療情報部長？」と速水が訊ねる。

「院内データを外部提供するなら要請書をいただき、院内倫理審査委員会に諮《はか》り、承認後に院内作業チームを構成し、作業に掛かります。ですのでデータをお渡しできるのは、最速で二ヵ月後になるかと」

「二ヵ月後では役に立ちません」と喜国がきっぱり言う。

「昨年のインフルのデータなら、緊急性は乏しいと思いますが」

「病院の事務方はこう言っているが、どうする？」と速水は彦根に視線を投げる。

速水の倫理嫌いは有名だ。母校では倫理審査委員会を叩き潰した、とウワサに聞く。その速水が事務方の判断に反論せず、彦根にスルーパスしてきた。

ははあ、僕に事務方を説得させるつもりだな、と彦根はぴんときた。

「患者情報の扱いが厳正で、素晴らしいです。速水先生は幸せ者ですね。下がきちんとしてこそ、上はわがまま一杯に振る舞えるわけですから」

彦根にちくりとイジられた速水はむっとした表情になった。彦根はさらに言う。

「データは早急に必要です。今話題のダイヤモンド・ダスト号と同じことが北海道でも起こり得ます。三千七百人の乗員乗客のクルーズ船で、たったひとりの感染者が一ヵ月も経たずに五百名に感染しました。北海道も巨大なクルーズ船で、二千六百人の乗客感染を防げなかったこの国の防疫対応で、感染蔓延を防げるとお思いですか？」

「日本全体がクルーズ船みたいになるというのか」と速水が言う。

「そうです。なので喜国准教授に、新型コロナ感染症の実態と、今回の依頼の重要性をご説明いただきましょう」

「臨床の最前線の方たちは感染症の知識は十分だと思いますので、重要なポイントに絞って説明します」と、立ち上がった喜国は改めて一礼した。

「素養は怪しいもんだよな、将軍さまよ」と伊達が混ぜ返すが、喜国は気にせず言う。

「ヒトに感染するコロナウイルスは風邪ウイルス四種と重症急性呼吸器症候群コロナ〈SARS-CoV〉、中東呼吸器症候群コロナ〈MERS-CoV〉の六種が知られています。今回の新型コロナウイルス〈SARS-CoV-2〉の病原性はMERSやSARSより強く、昨年十二月末、中国の武漢の海鮮市場で感染者が出るとあっという間に広がり、中国政府は武漢をロックダウンしたのです」

「いわゆる『武漢ウイルス』か」と伊達が言う。

「そうは呼びません。二〇〇九年に流行したH1N1亜型ウイルスは『豚インフルエンザ』と呼ばれました。そう命名したせいで、メキシコ政府は当時飼育していた豚を全て殺処分せざるを得ませんでした。二〇一二年にMERSが流行した時は発生地に因み、『中東呼吸器症候群』と名付けられたせいで中東に悪い風評が立ち、以後WHOは病原菌の命名についてガイドラインを策定し、ウイルスの名に含んではいけない要素を公表しています。①地理的な位置、②人名、③動物や食品名、④特定の文化や産業の四項目です。だから『武漢ウイルス』という呼称はＷＨＯのガイドライン違反になるんです」

「その方がわかりやすいし、最近ニュースでも時々耳にするが」と速水が言う。

「トランペット米大統領が、中国への嫌がらせで使う『武漢ウイルス』という用語を用いるのは、米帝の手先かネトウヨか、無知蒙昧《もうまい》な輩《やから》だと思われますのでご注意を」

「恥を掻かずに済んだな、将軍ちゃんよ」と伊達が、くくっと笑う。

「お前だってそう呼んでいただろうに」

「俺は国粋主義者だからいいんだ」という伊達の言葉を聞きとがめ、彦根が言う。

「それなら、余計言っちゃダメです。真の国粋主義者はかつての三島由紀夫《みしまゆきお》のように自《おの》ずと反米になるはずです。今、『武漢ウイルス』なんて呼んだりしたら、世紀の問題児、ミッキー・トランペット大統領に追随するネトウヨに見做されますよ」

「お前の後輩は理屈っぽいな」と伊達は鼻白んだ顔で速水に言う。

速水が「そういうヤツなんだよ」と冷たく突き放すと、喜国は説明を再開した。

「国際ウイルス学会がウイルスを『ＳＡＲＳ-ＣｏＶ-２』とし、その後ＷＨＯがウイルス感染症に『ＣＯＶＩＤ-19』と名付けました。飛沫《ひまつ》及び接触でヒト＝ヒト感染をしますが空気感染は否定的です。ひとりの感染者が二〜三人に感染させます」

「武漢が封鎖され中国全土への入国を制限されましたが中国からの入国は制限されず『現時点では人から人への感染は確認されていない』と厚労大臣が発表したのでは」

と小田事務長が言うと、喜国准教授はばっさり切り捨てた。

「大臣発言は周回遅れの間違いで、一月中旬に新型コロナウイルスはヒト＝ヒト感染すると公表されています。新型コロナのＲＮＡ塩基配列はＡ・Ｂ・Ｃの三種の変異があり、国際データベースに登録されたものではすでに、源流のＡも変異しています。臨床所見は発熱、頭痛、乾性咳嗽《がいそう》、筋肉痛が主で、時に食欲低下、疲労感があります。味覚・嗅覚障害が高率で高度で、味や匂いが感じられなくなるそうです。嗅上皮の支持細胞に『ＡＣＥ２』が発現しているためと考えられます。腎臓にも発現し、腎不全になります。肥満は高リスクで、英国ではＩＣＵの重症患者の四人中三人が男性で、人工呼吸器をつけた五十歳以下の患者の九割が肥満だそうです」

みんなの視線が、一斉に肥満体の医療情報部の槙村に集まった。

「子どもや若者は罹りにくいのは本当ですか？」と五條師長が質問する。

「罹りにくく罹っても軽症で、風邪やインフルエンザと区別がつきにくいです。重症化は七日目から十日目に突如起こります。呼吸苦がない両側性ウイルス肺炎による低酸素症状で、ＩＬ-６が上昇しサイトカイン・ストームになり、ＡＲＤＳ（急性呼吸窮迫症候群）から多臓器不全が出現します。このフェーズになると回復は不可能です。

八割の患者は軽症ですが15%が重篤化し、5%が死にます。増悪因子は男性、高齢者、糖尿病、高血圧、心疾患で、『ACE2』や『FURIN（フーリン）』という細胞膜受容体が分布する組織が感染の母地になります」

「つまり不倫をする男が一番危険なんだな」と伊達が混ぜ返す。五條師長がとげとげしい目で睨み、伊達は身を縮めた。

「八割が軽症ですが、15%の患者が重症化し致死率5%なので病原性は高く、そこがキャメルと違います。一番違うのはコロナは治療薬がないことです。両側性肺炎、正常白血球、リンパ球減少、フェリチン高値ならコロナだと言えるようです」

「チャーター機とクルーズ船を押さえれば、国内感染はないと考えていいのかな」

「感染防衛は二フェーズあります。外部からの侵入を防ぐ第一フェーズはチャーター機やクルーズ船の対応が相当します。帰国者は十四日間隔離するのが国際常識なのに、指示に逆らい帰宅した人が二名いました。これを許した係員の責任は重いです。ちなみに武漢からチャーター機が到着した前日、武漢の団体客を乗せた観光バス運転手とガイドの感染が近畿で確認されています。日本政府は中国人の入国制限をせず、それは穴の空いたバケツに水を注ぐようなもので、チャーター機やクルーズ船の検疫を厳密にやっても意味がありません」

そう言うと喜国は天を仰いだ。それから気を取り直したように続けた。

「今は海外から不特定の感染者が入ってきた第二フェーズなのです」
続いて喜国は、ＰＣＲについて、学生の講義用プリントを配った。資料はＡ４用紙二枚。一枚目にウイルスの概略とＰＣＲについて記載されていた。

＝＝＝＝＝＝＝＝＝＝＝＝＝＝＝＝＝

ウイルス関連の検査法には　①ＰＣＲ　②抗原検査　③抗体検査　がある。
①　ＰＣＲ法はポリメラーゼ・チェイン・リアクション法の頭文字で、一九八三年に米国の生化学者キャリー・マリスが発明し、一九九三年にノーベル化学賞を受賞した。ウイルスに特徴的な配列を見つけ出し、プライマーと呼ぶ短い塩基を二対作成し、これを検体と混ぜる。温度により塩基対は検体内のＲＮＡと結合し両側からＲＮＡ合成が始まる。これが中央で融合し、短い塩基の断片ができ、温度を上げると離れる。再び温度を下げるとまた別のプライマーが結合し、新たに短い断片が合成される。これを自動的に繰り返すと、一定のサイズのＲＮＡ断片が増加するため、検出できる。

＝＝＝＝＝＝＝＝＝＝＝＝＝＝＝＝＝

「ウイルスは表面の抗原タンパクの『ＡＣＥ２』受容体に結合し、細胞膜タンパク分解酵素『ＦＵＲＩＮ（フーリン）』等が細胞内侵入を助けます。すると血圧調節受容体『ＡＣＥ２』が無効になり高血圧が重症化します。喫煙で受容体が増え喫煙者が重症化し、男性ホルモン受容体が標的で男性が悪化しやすく、『ＦＵＲＩＮ』は肺胞や気管支上皮に発現するので、呼吸器症状が出るのです。これが現在の最新の知見ですが私が言うことを鵜呑《うの》みにしないでください。RNAウイルスは変異が激しく、確定的なことは言えません。ワクチンも特効薬も未開発で、それがコロナの恐ろしいところです。基本は対症療法で肺症状が悪化すると高濃度酸素吸入、人工呼吸器の導入は必然で、最悪の場合にはECMOを投入せざるをえないようです」

「ECMOって何だ？」と訊ねた速水に、得意げに伊達が言う。

「体外式膜型人工肺による酸素化だ。人工肺で酸素と二酸化炭素のガス交換を行ない、酸素化した血液を患者の体内に戻す治療法だ。呼吸補助のため静脈脱血＝静脈送血の『V−V　ECMO』と、呼吸と循環補助の静脈脱血＝動脈送血『V−A　ECMO』の二種がある。心臓血管外科では緊急時の備えで必須なんだよ」

急に饒舌《じょうぜつ》になった伊達に「最新技術オタクめ」と速水は吐き捨てる。

「ドクターヘリで満足してドクタージェットに興味がないお前は、化石野郎だよ」

「興味が湧かないのは、使えないからだ。ECMOは北海道にあるのか？」

「ECMOは蝦夷大救命に二台あるし、ドクタージェットも整備されてるぞ」

「コロナに対するワクチンは開発されていませんが、サイトカイン・ストームで重篤化するなら、仮にできても免疫を誘導し、却《かえ》って悪化させることになるかもしれませんね。ところで治療薬は開発されているんですか」と彦根が訊ねる。

「日本で開発された核酸アナログでRNAポリメラーゼ阻害剤『アビガン』が、発症初期に効果がありそうだという中国の論文がありますが、自然治癒期と重なっただけとの説もあり、厚労省所管の国際薬事審議会（IMDA）は承認を渋っています。重要なのは、感染者コロニーを封じ込めることです。『発症日以降に接触した人と二m以内で会話などした人』が濃厚接触者の定義ですがWHOは定義を変更するので頻繁にニュースレターをチェックしないといけません。『新型コロナウイルスの感染経路はヒト＝ヒト感染は確認されていない』という、先日の厚労大臣の発言はとんでもない間違いで、今後もそんな情報伝達エラーは起こる恐れがあります」

喜国の心配は現実のものとなる。WHOは三月二十日に濃厚接触者の定義を変更したが、厚労省が定義を変更したのは一ヵ月後の四月二十一日だった。

「コロナの感染者数の予想曲線は前例がないのでインフルエンザの感染者数の予想曲線を構築し、類推したいのです。なので二ヵ月後では手遅れなんです」

「でも事務長としては病院の規則に従う、としかお答えできません」と言って速水を見た。伊達が笑う。

「小田事務長は、将軍ちゃんの得意技の横紙破りを出せと催促しているんだよ」

皮肉なもの言いに、顔をしかめた速水は、腕組みを解いて言う。

「ではセンター長権限で、喜国准教授からのデータ研究への協力依頼を承認する。小田事務長は後日、倫理審査委員会で追認を取るように手配してくれ」

「了解しました。対応します。槇村君、データの提供は可能ですか？」

「今取りかかれば明朝にはお渡しできます」

「昨年と一昨年、一月から四月にインフルエンザに罹患した患者の性別、年齢、入院日、退院日、帰結のリストがほしいです。氏名はナンバリングで結構です」

「よし、では全員、作業に掛かれ」という速水の言葉に皆が一斉に立ち上がった。

その時、それまで黙っていた保阪看護師が口を開いた。

「先月末、肺炎でお亡くなりになった伊東さんは新型コロナだったかもしれません。観光バスの運転手さんで、世間話で武漢からの団体を乗せたと言っていました」

「何ですって？　どうして早く言わなかったの」と五條は悲鳴のような声を上げる。

「武漢がそんなところだと知らなかったので、看護記録にも書きませんでした」

自分も一時間前は知らなかった、と気づいた五條師長は冷静さを取り戻した。

「ごめんなさいね、保阪さん。つい、カッとなっちゃって」

「いいんです。心配なのは大曽根先生です。当直で伊東さんの急変に対応して、十日前に熱が三十八度を超え二日病院を休み、ここ二、三日もまだ苦しそうです」

その場にいた人たちは、互いに顔を見合わせた。重苦しい沈黙が流れた。

13章　檻の中の将軍

二〇二〇年二月　北海道・雪見市救命救急センター

「遅太郎は日勤だったな。今すぐ、ここに連れてこい」と速水が言う。

「感染疑いなら、彼をここに呼んではいけません。濃厚接触者が増えてしまいます。お話を聞く限りコロナに感染している可能性は高いので、検査結果を待たずに隔離し、陰性だったら解除すればいい。それと彼が勤務している病棟は閉鎖すべきです」

速水は絶句した。しばらくして絞り出すように言う。

「無理だ。整形外科病棟を止めたら、救急ができなくなってしまう」

「でも診療を継続したら、病院が破綻しかねませんよ」

「俺はどんな患者でも受ける。そういう病院を作ってきた。そこは譲れない」

「私は学者で、医療はド素人です。ですので判断は現場の責任者にお任せし、学問的見地から提言するだけです。しかし……」と喜国はまっすぐ、速水を見た。

「指導部の判断ミスで、多くの人がコロナに冒されていくのを見るのは、辛いです」

速水は腕組みをして目を閉じた。こんな苦しそうな表情は初めて見た、と五條師長は思う。いつだってどんな苦難の時だって、真っ直ぐに勝利だけを見据えていた将軍。

そのまなざし、その表情に迷いが浮かんだことはなかった。伊達が言う。

「俺はお前が大嫌いだ。唯我独尊、周囲を顧みない傲慢《ごうまん》なヤツだからな。だが俺がそんなお前に従う理由は、お前の判断が濁っていないからだ。もちろん人間だから間違える。だが濁っていたことはない。だから俺は、今回はお前の決断に従うよ」

速水に反対すると思われた伊達が全面委任した。しかも議論もせずに。彦根が言う。

「速水先生のポリシーは、輝かしい北のレガシーを築き上げました。それは速水先生がベストを尽くし、もがき続けた結果です。今、専門家の喜国先生がサジェスチョンしました。それは専門家の提言で、採用するかどうかは現場の責任者の判断次第です。そしてその立場にあるのは速水先生、あなたです」

速水の苦悶《くもん》の表情が深くなる。彦根はさらりと次の言葉を告げた。

「今の速水先生はダイヤモンド・ダスト号で失策を続け、乗員乗客三千七百人を苦境に陥れてなお、自分の決めたことに固執している厚労官僚と同じ顔に見えます」

場が凍りついた。速水が激怒するのでは、と五條師長は思った。だが、速水は何も言わなかった。時を刻む秒針の音だけが、部屋に響く。やがて速水は静かに告げた。

「喜国先生のアドバイスに従う。今からセンター長室を新型コロナウイルス対策本部とする。大曽根医師に早急にＰＣＲ検査を行い、陽性と判明した時点で整形外科病棟を閉鎖する。大曽根医師と接触したスタッフを洗い出せ」

「その必要はありません。四日間勤務していたらほぼ全スタッフと接触しています。でも速水先生、大曽根先生もですが、亡くなった伊東さんも問題ではありませんか。エピソードからするとコロナ感染の可能性が高いと思われます」と五條師長が言う。

「伊東さんとの濃厚接触者は……」と速水が言いかけ、伊達が続きを引き取る。

「伊東さんは整形外科からICUに転科して、翌日死亡したんだよな」

「ICUまで封鎖しろ、というのか」と速水は吠え、拳《こぶし》で、ばん、と机を叩いた。

崩れ落ちるように椅子に座り込むと頭を抱え、髪をかきむしった。

顔色は青ざめ、幽鬼のようだ。どれほど時間が経ったか、誰もわからなかった。

やがて速水は、ゆらりと立ち上がり、弱々しい声で言う。

「整形病棟とICUを閉鎖する協議に入る。喜国先生にアドバイスを頂きたい」

喜国がうなずくと、ICU師長の五條が言う。

「現在の入床者は五名ですが、回復は順調で、一両日中に全員の転科は可能です」

「つまり明日にはICUはカラにできるな」と伊達が言う。

「整形病棟は紙谷師長をお呼びしましょう。保阪さん、お願い」

「伊達、お前も一緒に行って、遅太郎をICUのクリーンルームに入れてくれ」

「承知した」とうなずいた伊達は、保阪看護師と一緒に部屋を出て行く。

二人を見送ると、速水は喜国に真っ直ぐな視線を向けた。

「ではＩＣＵ・整形外科病棟封鎖計画を策定する」

その目に、迷いの色はない。いつもの、我が道を行く速水だった。


整形外科病棟に着いた伊達は「大曽根はどこだ」と大声で言う。

遠くの個室から、「ここです」とひょっこり大曽根が顔を出した。

「処置中ですので、これが終わったら行きます」

「処置は誰かと代わって、今すぐここに来い」

その剣幕に驚いた大曽根は、のこのこと部屋から出てきた。

「遅太郎、顔色が悪いな。具合が悪いだろう」

「ここ二、三日、倦怠感《けんたいかん》があります。あ、でもサボってはいませんよ」

「熱は測ったか？　三十七度五分？　熱があるのに仕事をしてるのか」

「伊達先生に、三十七度台は熱と言わん、と怒られたからですけど」

伊達は舌打ちをした。「余計なことを言うな。今からＩＣＵに行くぞ」と言う。

「わかりました」と大曽根はうなずく。ＩＣＵの手伝いに呼ばれたと思ったようだ。

「保阪、お前は紙谷師長を連れてセンター長室に戻れ。俺はコイツとＩＣＵに行く」

美貴はうなずいてナースステーションに向かう。

大曽根は、ＩＣＵに向かう道すがらいきなり、入院しろ、と言われて面食らう。

「体調は悪いけど、入院するほどではありません。ましてＩＣＵなんて大袈裟《おおげさ》です」

「遅太郎のクセに生意気いうな。黙って言うことを聞けばいいんだ」

「伊達先生に逆らうつもりはありませんが、せめて理由くらい教えてくださいよ」

「新型コロナウイルス感染による肺炎疑いだ。検査結果が出るまでお前を隔離する」

大曽根の脳裏に、真夜中の個室で咳き込んでいた伊東の姿が浮かんだ。


紙谷師長と美貴がセンター長室に戻ると、雪見市救命救急センター全職員のリストがプリントアウトされていた。総勢三百名。美貴が初めて聞く名前もあった。

医療は医療者以外の大勢の人の手で支えられていることを実感する。

何人かの名前に蛍光マーカーで線を引かれていた。ＩＣＵは数名、整形外科病棟の美貴の名も色づけされていた。紙谷師長は整形外科病棟の全員をマーカーで塗り潰したが、黄色と赤の二色を使っていた。

「伊東さんの濃厚接触者は赤マーカーの八名で、大曽根先生の濃厚接触者は病棟の看護師ほぼ全員です。大曽根先生はナースの申し送りの場に同席されていましたので」

「ち、遅太郎め、余計なことを」と呟いた速水に五條が言う。

「それは酷いです。ナースの情報を聞くため申し送りにはできるだけ同席しろ、と指導したのは速水先生ですからね」

「前言撤回。悪かった。紙谷師長の考え方は重要だ。事務長、職員リストをもう一枚プリントしてくれ。全部、紙谷師長方式で見直そう」

　まっさらな職員リストがテーブルの上に載せられた。喜国が言う。

「ICUでは手袋やマスクを着けますね。それなら濃厚接触者になりません」

「そうか、ではICUでは人工呼吸器を装着する前の接触者に限定されるな」

　速水はペンを取ると二名の看護師に線を引いた。そして自分の名前にも赤いマーカーを走らせた。そこにいる者は一瞬、速水を見つめた。

　五條師長が「伊東さんが亡くなった後のエンゼル・ケアとお見送りに同行した看護師も濃厚接触者と見なした方がいいと思います」と言って自分の名に線を引いた。

「事務員もいます。当日の当番事務員を調べます」と小田事務長はパソコンに向かう。

　そこへ戻ってきた伊達が、「お？　濃厚接触者はこんなにいるのか。景気がいいな」と軽い調子で言い、五條師長に睨まれ肩をすくめる。喜国が言う。

「学者は机上の空論になりがちなので、現場の先生方のご意見は大変参考になります。特にこのケースは時系列の異なる二つの感染源が混在していて、二次感染分析には大変貴重なデータですので、現在進行している市中感染モデルになります」

　嬉々《きき》として言う喜国は、周りの密やかな顰蹙を買っていることに気がつかない。

　喜国のはしゃぎぶりに冷水を浴びせるように、紙谷師長が静かな口調で言う。

「整形外科病棟の看護師二人が、三十八度台の発熱で休んでいます。勤務を組み替えたのですが、ひとりは熱発した日、病棟勤務していました」

紙谷師長は二人の看護師の名を赤い蛍光ペンで囲った。

「その人たちもＩＣＵに入院させた方がいいと思います」と喜国が言う。

「ＩＣＵ病棟が空床になり次第、入院させろ。五條、ＩＣＵのベッド移動を急がせろ」

速水のオーダーを五條師長が電話で病棟に伝えた。

「濃厚接触者は、どうすればいいのですか」

「感染者と接触したら、二週間の自宅待機を推奨しています」

「俺に自宅待機しろと言うのか？　そんなことをしたら救急ができなくなってしまう」

「ＩＣＵを閉鎖するんだ。救急対応は無理なんだよ」と伊達が言う。

「救急は医療の基本だ。救急の看板を下ろすことだけは、断固拒否する」

するど五條師長が隣から口を挟む。

「以前、センター長のアパートに患者対応の相談で伺いましたが、家具も料理道具もありませんでした。あんな部屋に閉じ込めたら、速水先生は餓死してしまいます」

「そんなことはない」「でもきちんとした食事はしてないでしょう」「コンビニ弁当を食べている」「そういうのは、きちんとした食事とは言いません」

二人のやりとりを隣で聞いていた伊達が言う。

「それならセンター長室に隔離したらどうだ？　もともと年百日は救命救急部に寝泊まりしているから病院は自宅みたいなものだろ。それなら病院食を提供できるし病院の状態も把握でき、病棟やＩＣＵと直結したモニタから救急の指示も出せる。センター長機能を維持しつつ隔離ができるぞ。これならどうだ？」

「すごいぞ、伊達。俺はここに来て初めて、お前の判断に敬服したよ」

伊達は、ち、と舌打ちをする。

「今、こうしているのはまずくないんですか」と五條が言う。

「速水先生は発症していないので、問題ありません」と喜国が言い、伊達が発言する。

「救急を閉鎖したくない気持ちを尊重するが、規模は縮小しないとダメだ。すると外科の救急に特化すべきだろう。整形外科とＩＣＵの病棟を閉鎖するなら、外科系病棟の病床数が低下する。この矛盾はどうするんだよ、将軍さまよ」

速水は腕組みをしてしばらく考え込んでいたが、やがて顔を上げる。

「雪見市救命救急センターは外科に特化し、内科患者は他の病院に引き取ってもらう」

「内科病棟の入院患者は百人近くいるんだぞ。無茶だ」

「極北市民病院に内科救急を分担してもらう。世良先生なら引き受けてくれるだろう」

「発想はいいが、救急をやりたくないとダダをこねたテレビ先生が引き受けるかな」

「問題ない。あそこには現在、今中が外科部長として勤務しているからな」

「そうだった。アイツはもともと救急をやりたがっていたからな」

伊達がぽん、と手を打つと、それまで黙っていた彦根が、言う。

「雪見市救命救急センターの対応は、北海道の対応のひな形になり、ひいては日本全体のモデルになるでしょう。北海道でコロナが蔓延したら直ちにこの雪見モデルを拡大展開します。お役所は新しいモデルを作るのが苦手なので、先行モデルを作り、益村知事に採用してもらえば、全国に波及させるボトムアップの政策提示が可能です」

「すると私が今すべきは喜国先生のデータを一刻も早く提供することですね。失礼して作業にかかります。必要でしたら電話をください」と医療情報部の槇村が言う。

「保阪さんは濃厚接触者だったわね。とりあえず家にお帰りなさい。また連絡するわ。槇村先生のお手伝いは、病棟から他に誰かひとり看護師を行かせます」

美貴は、立ち去る前に、部屋の隅にいた彦根に歩み寄る。

「彦根先生はダイヤモンド・ダスト号のことをご存じですか？　実はばあちゃんが乗船しているんですけど、スマホを持っていなくて連絡がつかないんです」

「それは心配だね。何かわかったら連絡するから、メアドを教えてもらえるかな」

「私は保阪美貴で、ばあちゃんの名前は保阪貴美子《きみこ》です。メアドは……」

次の瞬間、美貴の携帯に着信音がした。見ると彦根からのメールだった。

「それが僕のメアドだ。あなたはおばあさんから名前をもらったんだね」

「実はわたし、逆子だったので、ばあちゃんの名前をひっくり返したんです」

部屋を出て行った美貴を見送った彦根は、携帯を掛け始めた。

「ちょうど先生の話が出たので、よろしければこちらにお見えになりませんか？　そうですか。では雪見市救命救急センターのセンター長室でお待ちしています」

そう言って電話を切った彦根は、速水に言う。

「十分で世良先生がお見えになります。実はデートの約束をしていたんです」

ちりん、ちりんとドアベルが鳴って、世良は喫茶店を出た。

「気持ちのいい喫茶店だったのに。彦根とつきあうとロクなことがない」

ゴーグルをつけヘルメットを被り、ハーレーにまたがる。エンジンを掛けると黒い鋼鉄の馬は一気に走り出す。その先に雪見市救命救急センターの建物が聳えている。

十分後。ノックと共に、センター長室の扉が開いて、世良が姿を現した。

「どうも、世良先生、お休みのところ、ご足労ありがとうございます」

「何言ってんだ。お前が呼びつけたんだろ」

「呼びつけるなんてとんでもない。たまにはデートでもどうかなと思っただけです」

「気色悪いな。お前のたわ言を本気で受け取るヤツは、誰もいないよ。それより、僕が提案した勉強会なのに、僕だけ仲間はずれだったとは、ひどい話だぜ」

「成り行きで仕方なくて。正直、僕も話がここまで進むとは思わなかったんです」

「で、僕を呼びつけた理由はなんだ？　手っ取り早く説明してくれよ」

「さすが世良先生、話が早い。ほら、速水先生、世良先生に頼み事があったんでしょ」

この野郎、と速水は彦根を睨むが、適切なハンドリングには逆らえない。

「一月末に死亡した入院患者がコロナ疑いでした。認識せず対応し、病棟勤務の医師と看護師にコロナ疑いの発熱者が確認されたので病棟閉鎖を検討しています」

「それは大ごとだな。で、どこの病棟を閉鎖するんだ？」

「整形外科病棟とＩＣＵです」と答えた速水を見て、世良はにっと笑う。

「ははあ、なるほどね。病棟閉鎖しても外科系救急からは撤退したくない、とダダをこねた速水に、ずる賢い彦根が内科は他に押しつけ外科を維持したらと焚きつけた。そこで僕に連絡が来た、ということは、極北市民病院に内科と内科救急をやらせて、ここでは外科救急体制を維持しよう、というわけだな」

みな啞然とした。多少齟齬《そご》はあるが、概ね適切に見通していたからだ。

「いや、押しつけるだなんて、そんなつもりは……」と速水がうろたえて言う。

「いいんだよ、速水。依頼は受ける。ウチにはお前が鍛《きた》えてくれた今中先生がいるから全部やってもらう。昔は病院再建請負人なんて呼ばれてたから、実はそういうのは得意なんだ。今回は広域医療の縮小再建パターンかな。ただその前にこの枠組みを、北海道医療連絡会議で報告しておこう。益村知事に招集を要請する。さすがに今日は無理だから明日になるだろうけど」

「そんなに簡単に行政とコンタクトが取れるんですか」と喜国が驚いたように言う。

「益村知事が極北市長だった頃から連絡を取り合っていたんです」と世良がうなずく。

「それなら意見を政策に取り入れてくださる可能性が高いですね。責任重大だ」

「おっしゃる通りです。ただ、ひとつ訂正を。取り入れてくれる可能性が高いのではなく、我々に医療に関する政策の舵取《かじと》りを委ねてくれるんです」と彦根が言った。

世良は翌日の夕方、益村知事と面談のアポを取った。そしてセンター長室の臨時会議は終わり、各自は自分の持ち場へと散っていった。

大曽根はICU病棟の隔離ベッドに入れられた。パジャマ代わりにオペ着を着た大曽根は、ベッドに寝そべり天井を見上げた。美貴とのデートも中止になった。すべては伊東の急変に対応したせいだ、と恨もうとしたが、できなかった。

ノックの音がして扉が開く。マスク姿の美貴が現れた。小顔の半分以上が白いマスクで覆われ、可憐《かれん》に見えた。大曽根が身体を起こすと、美貴は言った。

「さっきウイルスの先生がきて新型コロナについて教えてくれました。先生のPCRの結果が陽性なら整形外科病棟とICUは閉鎖する、と速水先生が決断されました」

「うげ、将軍の城をめちゃくちゃにして、また怒られちゃうな」

大曽根は頭を抱えた。すると美貴が首を横に振った。

「速水先生は怒っていません。外科診療は閉鎖しません。極北市民病院に内科患者を引き受けてもらい、ここは外科専門の病院にするそうです」

「さすが将軍、しぶといなあ。でもコロナって、そんなに大変な病気なの？」

「八割は軽症ですが二割が重症化して、重症化すると致死率は五割だそうです。お年寄りや持病のある人、太った人が重症化するらしいので、先生も用心してください」

ぺこりと頭を下げ、部屋を出て行こうとした美貴の背中に、大曽根は声を掛ける。

「お見舞いありがとう。でも週末の約束はキャンセルだね。ごめん」

美貴は立ち止まり、振り返る。

「仕方ないです。また誘ってください」

「どこか行きたいところ、ある？」という大曽根の質問に、美貴は少し考えて言う。

「スカイツリーを見てみたいです。病気が治ったら、連れて行ってください」

そう言って美貴は小走りに病室を出て行った。思わぬ言葉の余韻を噛みしめていたら、入れ替わりにぬっと姿を見せたのは、速水だった。

「ど、どうしたんです、突然」と大曽根が戸惑うと、速水はにっと笑う。

「俺が主治医になった。患者になったら、患者の気持ちを考えろ。将来、役に立つぞ」

そう言い残して速水は姿を消した。主治医ならもっと患者の話を聞けよ、と思いながらも大曽根はほっとする。

ベッドに横たわり天井を見上げ、しみじみ考える。

俺はこれまで患者の気持ちを全然考えなかった。病室にひとりでいると世界から取り残されたような気持ちになる。美貴の言葉が、速水の回診が、どれほど気持ちを和らげてくれたことだろう。

彼の心は窓の外の快晴の空のように、清々しく晴れわたっていた。

14章　シンコロ対策本部・イン・桜宮

二〇二〇年二月　桜宮・東城大学医学部旧病院黎明棟

立春なのに寒さは厳しく、春の兆しはみられない。そんな中、俺は久々に院長室、もとい、学長室に呼び出された。理由はうすうす察しがついた。

「イケメン内科医」のウェブ連載が中断していることのお咎めだろう。

連載と銘打ちながら一回しか掲載せずに、三ヵ月近くも放置していては、仲介者の面目丸つぶれで、叱責《しっせき》は当然だろう。でも詰《なじ》られたら、言い訳はできる。

二人羽織方式でダメ出しを食らったのは白鳥の執筆部分だし、前半も第一回は藤原さんが、第二回は兵藤クンが書いているから、ますます俺に咎はない。

内実をバラせば、高階学長だって納得するしかないはずだ。

だが俺に降りかかってきたのは、想像を絶する、斜め四十五度の依頼だった。

「新型コロナウイルス感染への対処について議論する検討会を作っていただき、田口先生に委員長になってほしいのです」

またか、とうんざりして高階学長を見た。その伝でどれほど俺に不要不急の肩書きがついたことか。リスクマネジメント委員会委員長、電子カルテ導入委員会委員長、

Ａ・ｉセンターセンター長など、数え上げたらキリがない。

「それにしても、東城大に降りかかる災厄は、なぜか滝壺《たきつぼ》になったみたいに田口先生のところに流れ込んでいきますね」と高階学長が気の毒そうに俺を見た。

まるで他人事だけど、その怒濤の滝壺のように俺に災厄の奔流を注ぎ込んだ張本人はあんたじゃないか、という俺の心中の罵りは口にすることは出来ない。

ロマンスグレーの高階学長は淡々と、タンタンタヌキの口調で言う。

「でも今回の依頼は大したことないです。新型コロナがどこまで広がるかはわかりませんが、幸い桜宮では一例も報告がありません。とりあえず、形式的に作っておこう、という程度のノリでして。リスクマネジメント委員会を流用すれば、新しく委員会を立ち上げる必要もありません。ね、簡単でしょう？」

「つまりリスクマネジメント委員会で一度ミーティングを開けばいいんですね」

「その通りです。さすが田口先生、打てば響くような反応ですね」

高階学長の指示を実現化するため今考えたことだが、小学生でも思いつくだろう。

確かに大したことはなさそうだから、ちゃっちゃっと片付けるか、と思った俺は、ふと不安になってひとつだけ確かめる。

「あの、この依頼って、背後に白鳥さんがいたりはしませんよね」

するると高階学長は両手を大きく振り、首も大きく左右に振って言う。

「まさか。この程度のことを白鳥さんが依頼するなんて、あるわけがないでしょう。それに白鳥さんは今、横浜港に停泊したクルーズ船の対応でてんてこ舞いですから、桜宮にかまけているヒマなんてありませんよ」

「あれ？　白鳥技官はクルーズ船に関わっているんですか。そんなこと、本人から聞かないとわからないのでは？」

高階学長がぎょっとした表情になり、ぱちぱちと瞬《まばた》きした。そうか、この人がウソをつくとこんな風になるのか、と学習した俺は、更に続けた。

「わかりました。察するに昨晩あたり、白鳥技官からこんな電話があったんでしょう。『僕は今、横浜港に停泊中のクルーズ船の対応でてんてこ舞いで、桜宮にかまけているヒマはないんですが、高階先輩に敬意を表してひとつご忠告を。新型コロナウイルス対策本部を立ち上げておいた方がいいですよ。田口センセにリスクマネジメント委員会を改編して形だけでも作らせておけば、簡単にケリがつくし』なんてね」

高階学長は目を丸くして俺をまじまじと見た。

「ビックリしました。白鳥さんそっくりですね。M1選手権に出られますよ」

「M1はモノマネ大会じゃありません。それより実際はそうだったんでしょう？」

「田口先生がそこまでの確信をお持ちでしたら、信じてもらえそうにありませんが、答えは『ノー』です。でも田口先生が納得できるなら『イエス』でもいいです」

何だかはぐらかされたような気もするが、高階学長にはどっちでも同じなのだろう。序盤を圧倒的に優位だった将棋を、詰みを見逃しひっくり返された棋士みたいな気分で、俺は新たなミッションと共に学長室を辞去した。

実際、仕事は大したことがなかった。久しぶりにリスクマネジメント委員会を招集し、新型コロナウイルス対策本部を兼任すると宣言したら五分で終わった。夏休みの登校日みたいだな、と思いつつ、担任が配る注意事項プリントのような議事録を作成し、メーリングリストに流した。すぐ承認の返信が集まり「東城大学新型コロナウイルス対策本部」が新設され、俺が委員長を務めることが病院ネット掲示板に掲載された。どういうことのない仕事で、俺はしばらくそのことを忘れていたくらいだ。実はそれは俺が安穏とした生活を送れた、最後の日々だったのだが。

一週間後。ここのところ本業の不定愁訴外来は開店休業状態だ。愚痴喫茶が開店前閉店になったことが悪評につながったのか。あるいはウェブ連載「イケメン内科医」を読んで、こんな軽薄な医師に大切な患者を任せられない、と思われてしまったのか。

ヒマだとあれこれ考えてしまう。被害妄想だと笑われるかもしれないが、そうでも考えないと、ここ一ヵ月ほどのヒマさは説明がつかない。

だが藤原さんは一向に気にする様子もなく、控え室でのんびりテレビを見ていた。

「クルーズ船騒動って派手ですねえ。でも今さら船のプロモーションビデオをダダ流しにしても、この船で旅行したいなんて人は、もういないでしょうに」

「最初の発症者は五日しか乗船せず、香港で下船後に熱が出て新型コロナ肺炎だとわかったそうですが、先に下船して感染がわかったのは不幸中の幸いです。でないと船内で感染し、新型コロナと診断がつかずに下船し、日本中にばらまかれたでしょう」

自分でそう言って思わずぞっとしたその時、扉がばたん、と開く音がした。

そちらを見た俺は、驚いて椅子から転げ落ちそうになった。

そこに立っていたのは俺にとっての疫病神、厚生労働省のはぐれ技官、白鳥だった。

「どうしてあんたがいきなりここに来たんですか。ダイヤモンド・ダスト号の対応でてんてこ舞いしてるんじゃないんですか」と、うろたえた俺は敬語を忘れていた。

白鳥はパイプ椅子に腰を下ろし「藤原さん、珈琲、お願いします」と言う。

藤原さんは弾《はじ》かれたように立ち上がり、珈琲をカップに注いで白鳥に手渡す。

「藤原さんが淹れる珈琲は絶品だね。どうせなら、ここで喫茶店を開業したら？」

な、なんてことを。最近になってようやく癒《い》えた藤原さんの悔恨が再燃しないよう、俺は「で、今日はどういったご用件で？」と話題を白鳥の来訪理由に戻した。

「新型コロナウイルス対策本部を立ち上げてくれたそうだね。高階センセに依頼した時は、念のためのセイフティネットのつもりだったんだけど、本格的に作動させないといけなくなりそうだ。すると、しっちゃかめっちゃかの大騒動になるから、その前にせめて担当者にお詫《わ》びと感謝の気持ちを伝えておくのが礼儀かなと思って、クソ忙しい合間を縫ってやって来たんだよ」

「待ってください。何なんですか、『しっちゃかめっちゃかの大騒動』ってのは？」

「そのまんまだよ。待てよ、『前代未聞の未曾有のドタバタ混乱劇』の方がいいか」

白鳥はテレビ画面のクルーズ船に視線を移した。俺はごくん、と唾を飲み込む。

「ま、まさか、クルーズ船の感染乗客を、東城大に移送しようというのでは……」

「すごーい、田口センセってば冴えてるねえ。大当たりだよ」

白鳥はパチパチと拍手をした。それに合わせて隣で藤原さんまで拍手をした。

「船内は指揮系統、じゃなくて指揮系統のトップの判断がメチャクチャなんだ。医療の基本がわかっていないくせに首相の威光を笠に着て威張り散らす怪物が仕切っている。ひとにらみで全てをクズにする現代版ゴーゴンさ。僕は外部でロジをやってるけど全部ねじ曲げられる。でもゴーゴンは目立ちたがり屋で地味な仕事は嫌いだから、下船患者のケアは興味がないので僕が引き受けた。僕がやると知ったら邪魔するから、DMATが高階センセに依頼した形にした。つまりもうちょっとすると、ここにクルーズ船の陽性患者百名以上がやってくるんだもん。『しっちゃかめっちゃかの大騒動』か『前代未聞の未曾有のドタバタ混乱劇』でしょ？」

俺はあんぐりと口を開けた。すぐさま言い返す。

「そんな話、高階学長から聞いてません。約束違反です」

「だって、高階センセには話してないもん。言葉はなくてもボーイ・ミーツ・ガール、わかりあえるのさ♪、というわけで僕と田口センセもこの説明でわかるだろ？」

要するに俺は『しっちゃかめっちゃかの大騒動』にいきなり放り込まれるわけだ。

「そんなの無理です。東城大では救命救急センターは廃止されているんですから」

「知ってるよ。だから救急にならないよう事前に仕組みを整え、ＰＣＲ陽性の軽症者や無症状者だけを搬送する。でも二割は悪化し人工呼吸器やＥＣＭＯが必要になるから、そこには対応してもらいたいんだよ」

「確かにＥＣＭＯはありますけど、感染症の専門家はいませんから対応できません」

「そこは手はずを整えたから、その枠組みに従えば『しっちゃかめっちゃかの大騒動』にはならないよ。人類が積み上げてきた叡智《えいち》、検疫ってヤツだから。日本は島国だから厚労省の連中は海外の観光客の監視くらいしかやってなくて、すでに入った病原菌に対する検疫はダメダメなのさ。それはキャメルの時にわかっただろ」

確か七、八年前の「しっちゃかめっちゃかの大騒動」を思い出し、俺はうなずく。

「あれから厚労省は一ミリも進歩してない。過去の失敗を反省せず、事実を塗り替えごまかしてきただけだからね。でもその悪しき連鎖は桜宮で食い止める。いいかい、田口センセ、東城大は日本の最終防衛ラインで、新たな防疫を構築し直す城砦《じょうさい》なんだ」

白鳥の無茶ブリには何度も遭遇したが、こんなに真摯な態度は初めてだ。

いつもはムカつくのだが、今回はなぜか怒る気にならなかった。

「わかりました。できるだけ努力します。でも私も感染症には詳しくないのですが」

「田口センセの能力は把握してるから指導者を手配した。田口センセは彼に乗っかればいい。それにはお手本があるよ。高階センセがやってきたことさ。高階センセにできて田口センセにできないってことはないから安心して」

言いたいことを言うと、白鳥は姿を消した。俺と藤原さんは顔を見合わせた。

テレビ画面には、沖合に停泊しているクルーズ船が延々と映し出されていた。


数日後、白鳥から届いたオーダーに驚愕した。俺はメールをプリントすると、直ちに学長室に向かう。渡した紙をしばし凝視した高階学長、やがて顔を上げた。

「こんなドラスティックな対応策をお考えとは、さすが白鳥さん。で、新型コロナウイルス対策本部長の田口先生は、この青写真の実現に全力を挙げるおつもりですね」

「え？　いや、あの、そのですね、ていうか、やってもいいんですか、これ？」

「いいかどうかは新型コロナウイルス対策本部長の田口先生が、新型コロナウイルス対策本部のメンバーと議論の上でお決めになることです」

うわあ、ここでパーフェクト丸投げ弾の炸裂かあ、と愕然《がくぜん》とした。同時に俺は学長室に駆け込んだ時、高階学長に難色を示してもらいたかったんだとわかった。でも考えてみたらそんなことになったら余計に俺の仕事が難儀になるだけだ。俺のバカ。

「では質問を変えます。白鳥技官の提案通り、旧病院棟、現在ホスピス専用の黎明棟をコロナ感染陽性患者の収容病棟とするという基本ラインを、承認されますか」

「それが新型コロナウイルス対策本部長の田口先生の要請であるなら、承諾します」

「では、新型コロナウイルス対策本部長として……ああ、めんどくさい。『シンコロ』と略していいですか？」

「もちろん、大賛成です」と高階学長はうなずく。俺は知る由もなかったが、俺の考えた略号は、政府や省庁で雨後の竹の子のように、にょきにょき立ち上げられた、コロナ対策本部の略称として使われていた。まあ、威張るほどのことではないが。

「では『新型コロナウイルス対策本部』略して『シンコロ』本部長として、黎明棟をシンコロ陽性患者の収容施設として転用することを要請します」

「了解ですが現在、黎明棟に入院しているホスピス患者を移動する必要がありますね」

「実は一案あるんです。ホスピス病棟に入院されている方にシンコロ陽性患者のケアをお願いすれば、病棟移動せずに問題は解消します」

「確かにスペースはあるし、病棟機能も復帰できますね。でも人員配置は簡単ではないし、重篤な患者対応は不可能でしょう」

「それは高度な救急医療に対応できる、現在使われていない施設を復活させます」

「まさか、オレンジ新棟一階を？　誰が仕切るんです？　佐藤《さとう》部長は病院のＩＣＵで手一杯ですし、看護師も慢性的に人手不足です」

「看護師はオレンジ二階に如月《きさらぎ》師長がいます。彼女は救命救急センターの経験者です。そして医師はアイツを呼び戻します。今こそ借りを返してもらう時です」

「それは難しいでしょう。彼にも勤務している病院がありますし」

「でも試しに要請くらいはしてもいいでしょう。白鳥技官は日本全体の医療と検疫を考えています。白鳥技官が当院を指名したのはふたつ意味があります。ひとつは検疫体制を立て直し再構築すること。もうひとつは行政区の区分けを越えた患者対応を模索すること。そんな時、アイツが自分の病院に拘るとは思いません」

　俺の決然とした言葉に、高階学長はうなずいた。

「わかりました。それでは雪見市救命救急センターの速水晃一《こういち》センター長を、東城大に召喚することを決定します」

　病院長室の窓から外を見た。遠く桜宮岬《みさき》の突端に、キラリと硝子の塔が光った。

　二日後、速水から返事が来た。現在の業務で手一杯なので依頼には応じられない、だが状況の変化によっては対応を柔軟に考える、というものだった。

予想通りの返答だ。だが、なにかあった時に協力をお願いできるという感触があれば十分だ。俺たちは今も細い線で繋《つな》がり続けている。

その細い線が、いつかは太い命綱になるかもしれない、と俺は思った。

三日後、白鳥技官の派遣部隊がやってきた。部隊と言ったがワンマンアーミーで、蝦夷大学の感染学研究所の名村茫教授だ。黒縁のゴーグル眼鏡姿は精悍《せいかん》だ。感染病学会の異端児で、「掟破りのナパーム弾」などという物騒なあだ名の持ち主、名村教授の第一印象は最悪だった。

「あなたが巷で大人気の『イケメン』田口氏ですか。初めまして、名村です」

連載といいながら一回しか掲載せず、巷で大人気のはずがない。途方もないイヤミかと思ったがすぐに誤解だとわかった。この人は世事に関しては集めた情報を吟味せず使ってしまうタイプだ。今、俺の名を検索すれば、『イケメン内科医の健康万歳』のサイトがトップに出てくるから、そんな挨拶になるのはやむを得ない。

名村教授の行動様式は無駄がない。普通はメールでアポを取って来訪するが、訪問目的が明瞭だからメールを打つ必要はない。世界各地の感染症流行地で働く名村教授の流儀なのだ。最凶最悪の伝染病、エボラ出血熱では、軍隊が流行する小村をナパーム弾で焼き払う。するとナパーム弾というあだ名も大げさではない。

　社交辞令的なやりとりは冒頭のひとくさりで、名村教授は本題に入った。

「田口氏、感染患者を収容する施設の見取り図を見せてください。ふんふん、なるほど。この病院棟を丸々使えるのは素晴らしい。今入所中のホスピス患者は何名？　十五名ならワンフロアに移動してもらえば目一杯使えますね。理想的です。救命救急棟が離れているのが気になりますが、この距離なら問題ないでしょう」

「実はひとつ提案があります。ホスピス入所者を他の病棟に移さず、そのままコロナ患者をケアしてもらおうと思っているのですが、それって無茶な考えですか？」

「全然無茶ではなく、ＯＫです。単純に言えば私の仕事は感染地帯と非感染地帯の分離を構築することで、レッドゾーンとグリーンゾーンの区分けをすれば終わりです。レッドには厳しい制限をし、グリーンは日常社会です。でもきちんと構築しないと、ふたつがぐちゃぐちゃになってしまう。今、クルーズ船の船内はそうなっているので白鳥氏が私を船内に派遣する手はずを整えていますが、それまでヒマだろうから、下船後の受け入れ先の準備に協力しろといわれて、来たんです」

「名村先生も白鳥技官に振り回されているわけですね。ご愁傷様です」

「は？　何をおっしゃるんですか。白鳥氏の判断は適切で怜悧《れいり》、かつ最速です。厚労省関係者で初めて納得できるスピーディな判断をしてくれる方と巡り会えてラッキーです。まあ、コロナはすでに日本に入っているので、守り切るのは不可能ですけど」

「コロナがすでに日本に入っているとしたら、東城大は何をすればいいんですか？」

「今、田口氏に説明するのは吝《やぶさ》かではありませんが、どうせなら新型コロナウイルス対策本部を招集し、そこで説明した方が一度で済んで効率的なのですが」

「おっしゃる通りですね。早速、招集します。一時間後には設定できると思います」

「田口氏も迅《はや》いですね。まず俺に説明しろと言い二度手間を掛けさせるお偉いさんも多いですが、そこをすっぱり割り切るなんて、さすが白鳥氏のお弟子さんです」

それは俺がお偉いさんではないからだが、麗《うるわ》しき誤解には実害はない。

「では会議が始まるまで、おくつろぎください。珈琲でもいかがですか？」

「それなら一時間眠ります。休めるときに休め、が私のモットーですので」

名村教授は返事も待たずにゴーグルを外し、ポケットから取り出したアイマスクを着け耳栓を嵌め、ごろりとソファに横になる。三十秒後にすうすうと寝息を立て始めたので、俺と藤原さんは音を立てないように控え室を出て、診察室に移った。

「凄《すさ》まじい方ですねえ。この先生は常在戦場なんですね」と藤原さんが言う。感染症対応という名の戦場のコマンダーの隣で、俺と藤原さんはのんびりと珈琲を飲んだ。

シンコロ対策本部の緊急会議は一時間半後になった。ギリギリまで寝かせてあげようと思ったら、名村教授はかっきり一時間後、しゃっきりした顔で起きてきた。

「寝心地がいいソファですね。シエラレオネのエボラ対策本部を思い出しました」

「申し訳ありませんが、会議は三十分後になりました」

「それくらいは構いません。それなら先に現場を見ておきましょう。最初にオレンジ新棟を見ます。田口氏の秘書さん、赤と緑の付箋《ふせん》を用意しておいてください」

「手配します」という藤原さんの返事を聞くと、名村教授は部屋を出た。俺はあわてて後を追う。真冬の陽射しは弱く、オレンジ新棟へ向かう小径《こみち》に寒風が吹きすさぶ。

「白鳥技官とは古くからのお知り合いなんですか？」と俺は訊ねる。

「知り合ったのは最近で、武漢からチャーター機が到着し、クルーズ船で感染が疑われた翌々日に連絡してきました。私がＳＮＳで武漢のチャーター機の帰国者への対応をケチョンケチョンに批判していたのを見たので会いに来た、と言ってました」

「白鳥技官はわざわざ北海道まで会いに行ったんですか」

うなずいた名村教授を見て、ははあ、カニだな、と俺はピンときた。

「それで二時間ほど、現在の検疫体制の問題点と本来あるべき検疫体制について話したら、黙って聞いておられた白鳥氏は私に、今後の日本の防疫体制を担ってほしいと言うので、私如きでお役に立てるのならいくらでもコキ使ってください、と答えました。因みに私の部下に厚労技官上がりの理論疫学の専門家がいると知って、いずれ彼にもオーダーを出すと言っていました」

白鳥が黙って話を聞いていたというのは意外だったが、次の言葉には更に驚愕した。

「ダイヤモンド・ダスト号では最悪の場合、大量のコロナウイルス陽性患者が出るから、その時は桜宮にいる弟子に対応させるので、その指導も頼むと言われました。その時に田口氏の仕事ぶりは聞かされたので、初対面に思えなくて」

「クルーズ船が到着した時点で今日の状況を見切っていたんですか。それって、すごいですね」と俺が言うと、名村教授は首を横に振る。

「いえ、検疫の原則がわかっていれば誰にでもやれる対応です。ひとつ解せないのはそんな合理主義者の白鳥氏が、なぜわざわざ北海道まで足を運んできたのか、ということです。今の時代、携帯電話やスカイプで十分なのに」

「蝦夷大までわざわざ会いに行くなんて、熱心ですよね」

「白鳥氏は蝦夷大には来ていません。お会いしたのは空港内の『カニ天国』です」

ほーらやっぱり、と読みが当たった俺は得意満面だ。残念なのはそのことを誰にも自慢できないことだ。それより気になるのは白鳥が俺をどんな風に話したのかということだ。そのことを聞こうと思った時、オレンジ・シャーベットのような建物が目の前に現れた。俺たちはオレンジ新棟に到着していたのだった。

名村教授は「一階の閉鎖中のICUを見せてもらえますか?」と訊ねた。

「二階の小児科病棟の、看護師長に頼みます」

「ほう、二階は小児科ですか。そこも見ておきたいのでご一緒します」

二階に上がると、世界がいきなり明るくなった。子どもたちの笑い声が響き、それを「こら太郎、走っちゃダメだって言ってるでしょ」と叱る看護師の声が追いかける。男の子が俺にぶつかり、俺はその子を抱き留める。追いかけてきた看護師は「あ、田口先生、お久しぶり。ここのところお見限りなんだから」と声を上げる。

「依頼がないからです。小児不定愁訴外来も設置されていますから、不定愁訴が発生していないということで、如月師長の患者対応が素晴らしいという証拠ですよ」

小児科病棟の如月翔子《しょうこ》・看護師長は、ばあん、と俺の肩を叩いた。

「もう、田口先生ってば、お上手ね。そんな気遣いができる『イケメン内科医』なのに、なぜお嫁さんが見つからないのかしら」

アレはオレンジにも伝わっていたのかと愕然としたが、さりげなく話題を戻す。

「一階の救命救急センターを見学したいんです。できれば如月師長も一緒に説明を聞いてもらいたいのですが」

「わかりました。他のスタッフに仕事を引き継いでくるのでお待ちください」

鍵を手に戻った如月師長と、名村教授と俺の三人で一階に下りていく。如月師長が鍵を開け、電気を点《つ》ける。昨日までここで誰かが働いていたような気配がする。

閉鎖して七年なのに、廃墟《はいきょ》特有の打ち捨てられた荒《すさ》んだ空気は感じない。

「週一回、掃除しているんです」と如月師長がぽつんと言う。この女性は今もヤツが戻ってくることを、待ち続けているのだろうか。

感慨に耽《ふけ》る俺の隣で、名村教授は興奮して歩き回る。

「素晴らしい。環境は完璧です。あとは本部棟との間をつなぐ専門搬送車が一台あるといいですね。それと近くにもう一室、特別な空間があると助かります」

「搬送専用車は公用車を転用すれば対応できますが、スペースはちょっと……」と俺が口ごもると「三階にスペースはありますよ」と如月師長が言う。

「ああ、オレンジ新棟のクリスマス星見会《ほしみかい》の会場ですね」

「是非、見てみたい」と名村教授に言われ、エレベーターに向かう。

オレンジ新棟三階は長年封鎖されていたが、ある時、如月師長がプラネタリウムが設置されていることに気づき以後毎年、クリスマス会が開かれるようになった。

部屋に入ると名村教授は両手を広げて、くるくる回りながら言った。

「ワンダフル。ここでECMOを使いましょう」

「ECMOが必要になるような大変な状況になるのですか?」と俺は驚いて訊ねた。

「発症者の二割が重症化し、その半数が死にます。重症化したら治療法はなく対症療法で人工呼吸器を使用するしかありません。それでダメならECMOになります」

俺たちのやりとりを聞いていた如月師長がおずおずと言う。

「お話を聞いていると新型コロナ対応は、看護師にも関係する気がするんですけど」

「おっしゃる通り、この体制は看護師さんの協力なしには実現不可能です」

「それなら看護師向けにレクチャーしてください。あたしだけでは不十分です」

「わかりました。十一時半に田口氏にお呼ばれした会議で説明しますので、最速でその後になります。看護師さんたちは何時に何人くらい集まりそうですか？」

「ラッキーなことに今日は猫田《ねこた》総師長が出勤される日ですので、総師長に頼めば十二時から一時間の昼休みに休憩中の看護師を集められると思います」

「素晴らしい。ではすぐやりましょう」と名村教授がうなずく。

「では看護師レクの段取りは如月さんにお任せします。場所と時間を設定して看護師さんを集めてください」と俺が言うと、如月師長は、白衣の裾を翻し姿を消した。

十一時十五分、間もなく「コロナウイルス対策本部会議」の時間だ。

「そろそろ旧病院に戻りましょうか」と俺が言うと、名村教授は言った。

「田口氏、対策本部の会議と看護師へのレクチャーを同時にやりたいのですが」

絶句したが説明は一度で済ませたいと考えるのももっともだ。俺はうなずく。

「わかりました。それでは新型コロナウイルス対策本部の緊急会議をさらに三十分延期し十二時にして、看護師レクと合同開催にできるか、聞いてもらいます」

俺は藤原さんに、時間変更をメンバーにメールしてほしいと電話で頼んだ。

俺と名村教授が旧病院に戻ると、出迎えた藤原さんが報告する。

「ご指示通りメールしたら垣谷《かきたに》先生から怒りの返信が来た他は、了解してくれました」

そこに電話が掛かってきて、「わかった。ご苦労さま」と藤原さんが言った。

「〈ネコ〉からです。看護師レクには昼休み当番以外の日勤の看護師が全員参加するそうです。場所は黎明棟四階、大講義室ですって」

眠り猫と呼ばれた藤原さんの愛弟子、猫田総師長の切れ味は相変わらずだ。かつて学生の講義が行われていた場所で二百人は入るので広さは十分だ。

名村教授は惚《ほ》れ惚れと感心した、というような口調で言う。

「藤原嬢は気が利くだけでなく、気品がありますね。まさに才色兼備の才媛《さいえん》ですね」

すると藤原さんは頬をぽっと赤らめた。

あ、籠絡されやがった、と俺は見抜いた。なにしろ付き合いは長い。

「この棟の四階ならすぐそこですね。それなら病院食堂で腹ごしらえしましょう」

「新病院に移設したスカイレストラン〈満天〉はここから徒歩十分です。この上にも元満天で今は分店の軽食喫茶〈清流〉があります。どちらがいいですか」

「この病院の上がいいです。新病院は関係ないので」

俺は教授と外付けの階段を上り二階から病院棟に戻り、エレベーターで十三階に向かう。食事をしていると、名村教授は窓の外の景色を見て、唐突に言った。

「桜宮は美しい街ですね。今、コロナを蔓延させたらこの風景は壊れてしまいます。ここが勝負所ですよ、田口氏」

その時、背後で、からり、と扉が開く音がした。入ってきた大柄な女性を見て俺は一瞬、不思議な気持ちになる。

はて、どこかで見たことがあるような……。

大きなバッグを肩に掛け、うんしょ、うんしょと言いながら近づいてきた女性の顔を改めて確認した俺は、驚いて思わず立ち上がる。

「姫宮《ひめみや》さん、なぜこんなところに？」

女性は桜宮Ａｉセンター倒壊事件の時に共闘した女性技官だ。通称〈氷姫〉と呼ばれる彼女は、あの白鳥技官の唯一の部下というリスキーなポジションにいて、かつて東城大のオレンジ新棟に出入りし、因縁ある碧翠院の崩壊にも関わったという物騒なウワサの持ち主で、厚労省の最終兵器と目されている。

姫宮はバッグを下ろすと両手で名刺を捧げ持ち、差し出して深々と頭を下げた。

「田口先生、ご無沙汰しております。そちらの方は初めまして。私は厚生労働省大臣官房秘書課付技官補佐、兼厚生労働省新型コロナウイルス対策本部マスク班班長代理補佐、の姫宮香織《かおり》と申します。上司の白鳥圭輔厚生労働省大臣官房秘書課付技官兼以下略の指示で参上しました。名村教授の命令に従うように、との伝言です」

「なるほど、白鳥氏の差配でしたか。私がその〈名村教授〉です。早速伺いますが、あなたが運んできた、舌切り雀《すずめ》の大きな葛籠《つづら》のような荷物の中身は何ですか？」

「自衛隊の感染防護班からお借りした、防護服着脱練習キットです。至急だったので四着分しか用立てできませんでしたが」

「エブリバディ、この女性の素晴らしい機転にクラップ・ユア・ハンド」

名村教授が立ち上がり拍手をした。いや、エブリバディってここには俺しかいないんですけど、と思いつつ、その勢いに押され、俺もぱちぱちと拍手してしまう。

「あなたのような部外者が、どうして自衛隊の物資を入手できたんですか？」

「上司の白鳥が武漢のチャーター機が到着した直後の混乱したどさくさで、わたしを自衛隊感染対応部隊の研修に出したんです。五日間みっちり研修を受け、感染管理認定看護師の資格があるレベルとのお墨付きを頂きました。今朝方、防護服と防護マスクの着脱練習用キットを持参し東城大に向かうよう指示されて参りました」

「権限のない白鳥氏に、よくそんな手配ができましたね」

「局長は丸投げです。文句を言われたらこう言い返せ、という指示は受けましたけど。実際に役に立ったので、上司としての手配と言えるかもしれません」

「白鳥さんは、どんな屁理屈を教えてくれたんですか？」と俺は興味津々で訊ねた。

「『厚生労働省新型コロナウイルス対策本部マスク班班長代理補佐からの要請だ』と

言え、と指示されました」

確かに筋は通っている。さすがロジカル・モンスター。

「そろそろ時間です。四階に行きましょう」と俺が言った。

姫宮が重そうなバッグを抱え上げようとしたので、俺が代わりに持った。

十一時五十分。開会十分前なのに大講義室は満員だった。

白衣姿の看護師ががやがや話している。最前列には招集したリスクマネジメント委員会の面々がずらりと並ぶ。返信時より参加者は増え、ほぼ全員が顔を揃えている。

腕を組みふんぞり返っている外科学教室の垣谷教授は、見るからに不機嫌だ。

その隣にエシックス・コミティ代表の沼田《ぬまた》教授、第一解剖学教室の教授に就任したばかりの藤田《ふじた》教授、古参の第二病理学教室の草加《くさか》教授など、うるさ型の面々が一堂に会している。

そして俺の両脇には、感染症学会のナパーム弾と厚生労働省の氷姫。

最終兵器的な二人に挟まれた三蔵法師的ポジションの俺は、胃が痛くなってきた。

15章　ナパーム弾、桜宮に炸裂す

二〇二〇年二月　桜宮・東城大学医学部旧病院黎明棟

大講義室の入口で俺たちに近寄ってきた如月師長が、姫宮の顔を見て立ち止まる。

「あれ？　そのデカい図体には、そこはかとなく見覚えがあるんですけど」

「ご無沙汰してます、如月先輩。あの頃は新人の指導役でしたが、今は師長になられたそうですね。ご指導いただいた姫宮です」

「やっぱり、姫宮よね。騒動の最中にいきなりいなくなるんだもん、びっくりしたわ」

「その節はおいとまも告げず失礼しました」と言って姫宮は名刺を差し出した。

「え？　あんたって厚生労働省の職員だったの？　あたしが知り合いの厚労省のお役人っていうと、ひとりしかいないんだけど」

「たぶん、如月先輩がお考えになっている、その方の部下です、わたし」

「えええ？　マジ？　あんた、それでよく人間壊れないわね」

「おかげさまでなんとか」という二人の会話に割って入って、俺は言う。

「看護師さんの手配、ご苦労さま。猫田さんの威光は衰えていないようですね」

「それだけでは集まりません。みんなコロナは重要問題だと思っているんです」

名村教授が足音高く講義台に向かい、俺は名村教授の後に続いて登壇した。

「田口委員長、これはどういうことだね。新型コロナウイルス対策本部の緊急会議だと言うので来てみたら、看護師も一緒とは」といきなり垣谷教授が言う。

　俺がマイクを取ろうとしたら、名村教授が奪い取って話し始める。

「初めまして。蝦夷大学感染症研究所の名村と申します。ただいまのご質問には私がお答えします。本日、厚労省の新型コロナウイルス対策本部の担当官から派遣され、東城大でシンコロ陽性患者の受け入れをお願いすべく、伺った次第です。その私の要請でシンコロ対策本部の緊急会議を招集し、待ち時間で下見をしていたら同行した看護師長にシンコロのレクをしてほしいと依頼され、それなら対策本部と十把一絡げで済ませたいと田口氏にお願いし、合同開催になりました」

　うわあ、オブラートに包むことなく、全てが剝《む》き出しだ。垣谷教授の顔が怒りで赤くなる。名村教授はどこ吹く風という顔で淡々と続けた。

「停泊中のクルーズ船の船内はしっちゃかめっちゃかですが、それは最初の設計を間違えたせいです。なので設計をしっかりします。ゾーニングの意義をきっちり理解していただくためレクと議論と質疑応答と指導を全部ひっくるめて同時に済ませます。以上、よろしいですか？　ではノーアンサー・ミーンズ・イエスとみなし……」

　一気呵成《いっきかせい》の名村教授に待ったが掛かる。エシックス・コミティの沼田《ぬまた》教授だ。

「新たな取り組みを病院で実施する際は、まず院内倫理審査委員会で倫理的適合性を議論し、承認した上で、実地に移すのが通常の手順であり……」

「それは平時の理屈で今は非常時です。敵が迫っているのに発砲許可を待っていてはゴジラは倒せません。倫理はコトが済んだ後でゆっくり検討してください」

粘着質で手強い沼田教授を一蹴すると、もう誰も口を開かなかった。

名村教授がナパーム弾と呼ばれる所以が、少しわかった気がした。

「他にありませんか？　ない？　ＯＫ。ではレクを始めます」

名村教授は映写システムをオンにするよう指示すると携帯をシステムに接続する。

スクリーンに球体のウイルスが映される。

「『新型コロナウイルスＣＯＶＩＤ‐19』の電顕写真です。コロナは王冠という意味で、球体の表面から飛び出たスパイクが王冠のように見えるから、名付けられました。コイツが『敵』です。この『敵』からいかに身を守るかを説明します」

短い端的な言葉で、名村教授は集まった人々の気持ちを集中させた。

「まず、『敵』を打ち破ることは不可能です。いいですか、ここ大切ですから繰り返します。シンコロを打ち破ることは不可能、不可能なんです。排除不能なら共存するしかない。ただ厄介な病原体で向こうはこちらに合わせるつもりがない。なので人類がシンコロに合わせた社会を作るしかない。我々がやることはそのひな形作りです」

「桜宮にはコロナは来ていないのに、なぜこんなことをしなくてはならないんですか」と看護師が手を上げて質問する。

「厚労省からの内密の依頼で、ダイヤモンド・ダスト号のシンコロ患者のうち軽症者をここで引き受けてもらうことになったからです」

嘘でしょ、信じられない、という看護師の小声が響く。俺も度肝を抜かれた。そうしたことは対策本部を立ち上げた後で徐々に発表するのが筋だ。何しろ白鳥から極秘依頼されたが、それが正式依頼かどうかわからない状況なのだ。けれども名村教授にすれば、ここで依頼を暴露するのが手っ取り早い。そうすれば一気に覚悟は広がるし、依頼が空振りしてもめでたしめでたし、というわけだ。

俺は「ナパーム弾」の発想法を理解し始めていた。

「この依頼をアンラッキーと思った方は、遠慮なく挙手してください。……なるほど、七割の方がそう思っているようですね。でもそれは大間違い、あなたたちは選ばれしラッキー・ガイ、じゃなくて女性もいるからラッキー・ピープルなんです。厚労省の水際阻止作戦は大失敗し、ある日シンコロはひっそりと侵入してきます。医療従事者は無防備に対応し、院内感染が広がりクラスターが発生するが誰も気づかない。そうして病院はシンコロによって崩壊させられます。怖いですねえ」

会場は静まりかえる。名村教授の話には無理も無駄も、容赦のかけらもない。

「でもみなさんは意識的にシンコロを受け入れられる。厚労省は日本にシンコロは入っていないと強弁し外部からのシンコロ追跡に夢中ですが、外国人が大勢日本に来ているのにシンコロが入ってこない道理がない。これから国が公表する感染者数は低くなります。だって検査してないんですから。その中でシンコロがそこらじゅうにいるという前提で医療にあたるみなさんは、シンコロ最先端対策部隊になるのです」

講堂の空気が変化した。半信半疑から一心に聞く雰囲気になっている。

「ではステップ2『シンコロなんて怖くない』です。大切なところですが、簡単です。シンコロがいる場所といない場所をわけ、いない場所にシンコロを入れないようにする。これだけです。患者に食事を運び処置をし検体を運ぶのは看護師さんです。シンコロ患者と触れたら全てシンコロ陽性＝ポジティブの〈コロポ〉です。検体や食事後の皿も〈コロポ〉。患者と接する時に防護服を着ますが防護服の外側は〈コロポ〉で内部はシンコロ陰性＝ネガティブなので〈コロネ〉です。決められた場所以外では防護服は絶対に着脱せず、外に持ち出さない、ここ、大事です」

名村教授はバンバンと掌《てのひら》で黒板を叩く。何人かの看護師がメモ帳を取り出した。

「シンコロエリアはレッドゾーン、いない場所はグリーンゾーンでレッドとグリーンは混ぜない。それがゾーニングの徹底です。感染患者の面倒を見るのは主に看護師さんのお仕事、ということはレッドとグリーンの国境にいる看護師さんの挙動が病院の存亡を決めると言っても過言ではありません。患者さんに接する看護師さんは防護服を着る。鬼は外はレッドで〈コロポ〉、福は内はグリーンで〈コロネ〉です。そこがごちゃごちゃになる危険地帯は、防護服の着脱場です。そう言ってもピンとこないでしょうから実地にお見せします。姫宮嬢、カモン」

バッグを手に姫宮が壇上に上がると「あの娘、見たことある」と小声が上がった。

「姫宮嬢、防護服・防護マスクの着脱のお手本を見せてください」

こくりとうなずいた姫宮は防護服を取り出し手際よく着て、最後に防護マスクをつけると仰々しい検疫官姿になる。ぺこりとお辞儀をして防護服を脱ぎ始める。

脱ぎ終えた防護服を丸めて置くと最後にマスクを外し服の上に置いた。そしてまた、ぺこりとお辞儀をした。名村教授は拍手をしながら言う。

「さすが厚労省の感染管理認定看護師の実質的資格の持ち主、完璧です。ポイントを説明します。もう一度防護服を着て、私がストップ、と言ったら動作を止めて」

姫宮はうなずき防護服を着始める。着終えるとストップ、という声が掛かった。

「防護服を着る時はグリーン内なので注意は必要ありません。そもそも手術室で厳密な清潔を保つためのディスポ服は、普通は着る時に注意が必要ですが、シンコロ対策で着用する場合は問題になるのは逆で脱ぐ時です。ここまでで質問ありますか？」

「着終わりと脱ぎ終わりにお辞儀をする意味は、何ですか？」

前列の看護師が質問すると、歯切れよかった名村教授はいきなり口ごもる。

「あ、いや、それはですね、私は存じ上げないのですが、感染症対策には常に未知の最先端の知識が投入されるので、私も都度都度、アップデートしているわけでして」

しどろもどろになった名村教授の隣で、姫宮があっさり「クセ、です」と言う。

一瞬の間。名村教授は咳払いをひとつすると、おもむろに口を開く。

「さすがプロ中のプロ、簡単にやっているように見えますが、実は多くのポイントをクリアしています。そのポイントを解説します。姫宮嬢、防護服を脱いでください」

姫宮は背中に手を回して紐をほどき、エプロンを脱ぐようにして前に脱ぐ。

「ストップ。ほら、脱いだ外側に触れていませんね。はい、進めて。子どもがセーターを脱ぐ時に裏返しになるように防護服を裏返しにして外部を丸めた服の内部にしまいこむ、そう、あ、そこ、もう少しゆっくり、そうです、ほーら、脱ぎ終えた防護服はお団子になり、内側が外になってるでしょう？　ここ、ポイントです」

名村教授は、姫宮の回りをうろうろと歩き回りながら続ける。

「マスクを外す時も要注意。姫宮嬢のビューティフルな外し方にご注目、マスクの外側に指一本たりとも触っていない。エブリバディ、クラップ・ユア・ハンド」

今度は会場中に盛大な拍手が満ちて、名村教授は満足げだ。

「姫宮嬢は脱いで丸めた防護服の内側にレッドを封じ込めました。以上、一番重要な患者対応する看護師さんのグリーンの守り方でした。とにかくレッドとグリーンは混ぜるな危険！、赤と緑を混ぜたら何色？　正解は黒、ダークゾーンに落ちてしまう。ルーク、フォースを使え。……ええと、若月嬢と如月嬢でシンコロ担当看護師を決め、着脱訓練を今すぐ始めてください。姫宮嬢、指導をよろしく。もうすぐシンコロ患者が搬送されてくるので、今すぐです」

如月師長と若月師長は、顔を見合わせうなずいた。名村教授はぽん、と手を打つ。

「臨床検査技師はふだんから細菌感染検体を扱い慣れているので、それに準じてください。シンコロに関わる廃棄物は別にして。ＣＴ撮影する放射線技師さんも同様です。画像診断検査室は一部、シンコロ専用機にするといいと思いますが、いかがですか？」

「対応を責任者と検討します」と俺は答えた。島津に言えばいいので話は早い。

「以上でシンコロ・レクは終わります。質問ありますか？　わからないことがあったら田口氏に問い合わせてください。二十四時間、三百六十五日対応します」

俺の勤務時間を勝手に拡大するな、と言う間もなく、名村教授は続けた。

「質問は田口氏から転送され、私が起きていれば即レスします。受け入れ病棟担当の看護師さんに防護服の着脱訓練をしますので、それ以外の看護師さんは職場にお戻りください。ではここからシンコロ対策本部緊急会議レクを始めます。と言っても追加説明はありませんので、なにか質問がありましたら、どうぞ」

誰も何も言わない。ナパーム弾が爆発した後は焼け野原だ。

「できればこの後一時間、コロナ受け入れ棟準備作業にお付き合いください」

シンコロ対策本部のメンバー半分と看護師の十二名が残った。名村教授が言う。

「私の理解では黎明棟は旧東城大学医学部付属病院として機能し、二階に旧手術室とICU、三階までは外来窓口、事務、医局、講義室があり、大半は休眠中。四階から十二階までが従来の病棟ですがホスピス患者が入所中、ですね」

「概ねその通りですが、開所当時からの方針で、ホスピス入所者に治療はしないので、患者ではなく〈お客さま〉と呼びます。現在十五名の〈お客さま〉が滞在中です」

黎明棟の若月師長が答えると、名村教授はうなずく。

「その〈お客さま〉にもお手伝いしていただけるんでしたね。では最初にシンコロ患者の受け入れから始めます。一階ロビーの見取り図をスクリーンに出してください。この東入口を患者専用、薬局前のスペースを受け入れ患者の待機所にします。一階の動線は重要ですので実地で説明します。まず入院病室の実地見学兼設置に行きます」

階段で二階に下りると、赤い付箋をぺたりと張り「重症者」とメモする。

「二階は重症者フロアです。重症者は人工呼吸器管理が必要なので旧ICU病棟を重症患者病棟とし、さらに重症化したらオレンジ新棟一階へ移送します」

同行者はざわめく。長年閉鎖されたオレンジ使用まで根回しが済んでいることで、このミッションはすでに病院全体の使命なのだということを実感したようだ。

「では上に行きます。四人部屋は二人で使用します」と言うと名村教授は階段に向かう。その後をぞろぞろ十二名のメンバープラス俺、若月師長、如月師長が続く。

ふうふうと息を切らした垣谷教授が、階段の踊り場で俺を呼び止める。

「田口君、私はここで失礼する。忌々しいが度外れ教授の言うことは医療の基本だから支持するしかあるまい。今後は委員長に一任する。私は本業の外科手術に専念する」

「了解しました。ご理解とご支持、ありがとうございます」

足音高く、垣谷教授は階段を降りていく。俺は急いで階段を上っていく。

次に四階のナースステーションに行き、扉に緑の付箋を貼る。

「基本、どの階もナースステーションはグリーンです。ここは死守でお願いします」

若月師長は名村教授に寄り添い、彼の言葉を携帯のボイスレコーダーで録音する。

四階はスタッフルーム、五階から十一階は軽症患者部屋にした。最後に十二階の旧神経内科病棟、通称極楽病棟に到着すると、名村教授は腕組みをした。

「不思議な雰囲気の病棟ですね。ここはブランクにします。何やら、あちらから妙な気の流れを感じます」と廊下の突き当たりを見ながら言われ、ぎょっとした。

そこは東城大の因縁が錯綜した特別室「ドア・トゥ・ヘブン」があった場所だった。

だが名村教授はそれ以上はそのことに触れず、あっさりと続けた。

「では重要な一階受け入れの動線を説明します。ロビーに集合してください」

名村教授は脱兎《だっと》の如く階段を駆け下りていく。他の者はエレベーターに乗り込み一階に到着すると名村教授は既にロビーの真ん中に陣取っていた。

名村教授は靴音高く歩き回りながら、身振り手振りを交えて話しながら、小机を挟んでパイプ椅子を二脚、向かい合わせに置いた。

「小机を二十卓、椅子を対面設置し間にビニールのスクリーンを張ります。看護師さんがアナムネを取ったら薬局前のデスクで待機させ、三人集まったら三台のエレベーターの左を使い収容階に連れて行く。案内役は防護服を着てください。色分けしたビニールテープを床に貼り、絶対にレッドからグリーンに越境させずレッドはレッドに封じ込める。それが全てです。こんな風に決めても、患者の受け入れ時には予期せぬトラブルが起こります。どんな時もゾーニングは死守すること。レッドがグリーンに侵入したら即座にレッドにして切り離す。大切なのはそれだけです」

名村教授の原則はきわめてシンプルだ。看護師たちの顔は真剣だ。

「患者が運ばれてきた時に起こる問題には、その都度対処する。次に地道な訓練が必要な、防護服の着脱訓練に移ります。今、残った人は全員トレーニングを受けてください。合格点を取るまでは帰しませんからね。では姫宮嬢、指導して」

姫宮はこくりとうなずくと、大きな鞄から四着の防護服セットを取り出した。

「看護師さんは八人いますので、二人一組で一着使ってください。一列に並び私が合図したら着始めて、着終わったら待っていてください。では開始してください」

姫宮は完全に名村教授の右腕になっていた。看護師さんの着方をあれこれ注意している名村教授に、俺は声を掛けた。

「先生が数日、滞在されるなら、宿泊する部屋を提供しますが」

「ありがたいです。私は寝袋ひとつ、毛布一枚で大丈夫なのでどこでも構いません。でも願わくば、オレンジ新棟三階が希望です。いつでも救急病棟の一階を見学できますし、合間にプラネタリウムも楽しめますから」

「あのプラネタリウムは病院の予備電力を使って全電源を供給しないと無理です」と言った俺に、如月師長が横から口を挟む。

「田口先生、それは初回の上映時で、二回目から城崎《しろさき》さんが電源を改造してくれたので必要電力が大幅にカットされ、いつでも上映できるようになったんですよ」

確かにそうでなければ毎年上映会なんてできるわけないよな、と俺は苦笑した。

「では如月師長、着脱訓練が終わったら名村教授をお連れしてください」

「了解です」と如月師長はうなずくと、訓練に加わった。看護師さんたちに「ほら、またレッドに触った。ね、なかなか難しいでしょう？」と嬉々として訓練指導に当たる名村教授の声がロビーに響いた。

横浜港に停泊中のクルーズ船のシンコロ患者受け入れを承諾した東城大では着々と準備が進められた。そこにフライング気味の患者搬送があり、黎明棟は大混乱した。

東城大にいきなり二十名の患者が押し込まれ、呼吸困難な重症患者も数名いた。シンコロ感染者は、人工呼吸器の適用でなければ軽症者扱いになるので、軽症者集団であることは間違いなかった。スタッフに事前のレクがされ、看護師全体に対応情報が行き渡っていたがそんな優位はあっという間に吹き飛んでしまう。搬送者の第一陣が、黎明棟一階玄関前に到着すると、出迎えた名村教授は「これでは隔離搬送にならない」と激怒した。定員四十人の護送バスに三十五人も詰め込まれていたのだ。

おまけに受け渡しを済ませたバスはさっさと去ってしまった。残された感染者が手にしていたのは、自分の名前と性別、年齢を記載したタグだけだった。

「ええい、仕方がない。打ち合わせ通り一階ロビーの入口の左、薬局前のスペースにこの人たちを集めてください」と言ったものの、仮のビニールテープによる区分しかできていない。しかも長い間船内に閉じ込められたクルーズ船の乗客は、勝手にうろうろ動き回る。それを見て、名村教授はブチ切れた。

「シット、ダメダメ勝手に入っちゃ。あああ、これじゃあ例の船と一緒だ。止まれ。てめえら、死にたくなければ、今の場所から一歩も動くんじゃねえぞ」

名村教授のドスの利いた声に、うろついていた人々はぴたりと凍り付く。

「よおし、いい子だ。聞け。今から聞き取りをする。向かいの看護師に絶対触わるな。聞き取りが終わったら薬局の前に集合。防護服の看護師が病室に案内する。一度に三人、他はいい子で待っていろ。エレベーターは左側を使え。病室に案内されたら同室者と喋るな。俺の話がわかったら、距離を取って三列に並べ」

好き勝手に動き回っていた患者たちは、おとなしく言われた通りに並んだ。

名村教授は、荒ぶる指揮官魂がふうっと抜けたように、元の穏やかな口調に戻る。

「クルーズ船の乗客が大荷物なのは想定外でした。荷物はまとめて後方に置いてください。後で部屋に運びますから、付箋の名札をつけてくださいね」

その指図はクルーズ船で慣れているのか、粛々と従い、取りあえず混乱は収まった。

「フロア全体がレッドゾーンになってしまったので、患者の収容が終わったら表示を変えます」と名村教授は若月師長に小声で告げた。

こうしたドタバタ騒ぎは、初日の搬送患者を全員収容し一旦収まったかに思われたが、すぐに再燃する。七十代の女性が入院直後に症状が悪化し、翌日オレンジ新棟に移送されたが、二日後にあっけなく死亡してしまったのだ。

女性は桜宮市在住で、夫がやってきた。だが遺体との面会も許されず葬儀もできず、茶毘《だび》に付された遺骨と遺品が渡された。夫がキレたのも当然だった。

「なんでそんなことになるんですか。医療ミスがあったんでしょう」と言われて説明に窮した俺に、名村教授が助け船を出してくれた。名村教授はシンコロの危険性、感染症状を諄々《じゅんじゅん》と説明し、亡くなった患者の持病に高血圧と糖尿病があり高リスクだったことを論文を引用して説明した。半信半疑だった夫も日本最高の感染症対策専門家の名村教授の説明に、最後は納得された。俺は胸をなで下ろした。

「助かりました。私には説得力のある説明は不可能です」

「いいテストケースでした。コロナ禍での死者を医療ミスと疑われたら説得に難渋しそうです。そうしたケースで重要な基礎データとなる解剖はやれないでしょうから」

「それならAiをやっておけばどうでしょう」

「何ですか、エーアイっていうのは。初耳ですね」

「オートプシー・イメージング（死亡時画像診断）のことです。間質性肺炎の診断がつくのでAiでスクリーニングし、間質性肺炎ならPCRを実施したらどうでしょう」

「それはいい考えです。そういえば厚労省の死亡者統計を見て気になったんですが、二月前半のインフルエンザ肺炎の死者が、例年より急増しています。インフルエンザ肺炎による死者の中に新型コロナ肺炎の死者が混じっている可能性がありますね。コロナが蔓延すれば、コロナ死を見逃す可能性も高くなるので、Aiでスクリーニングすれば正確な死因が確定できますね。今回のコロナ禍で日本の疫学は世界的に信頼を失い、疫学の三流国に落ちぶれました。でもＡｉを使えば名誉挽回できそうです。なるほど、Ａｉか」と名村教授はしきりに感心したようにうなずく。

感染症の第一人者にＡｉをアピールできてよかった。桜宮Ａｉセンターは倒壊したが病院内に移設されセンター長に画像診断の専門家の島津が着任している。

その頃、法医学者の問題を聞いた。死体検査専用ＣＴを法医学教室に導入したが、彼らは事件性のある遺体だけが自分たちの業務の対象だと言い張り、遺体のＰＣＲができず法医学者が危険に晒《さら》されていると大騒ぎしていた。同様の問題は葬儀業者にもあるが、法医学者は自分たちの身を守ることだけ大声で主張していた。

そこに第二陣の患者集団が搬送されて来た。自力歩行が可能な軽症者二十人だが、咳き込む者もいた。これで入院患者は五十名、あっという間に病棟の半分が埋まった。だが第一陣の混乱を反省し担当ナースが問題点を洗い出し改善したため、スムースに患者を収容できたのだった。

＊

看護師に七階の個室に案内された品のよさそうな老婦人が、ベッドの柵のネームプレートを見て「あら」と声を上げた。

「あの、ここに入っていらした方は退院されたんですか？」

「入院患者さんの情報は、他の人にはお伝えできないんです」

「そうですよね。クルーズ船で同室で、二週間近く一緒だった方なので、つい」

看護師は老婦人を見て、小声で言った。

「お友だちでしたら特別に教えますが、私が言ったことは内緒にしてくださいね。この方は容態が悪化したので昨日、重症病棟に移されました。その後はわかりません」

「晴美さん……」と呟いた老婦人は、窓の向こうに光る水平線に視線を投げた。


同じ頃。オレンジ新棟三階で、名村教授はベッドに寝そべり、天井を巡る星座を眺めていた。そこに二階病棟の如月師長が駆け込んでくる。

「患者さんが急変しました。名村先生、オーダーをお願いします」

「如月嬢、私に頼むのはお門違いだと言ったでしょう。私は感染症の専門家であって、救急処置はズブの素人なんです」

「本当ですか？　あんなにズバズバと適切な指示を出していらしたのに」

「それは感染症対策に関してで、救急は何もできませんよ」

「ああもう。佐藤先生はＰＨＳに出ないし。救急病棟はオープンしてないのに重症患者を運び込むなんて、どういうつもりなのかしら。ほんとに名村先生は救急はからきしダメダメなんですか」

「その言われ方は傷つきます。だいたいですね……」と言いかけた時、携帯が鳴った。

「はい、はい、わかりました。すぐに向かいます」

携帯を切った名村教授は、如月師長を見て言う。

「白鳥氏に、東京に戻れと命令されました。ヒマだと見透かされたようです。というわけで失礼します。田口氏によろしくお伝えください」

名村教授は飄々とした足取りで姿を消した。それを見計らったかのように、田口から電話が入る。イケメン先生はいつも一歩遅れで間が悪いのよね、とぶつぶつ言いながら、田口に名村教授が退去したことを告げる。

すると田口は恐ろしいことを言った。

これから第三陣の患者が搬送されてくるという。そしてその中に重症者がいる可能性があるという。

「待ってください。東城大で受け入れるのは軽症者という約束でしたよね。軽症の人が重症化して、人工呼吸器の適用患者が出たばかりなんですよ」

――私も、一方的に通告され何が何やら……。あ、コールだ。後でかけ直します。

田口は電話を切った。受話器の向こう側の混乱振りが目に浮かぶ。

「冗談じゃないわ。救急病棟を復活させるなら、救急医の手配をしてからにしてよ」

東城大学医学部付属病院の混乱を一身に引き受けたかのような如月師長は、怒髪天を衝《つ》く形相で、部屋を飛び出していった。

名村教授が去ったと如月師長から聞いて愕然とした俺に、彦根から電話が入った。保阪貴美子という七十代女性が入院したら知らせてほしいという。雪見市救命救急センターの、速水の部下の看護師の親族だそうだ。

俺は名前と属性を簡単にメモしながら、ボヤいた。

「そう言えば速水にはダメモトで、東城大のヘルプのために帰還要請をしたんだが、けんもほろろに断られたよ。北海道の様子はどうなんだ？」

「大変です。研修医が感染して相当ヤバい状況です。母校の危機だから手伝いに行きたいんですが、とても行けそうにないので、せめて東城大の対策本部長に就任された田口先輩に、僕からささやかなプレゼントをお送りします」

「なぜお前がそれを知っているんだ？」と問いかけた俺は、答えを聞けなかった。

そこに第三陣の集団が搬送されてくる、と連絡が入ったからだ。

電話を切ると若月師長に電話をして保阪貴美子という入院患者がいるか確認を頼んだ。病棟で急変患者が出たので若月師長は搬送に付き添い不在なので後で掛け直すという返事をもらった。なので、俺はそのことを彦根にメールを打った。

だがその直後、俺に垣谷教授からクレームの電話が掛かってきたので、俺はそのことを失念してしまった。

二日後、彦根からの贈り物が届いた。不定愁訴外来で、珈琲を飲んでいるところにノックの音がした。扉が開くと俺の根城に、小柄な女性が身体を滑り込ませてきた。

「彦根先生から田口先生のお手伝いをするようにと言われ、参上しました」

スーパー画像診断医にして彦根のパートナー、桜山シオンはそう言って、細い髪をさらさらと揺らし、会釈する。俺はAiセンターの島津センター長につないだ。

桜山シオンがやってきた翌日、クルーズ船内に潜入し、問題を指摘した名村教授の動画が公開された。識者は名村教授の暴挙を糾弾し、彼のエキセントリックさを言い立てた。だが東城大の医療スタッフは、名村教授の事前レクチャーがまさに現在のコロナ禍に対応する唯一の正解だということを思い知らされたのだった。

後日、東城大学医学部・黎明棟は、感染患者百十一名を受け入れながら院内感染ゼロを実現した「奇跡の病院」と称賛されることになる。

だが、それはかなり先の話である。

16章　北海道・緊急事態宣言発出

二〇二〇年二月　北海道・雪見市救命救急センター

二月下旬。雪見市救命救急センターは、豪雪の中で息を潜めていた。

極北市民病院との連携はスムースで、極北市＝雪見市の広域で内科外科の分業体制が完成した。もともと極北市の救急患者を引き受けていた雪見市救命救急センターの業務は軽減した。濃厚接触者を自宅待機させ、職員数が半減した同院には天佑《てんゆう》だ。

速水センター長は濃厚接触者として自発的に隔離したが無症状で、自宅待機代わりにセンター長室に詰めた。食事は病院食で厳しくチェックされ、食堂の職員のストレスが増したが実害はそれくらいで病棟に格段の変化はなかった。

ＩＣＵ患者は蝦夷大の救命救急センターの満島《みつしま》センター長にお願いした。

大曽根はＰＣＲ検査で感染が確認された。熱発した看護師二人も陽性だが、感染者はその三人だけだった。速水はモニタ越しに大曽根と話をする機会が増えた。

生まれは信州の山奥で、高校で松本《まつもと》に出て大学は蝦夷大に合格したという。

「山間の小村で星が綺麗なんです。一晩中寝ないで獅子《しし》座流星群を見てました」

「遅太郎が天文少年だったとは意外だな。今は地上で織姫《おりひめ》を追いかけてるのにな」

「速水先生に言われると傷つくなあ。女性にモテモテなのに救急一筋の方ですから」

「俺は不器用なだけだ。大切に思う女性にはいつも愛想を尽かされる」

「僕が先生だったら手当たり次第、好き放題するのに」

「お前、そんな調子で保阪に手を出したわけじゃないだろうな」

速水が恋愛沙汰に口を出すなんて、ひょっとしたら初めてかもしれない。

「あの子は僕にはもったいないですよ。怖くてキスもできません」

「ふん。それが本気で惚れるということだ。その怖さを大切にしろ。そうしたら、お前の想いは叶うかもしれんぞ」

「速水先生に恋愛指南してもらうなんて、もう二度とないだろうな」と言った大曽根は激しく咳き込んだ。「苦しいか？」と聞かれた大曽根はうなずく。

「咳が出ると気管を硝子のヤスリでギシギシ擦られるように痛みます」

「CTを撮ったのは入院時だな。念のため胸部CTを撮像しておこう」

速水はICUの病棟に電話を掛け、看護師に胸部CTのオーダーを出した。

ついでにO2サチュレーションを測れ、と命じた速水の耳に看護師の声が響く。

「速水先生、大曽根先生のサチュ、60％しかありません」

「何だと？　挿管準備だ。すぐ行く」

速水は白衣を羽織り、その上から防護服を着た。マスクをしゴーグルを掛ける。

「鬱陶しいもんだな」と呟いた速水は、大股でＩＣＵに向かった。

ＩＣＵに到着した速水は「遅太郎、お前、苦しくないのか？」と訊ねた。

「息苦しいですけど、人工呼吸器は大袈裟です」と言いながら、息切れしている。

「データ的には人工呼吸器の適用範囲だ。胸部写真は間質性肺炎の所見が強い。挿管のため、セデーションを掛けるぞ」

「わかりました。保阪さんに、約束を果たせなくてごめん、と伝えてください」

「何だか知らんが代理謝罪はお断りだ。元気になって自分で謝れ」

静脈ラインから鎮静剤を注射すると大曽根は目を閉じた。ラリンゲアル・マスクを挿入する。この方がチューブ挿管より身体的負担が少ない。処置を終え控え室に戻ると伊達副センター長がいた。速水はどさりとソファに腰を下ろす。

「コロナってヤツは奇妙だな。自覚症状が乏しいのに肺炎が高度だ。この乖離はなぜ起こるんだろうな。ところで速水、お前は大丈夫なのか」と伊達が言う。

「ああ、別に症状はないし、息苦しくもない」

「念のためＯ2サチュを測ってみろよ」

「心配性だな。でもまあ、伊達がそこまで言うなら測ってやってもいいぞ」

恩着せがましい言い方に伊達はむっとするが次の瞬間、速水が驚いた声を上げる。

「サチュが70%だと？　信じられん」

「胸部ＣＴだな」と伊達が言う。二十分後、速水のＣＴ写真を見て伊達は呻いた。

「酷い間質性肺炎だぞ。お前、ここまで進行しているのに苦しくないのか？」

「平気だ。俺も患者と濃厚接触しているから、おかしいと思ったら検査したさ」

「そうだろうな。でも、こうなるとお前も感染者と見なさざるを得ない。なぜＰＣＲに引っ掛からなかったんだろう」と伊達が首をひねる。

速水は自発的に待機してから二度、ＰＣＲ検査を受けたがいずれも陰性だった。

「ウイルスはいるが、増殖して外部に出ていないんじゃないのかな」

「無症候でＰＣＲ陰性のサイレント感染者か。厄介だな」

腕組みをして考え込んでいた速水は、腕組みをほどくと立ち上がった。

「ＰＣＲ陰性の俺はコロナ感染者ではないが、高度な間質性肺炎像とＯ2サチュの極度の低下という臨床像はコロナ肺炎の特徴から俺を感染者と見なすべきだと思う」

「臨床的な確定診断というわけか。その判断に異存はない」と伊達が同意する。

「これで当院から四名の患者が出たわけだ。クラスター発生を公表しよう。遅太郎は挿管してもＯ2サチュは上がらない。人工呼吸器を使っても改善しないとなると厄介だ。一刻も早くクラスターだと公表し、益村知事に説明しないと大変なことになる。だがまず世良さんに報告して判断を仰ごう」と言った速水は電話を取り上げる。

電話を受けた世良の判断は速かった。

「速水の言う通り、感染クラスター発生の公表は市民に対する警鐘になる。ただそれは益村知事の行政と連動させた方がいい。公表については僕に任せてくれ」

「お任せします。よろしくお願いします」

「この前、速水のところで聞いた喜国准教授のレクが役に立ってるよ。あの後、臨時で開いた北海道医療連絡会議に保健所所長も出席したから、喜国先生の提言通り発熱者外来の設置と、疑わしい患者の全数ＰＣＲチェック体制を整えたんだ」

「他の地域ではＰＣＲを受けられず、『帰国者・接触者外来』と開業医の間をピンポンみたいにたらい回しにされるのに、なぜ北海道では対応できたんですか」

「益村知事に心酔する保健所所長が、中央のマニュアルをガン無視してる。あと喜国先生を介し蝦夷大の基礎学研究室が総力を挙げてＰＣＲを実施してくれている。基礎教室は研究でＰＣＲを使いまくっているから、協力が得られれば最強だよ」

受話器の向こうで、しばらく沈黙があった。やがて世良は口を開いた。

「お前がコロナになるとはな。大丈夫か？」

「怖くない、と言えば嘘になります。感染者の二割は突然悪化し、手の施しようがないので、ロシアンルーレットの引き金を毎日引くみたいな気分です。信じてきた医療の基礎が土台から崩された気がします。この間、世良さんが来た時に発症した研修医は人工呼吸器に載せました。その時俺のO2サチュを測ったら低酸素血症で、CTで間質性肺炎の所見が判明し、足が震えました。自覚症状がないのに肺炎が広がり、しかも治療法はない。感染が判明しても昨日と変わらぬ生活を送るしかないんです」

そこで速水は言葉を切った。それから深呼吸して、続けた。

「画像上、これだけの肺炎ならあって当然の自覚症状がない。医療従事者の俺だから危険を適切に対応できますが、無症状で普通に暮らし、強い感染力故に周りを感染させていく。世良さん、益村知事と善後策を検討し、一刻も早い対応をお願いします」

「わかった。今、お前に言うことはないが、これだけは約束しろ。死ぬなよ、速水」

電話は切れた。速水はしばらく動かずにいたが、天井を仰いで苦笑した。

「相変わらず、無茶な命令をする人だ」

電話を切った世良は少し考え、彦根に電話を掛けた。すぐに彦根は言う。

「速水先生が無症候感染者とは……。知事に連絡して直ちに医療連絡会議を開きましょう。僕も北海道に向かいます。今、東京なので夕方には札幌に着きます」

「それなら十九時の会議設定を打診する。決定したらメールで連絡する」

「蝦夷大の喜国さんにも、参加要請してください」

「わかった」と言い世良は電話を切り、別の電話を掛け始めた。

十九時。赤煉瓦《れんが》造りで天井が高い北海道庁舎を歩くと、母校の赤煉瓦棟を思い出す。薄明かりが点る廊下を抜け突き当たりの扉を開くと部屋には灯りが煌々《こうこう》と光っている。中央に益村・北海道知事。隣に世良・極北市民病院院長と蝦夷大の喜国准教授、札幌保健所所長など主要メンバーが参集していた。「遅くなりました。速水先生の感染には驚きました」と言いながら彦根が着席すると、止まっていた議論が再開した。

「雪見市救命救急センターでクラスターが発生したのを公表するのは必要ですか」

益村知事が乗り気でなさそうに言ったので、世良が即座に応じる。

「病院の風評被害はあるかもしれませんが、知事が説明してくだされば道民への注意喚起になります。コロナは不気味な相手で、一般市民には得体の知れない怪物ですから、センターの集団感染を適切に伝える際に、コロナの現状について知事がご自分の言葉で道民に語りかけてくだされば、最も適切かつ迅速な対応になります」

「集団感染を奇貨とし道民に危機感を持たせるんですね。彦根先生はどう思いますか」

「提案は妥当ですが、僕は益村知事にその先を考えていただきたいのです。集団感染公表をてこに、北海道全域に緊急事態宣言を発令していただきたい」

想定外の提案に連絡会議は騒然となる。やがて益村知事が口を開いた。

「それは無理です。国に相談せずにそんなことをやれば、首が飛びます」

「でもうまくいけば道民の命を救えます。喜国先生、根拠の説明をお願いします」

彦根の丸投げに、喜国はうなずく。

「道の保健所は中央のマニュアルに従わず、発熱者は蝦夷大の発熱者外来を受診し、ＰＣＲを受けられるようにしています。発熱者外来の受診者の七割が新型コロナウイルス陽性です。蝦夷大ＩＣＵは地方から転院してきた重症の二人にＥＣＭＯを使いました。雪見市救命救急センターの協力で感染者増加曲線を描け、Ｒ０をドイツと同じ２・５に設定すると、感染爆発を防げないとわかりました。Ｒ０は基本再生産を意味する疫学用語で、感染症患者が平均何人に感染させるかという数字です。Ｒ０が１以上なら感染拡大、１で平衡、１以下で収束します。Ｒ０を２・５で感染爆発を抑えるにはヒト＝ヒト接触を現在の八割に減らすことが必要です。不要な場合は家から一歩も出ず、家族以外と話すのも避ける状態、ステイ・ホームというわけです」

「それは不可能です」と益村知事が言うと、すかさず彦根が言う。

「政府が招集した専門家会議が発表した数値では、東京のＲ０は１・７で、それなら人との接触率は55％減で済むという試算もあるそうですが」

「さすが彦根先生は情報が早い。でも東京では感染疑いの患者の全数ＰＣＲを実施していないので感染実態が把握できず、Ｒ０は算出できません。東京のＲ０が１・７というのは医学的根拠のない、当てずっぽうの数字でフェイクです」

喜国の静かな言葉を、彦根が引き取って言う。

「厚労省の方針で、日本ではPCR検査が制限されています。感染者数が低く見積もられ、感染疑いの患者予備軍を放置し、感染を市中に広げ医療崩壊を招く。経済優先、人命軽視の政策を推進し御用メディアに称賛させるのは、軍部が無謀な太平洋戦争に突入するのを礼賛した、戦前のメディアと変わらない体質がもたらした人災です」

「法的根拠がありません。荒唐無稽な無理筋です」と知事の政策秘書が首を横に振ると、彦根が即座に反駁《はんばく》する。

「法律に基づくものではなく、知事が首長として道民に自粛を『お願い』するのです。それは法律以前のモラルの話で、かつて提案した『日本三分の計』の変型です。あの提案をなぜ当時の極北市長である益村さんが呑んだのか。それは『国』という傲慢な組織に従ったら地方は滅びてしまう、と怖れたからではありませんか」

するると、世良がそれを受けて言う。

「僕は彦根をずっと、すっとこどっこい野郎と思ってきたけど、思い違いをお詫びする。まさかここであの『日本三分の計』を引っ張り出してくるとは、恐れいったよ」

益村知事は政治家としての初心を思い出す。地方自治体で初めて財政再建団体に指定された、極北市での悪戦苦闘の日々。何もしてくれないくせに口だけは出す「国」に絶望と怒りを感じ続けたあの頃。今、自分は道民の命を預かり、そのために必要な施策を実施できる地位に就いた。何を躊躇《ためら》う必要がある？

翌日、益村知事は雪見市救命救急センターの医療従事者の集団感染を公表し、道民の注意を喚起した。同時に、法的根拠がない「緊急事態宣言」を発出し、三月頭の休日から道民に一切の活動の自粛を求めた。

日本中がその決断に驚愕し、改めてコロナ感染増大に危機感を露《あら》わにした。

ワイドショーは、益村知事の決断を大々的に報じる一方、渋谷や新宿の繁華街で、「なんつうか、俺って、コロナに罹らないってゆう、根拠ない自信あるんす」という、夜な夜な遊び歩く若者のカップルの愚にもつかないコメントを垂れ流した。

そうしてテレビメディアを信じる情弱愚民に「コロナは怖くない、弱っちい病気だ」という潜在的メッセージをすり込んでいく。そうした報道判断は各局のディレクターがしていたが、情報誘導の大元は安保内閣の内閣官房だ。それはメディア界では公然の事実だったが、視聴者には知らされなかった。

そんな中、道民の益村知事に対する支持率が九割を超えた、と報道された。

翌日、北海道の「緊急事態宣言」を疫学理論的に支えた喜国忠義准教授の元に、厚生労働省新型コロナウイルス対策本部、略してシンコロタイホンの下に設置された、専門家諮問委員会への招聘《しょうへい》状が届いたのだった。

17章　大宰相と女帝

二〇二〇年二月　東京・首相官邸

二月になれば全て解決する、と宰三は信じていた。だが、事態は逆に悪化した。

二月上旬に六十三歳の誕生日を迎える黒原検事長が定年を迎える。宰三の今日があるのは黒原のおかげだということは、アホボンの宰三でもさすがに理解していた。

最大のピンチは有朋学園問題だ。宰三が口走った「私や妻が関わっていたら国会議員も辞める」をチャラにするため、官僚諸君は頑張ってくれた。特に財務省は明菜の関与部分を削除し書類を作り直した。もちろん礼はした。財務省の悲願、消費税率十パーセントを呑んだのだ。国会の追及は逃れたが改竄がスクープされた。それも瀬川元国税庁長官の国会の証人喚問で乗り切り、黒原検事長は公文書改竄やら背任やら公文書毀棄やらをひっくるめて不起訴にしてくれた。起訴されたら公文書毀棄の罪で瀬川が有罪になるのは確実だった。恩義に報いるのは当然だ。この件で雑魚《ざこ》の下っ端が自殺したが、「サイちゃんは悪くないわ」と明菜が言ったので、気にとめなかった。

黒原検事長の恩義に応えるには検察の最高位、検事総長にするしかない。だが今の平林検事総長に早期退職を勧告したが、頑として聞かなかった。昨年末までに平林が辞任しなければ黒原検事長が検事総長になる目はなくなるはずだった。だが一月中旬、酸ヶ湯が「これを閣議決定していただきたいのです」と言って見せた一枚の紙を一瞥《いちべつ》して宰三は驚いた。黒原の定年を半年延長すれば、平林検事総長の定年が先に来て、その後で黒原が悠々と総長になれる、という一発逆転の奇手だった。

「ほんとにこんなこと、できるの？」と、宰三もさすがに疑心暗鬼だったが、酸ヶ湯は自信たっぷりに「国家公務員法の定年延長規定を使えばなんとか」とうなずいた。

喜び勇んでその晩、私邸で明菜に報告したら、明菜も喜んだ。

「さすがスカちゃんね、またお友だちに戻してあげようかな」

巷では酸ヶ湯が疎遠にされた理由は、首相の座を狙っていることで宰三の気分を害したためと言われていたが、実は彼が遠ざけられたのは別の理由だ。ある日酸ヶ湯が「得体のしれない方と奥さまのお付き合いを控えていただけませんか」と宰三にやんわり言い、宰三がそのまま明菜に伝え、激怒した明菜がお友だち倶楽部《くらぶ》の出禁にしたのだ。だが酸ヶ湯にとってそれは、我慢に我慢を重ねた、ぎりぎりの選択だった。

マルチ商法で老人を食い物にした「ボロ儲けクラブ」会長を「満開の桜を愛でる会」に明菜枠で招待したことが明るみに出そうになり「名簿はない」と突っぱね、おまけにその招待を正当化するため「反社会勢力」の定義まで変えた。未熟で蒙昧な夫婦は、この社会をどこまで壊せば気が済むのかと、酸ヶ湯は暗澹たる思いになった。

やっとの思いで諫言《かんげん》したら遠ざけられた挙げ句、部下の不倫スキャンダルまで炸裂した。仕掛け人が誰か、酸ヶ湯はすぐにわかった。

泉谷補佐官の宿敵、今川首相補佐官は親族に経済友好会の重鎮を持ち、首相夫人の明菜と姻戚で、首相夫妻と公私べったりだ。安保首相は叩き上げでのし上がった酸ヶ湯を蔑視していた。あなたには上流階級のサークルに入る資格はありません、という横柄な視線を、酸ヶ湯はいつも感じていた。

政界の綱渡りで官房長官にのし上がり、次の首相候補ともてはやされた矢先、ひと言の諫言で彼の権勢は地に落ちた。まさに築城三年、落城一日だ。だがさすがに黒原への恩義は、あのスチャラカ夫婦も忘れていなかったようで、久々に酸ヶ湯の献策が通った。閣議で黒原検事長の定年延長を決定した瞬間、宰三は、してやったり、という気持ちだった。だがこれはすぐ暗転し、安保政権に対する恰好《かっこう》の攻撃材料になってしまう。まず弁護士上がりの憲法保持党の飯田《いいだ》党首が噛みついた。

「首相を逮捕するかもしれない機関の人事に、官邸が介入するとは法治国家の破壊行為だ」という言説は説得力があった。宰三はのらりくらりと批判を躱《かわ》したが二月十日、「国家公務員法は検察官に適用されない」という一九八一年の国会答弁を持ち出された。カビの生えた大昔の答弁が有効なのかと酸ヶ湯に聞くと、立憲民主主義とはこれまで積み上げてきた答弁で作られるという民主主義の原則を改めて教えられた。

宰三は「法解釈を変えた」という答弁に追い込まれた。それを正当化するため見栄えだけはいい毫利《もうり》法務大臣に対応させたが、彼女はうっかり、法解釈変更の内部決裁を取ったと答え、人事院の担当局長と見解が食い違い紛糾した。宰三はふてくされ、そこにクルーズ船でのコロナ発生という厄介が重なった。ちくちくイヤミを言う目障りな辻利議員の発言にカチンときて「意味のない質問だよ」と野次を飛ばしたら、議員質問の意義を破壊する行為だとお叱りを受け、久々に「真摯に」謝らされた。

だが宰三は黒原の定年延長だけは譲らなかった。黒原がいなくなったりしたら、現役の首相が公職選挙法違反で逮捕されるという前代未聞の不祥事になりかねない。

さらに気がかりなのは「シンコロ」がイタリアで感染爆発しロックダウンになり、ヨーロッパ全域で収拾がつかなくなっていることだ。

日本がコロナで蔓延していないと世界にアピールするため宰三は、泉谷首相補佐官と、不倫相手の部下の厚生労働省審議官を呼びつけた。彼の要望は「コロナをこれ以上増やすな」というシンプルなものだ。実際その通りに言ったが、首相が厚労省担当官に指示するなら「コロナ感染者をこれ以上増やさないように対応しろ」と言うべきだった。これを受けたゴーゴン・本田の対応策は医学的、疫学的、防疫的にとんでもないものだったが、宰三の願いにはジャスト・フィットした。本田審議官は、日本にコロナがないか、少ないことがアピールできさえすればいい、と見抜いたのだ。

——それなら簡単、検査対象を限定すればいいのよ。

本田審議官は早速「帰国者・接触者外来」を立ち上げ、保健所に判断させた。保健所はマンパワーに欠ける上、実動部隊は大泉内閣の財相・竹輪が関わる人材派遣会社「ダンボ」からのパートで賄うアマチュアが大半で、上の命令に忠実だ。

これなら軽症者は感染者と認識されず感染者数を低くできる。ワイドショー御用達の識者連中に、PCRを大量実施したら入院患者が増えて医療崩壊するという理屈を喧伝させれば「シンコロ感染者過小認識システム」は完成だ。宰三は飛びついた。

泉谷首相補佐官が安堵《あんど》の色と得意げな表情を同時に浮かべた。彼は愛人の活躍で復権できた、とぬか喜びしたのだ。メディアではテレビ識者が、全数検査を目指した隣国・韓国の医療政策を嘲笑《ちょうしょう》した。それは安保政権が誘導した嫌韓政策とも合致した。

だが感染は軽症者からも起こる。検査しなければ自分がコロナかどうかわからないから無症状者は自由に活動する。本田スキームだと軽症者は市中に野放しになる。

医学的に非常識な施策に、一部の医師は異議を唱えた。だが最初はテレビ出演していた反対者は次第に姿を消し、厚労省の意向に沿う発言者がテレビや新聞で、本田スキームの正当性を声高に主張した。たとえ『フェイク』情報でも、テレビや新聞は政権に好都合な情報をすり込むため、日夜努力した。だが国内はごまかせても、国際社会は騙せない。当初は日本の感染者数や死者数の少なさが称賛されていた。

だが内実を知った海外メディアや外国政府には、日本政府の施策がまやかしだと見抜かれた。本田スキームが決定された時、豪華クルーズ船と武漢からのチャーター機で帰国した少数に限られる者が対象だと医師は思い込んだ。

だから密やかに市中で増殖したコロナが、吹き出てくるのは時間の問題だった。

そんな中、宰三が驚愕した出来事が起こった。北海道が相談もなく「緊急事態宣言」を発出したのだ。宰三は酸ヶ湯官房長官を呼んだ。

「こ、こんなことが許されるのか。この私に相談なく、こんなすごいことを勝手に、地方の田舎知事がやるなんて、そんな掟破りなことが……」

支離滅裂な発言だが、酸ヶ湯には宰三が何を言いたいのか、すぐわかった。

こういう格好いいことは自分が最初にやりたかった、と言っているのだ。

酸ヶ湯は何も言わず退出した。背後で、「今川を呼べ」という喚き声が聞こえた。

華々しい宣言が羨ましかった宰三は今川に、自分も直ちに緊急事態宣言を発出したいと言い出した。今川は、喚き声を黙って聞いた。こうなったら坊やは止められない。困ったものだ、と思いつつ、北海道知事の暴挙に愕然とした。

法的裏付けもない、一方的な宣言を道民が受け入れるはずがない、という今川の読みは外れた。北海道民は益村知事の要請を受け入れ、自粛モードに入ったのだ。

日本人とはこんなにも従順なのか。ならば安保首相に後追いさせよう。

益村知事の命令は北海道限定だが、安保首相が発信すれば日本全国津々浦々まで威訓は及ぶ。全国一斉なら北海道限定の緊急事態宣言はたちまち色褪《いろあ》せ、安保首相の威厳が際立つはずだ。だが北海道の真似はインパクトがない上、経済活動が停止するため、今川は元帝経連会長の父親にこっぴどく叱られた。経済こそ、国の命と繰り返し叩き込まれた今川には、父の教えが染みついていた。その時、天啓が降りてきた。

——学校だけ緊急事態宣言で止めれば、経済的ダメージは少なくて済む。

これなら経済への影響もミニマムだ。こういう大きな案件は通例、酸ヶ湯官房長官に事前に相談するが、今川はあえて酸ヶ湯を外した。こうして周囲をあっと驚かせた、教育現場に限定し矮小化《わいしょうか》された、宰三独自の緊急事態宣言が発出された。

宰三は得意満面だった。北海道の益村知事の緊急事態宣言は多くの人たちから絶賛された。同じことを大規模にやるのだから、大絶賛されるに違いない。

だが宰三と今川首相補佐官は、重大なことを見落とした。ひとつはコロナ感染者は、若年層の罹患が少ないこと。だから緊急で学校を止める必然性に乏しい。

ふたつ目は時期が悪かったこと。三月初旬は卒業式の真っ盛り、学生生活最後の重要な行事が中止に追い込まれた。子どもたちの哀しみの涙が巷に溢れ、無思慮な宰三の無神経な差配は怨嗟《えんさ》の的になった。益村知事は絶賛されたのに自分は非難囂々《ごうごう》の理由が解せなかった宰三は、私邸に帰ると愛妻・明菜の胸で泣き濡れた。

明菜は、宰三の背中を、頑是無い幼子をあやす母のように、とんとん、と叩いた。

彼女はその時、翌日に予定していた「なかよし会」のことで頭が一杯だった。

宰三は誰よりも孤独だったが、本人は気づいていなかった。

＊

薄くファンデを塗る。その上に、別系統のファンデを重ねる。くっきり赤く口紅を引く。仕上げにマスカラをつけ、目をパチパチして、上目遣いに鏡を見る。

——よし、完璧。

小日向美湖・東京都知事は立ち上がり、記者会見用の勝負服を選ぶ。

今日は縁起の悪い緑は止めて、赤をメインにコーデしよう。

記者会見のお題は「東京五輪実施について」だった。

ＩＯＣのバッカ会長は大嫌い。オリンピックの華、マラソン競技を札幌で開催すると、美湖に何の相談もなく、勝手に決めてしまったからだ。

——バッカじゃないの。

記者会見でオリンピックの質問が出る度に、その言葉が出そうになる。

我ながら会心のフレーズだと思うが、使う機会がなさそうで口惜しい。

そう思ったら、女性記者が挙手して質問した。

「イタリアでの感染拡大、ロックダウンなど新型コロナウイルス感染はヨーロッパに蔓延しつつあります。このような状態で東京五輪の開催が可能だとお考えでしょうか」

美湖は目を細め、質問者を見遣る。忌々しい女。コイツのせいで二年前の衆院選の時、ポンコツ野党をひとまとめにしてトップに立ち、国政復帰をめざした目論見《もくろみ》が一瞬で瓦解した。なんであの時、他の野党メンバーは「排除します」だなんて本音を言ってしまったのだろう。取り返しのつかない失言だった。だが美湖の長所は後悔しないこと。失敗したら次。そうやって蛇が脱皮するように、常に自分を更新してきた。

美湖は穏やかな微笑を浮かべ、それが最大限に魅力的に見えるように腐心しながら、自然に見えるように答えた。

「その問題はIOCが決定なさりますが、そのようなことはないと伺っております」

五輪には魑魅魍魎《ちみもうりょう》が蠢《うごめ》いている。組織委員会のトップに居座る老害、安保首相の元親分の毛利元首相が親玉だ。美湖はマラソンの札幌開催が決まった時、熱意を失った。

安保首相はやり遂げると頑張るけど、カネは都税から引っ張ろうだなんて他人のふんどしで相撲を取るようなもの、卑しさ満開ね。

そして、私としたことが、ふんどしだなんてお下品な、と照れ笑いを浮かべた。

美湖が協力体制を保っているのは、五輪をやめるのが大変なのと、安保首相に恩を売り次期知事選へ協力させるためだ。知事選が七月頭に設定されたのは、安保首相の五輪への執着を示したものだ。彼は開会式で主役を務めたかった。直前の知事選で現職の美湖が敗れれば、着任したばかりの新知事は何もできず、宰三がトップとして振る舞える。知事選の日程が決められた時、宰三の真意を読み取った美湖は、五輪の主賓の座を宰三に譲る密約を交わした。これで美湖の次期知事の座は首の皮一枚でつながった。だが美湖の野心は日本初の女性の総理大臣になることだ。

そろそろ潮時かな、と美湖が思う理由はもうひとつある。

大切な母を癌で亡くしたばかりだったのだ。

「お医者さんはとてもよくしてくれたから、大切にしてね」というのが最後の言葉だ。それは医療を守れ、という遺言だと美湖は理解した。それくらいはお母ちゃんのためにちゃんとやろうかな。美湖は考えた。

気がつくと質問が終わり、おざなりに答えて済ませた自分に気がついた。

だが問題もなくやり過ごしたのを確認して、我ながら本当に都知事になったんだな、としみじみと実感した。進行役の秘書官が、都知事の定例会見の終わりを告げ、会見は散会した。すると、司会役の秘書官が近寄ってきた。

「相変わらず切れ味鋭い適切な受け答え、お見事でした。プロンプターがないと記者会見もできない、どこかの国の首相に、爪の垢《あか》でも煎《せん》じて飲ませてあげたいですよ」

「まあ、どこの国のお話かしら。それなら小学校の学級委員でも首相が務まらない？」

「そんなことを言ったら、学級委員に失礼です」

「ほんとにそうね」と言って、美湖は、ほほほ、と笑う。ニュースキャスターの経験があるだけあって、自分を魅力的に見せることには長けている。

「ところで、この後の面会予定は、いかがいたしますか」

途端に美湖は真顔になる。少し考えて、秘書官に言う。

「そうねえ。約束だし、一応、会うだけ会おうかな。知事応接室にお通しして」

かしこまりました、という秘書の言葉を背中で聞きながら、美湖は化粧直しのため、部屋を出た。


応接室のソファに、長身でダンディな紳士が座っていた。美湖が姿を見せると男性は立ち上がり、「お久しぶりです」と言って頭を下げた。

「堅苦しいご挨拶は抜きにしましょう。それより最近、村雨さんが政界復帰を狙っていらっしゃる、というウワサを耳にしますけど」

「政治はこりごりです。テレビで、言いたい放題する方が性に合っています」

「ご冗談を。政策集団『梁山泊』を立ち上げて二年、周囲は村雨さんが次にどんな手を打つんだろう、と興味津々です。もちろん私も含めて、ですけど」

「日本三分の計」などという荒唐無稽な政策を掲げ、日本独立党という新党を立ち上げ中央政界に殴り込みをかけ、一世を風靡《ふうび》した浪速の風雲児。一時は本当に政権を取れるのではないかと思われた、村雨弘毅・元浪速府知事。

その後、霞が関に刃向かい返り討ちにされ新党は解散、政治から撤退した。

とっくに沈んだと思ったのに最近、ワイドショーのコメンテーターとして復活し、切れ味鋭い舌鋒がお茶の間の支持を広げている。

男前なので主婦層に抜群の人気を誇っている。

「お弟子さんの蜂須賀さんも、最近はご活躍ですね」と美湖が水を向けると、村雨は顔をしかめた。村雨の後継者といわれる蜂須賀守は「浪速白虎党」という、地元の人気球団の名前にあやかった新党を立ち上げ党首に納まった。師匠の村雨とは本質的に違い、「新自由主義」経済を信奉する金権主義者で、ガチの革新と見せかけた白虎党が、安保政権の補完勢力だということは、今や政界の常識だ。

「私の後継者を名乗るなら、せめて『機上八策』くらいは遵守《じゅんしゅ》してほしいものです。医療現場の人員を削減しておいて、コロナが出るところりと態度を変え、医療の守護神気取りに振る舞う。あの変わり身の早さ、抜け目のなさは私など及びません。挙げ句の果てに滅菌ガウンが医療現場で不足したら、家庭で使っていない雨合羽を提供してほしい、などと府民に呼びかけるんですから、辟易《へきえき》としています」

村雨は自分が蜂須賀と同類と見做されるのが、よっぽど嫌なようだ。だが彼の経歴と現在の立ち位置からすれば、市民がそう誤解してもやむを得ないだろう。

村雨のスタンスは反安保政権、反五輪だから、現在の美湖と相容れない。だが美湖の関心事は、そんな人物が今、なぜ自分に会いに来たのか、ということだけだ。

ソファに座り自慢の美脚をちらりと見せる。村雨がそんな小技で心が揺らぐほどヤワな相手ではないことくらい、美湖もわかっている。

だがコケティッシュな媚態《びたい》は反射的に出てしまうので仕方がない。

「小日向知事の貴重なお時間を頂戴しているのですから、社交辞令は抜きにして本題に入ります。小日向知事、東京五輪の中止を表明しませんか？」

美湖は言葉を失った。そんな無謀なことを真正面から言うなんて思いもしなかった。

「まあ、びっくり。そんなこと、今さらできるはずがないでしょう」

「常識的に考えればおっしゃる通りです。では質問を変えます。小日向知事は今でもまだオリンピックを開催したいと、思っているんですか？」

うわ、ヤなヤツ。それは最初の質問と同じだから、答えも同じに決まっている。

でもそれをあえて質問してきたのは、美湖の本音を嗅ぎ取ったからかもしれない。

——用心しなくちゃ。

「生涯二度と巡り会えないだろう五輪を主催したくない、と思う都知事がいますか？」

「それでは答えになっていません。つまりストレートに答えられないのが本心ですね。ではひとつ、興味深い情報をお知らせします。新型コロナは世界中で感染爆発し、日本でも蔓延しています。今年の七月には開催したくてもできない状況になる。でもおそらく安保政権は東京五輪の開催に固執します。ひょっとしたらコロナの感染爆発と、五輪中止、もしくは延期する決定時期がクロスするかもしれません。その時、それでも小日向知事は安保政権と一蓮托生《いちれんたくしょう》で、五輪開催に固執しコロナ禍を無視し、都民の命を危険にさらすような選択をしますか、とお聞きしたいのです」

美湖は真顔になった。この質問は迂闊《うかつ》には答えられない。

自分の政治生命に関わる問答になるかもしれない、と美湖は思った。

同時にこの相手には、はぐらかしは通用しないと直感した。

「村雨さんは難しい言葉をお使いですけど、質問の趣旨はシンプルですね。その答えは簡単です。五輪より都民の命の方が大切です」

村雨はしばらく黙っていたが、やがて口を開く。

「今のお答えを即座にいただけたことで、小日向知事の政治家としての器の大きさがわかりました。それは安保首相を上回ります。では我々梁山泊一同は、小日向美湖都知事を日本国首相に推戴《すいたい》すべく、協力したいと思います」

「首相？　このわたしが？　ご冗談を」

だが美湖を凝視する村雨の強い視線は、彼女の虚飾を剝ぎ取り丸裸にされたような錯覚を覚えた。美湖は無意識に両肘を抱き、防御の姿勢を取った。

村雨は視線を外すと、ふ、と微笑を浮かべた。

「あなたが首相の座を狙っていることは明白です。東京五輪が終わり、安保首相が後継者に禅譲したタイミングで次の仕掛けを打つ。でも本当のチャンスはその前、五輪とコロナが交錯する瞬間に訪れます。我々の協力を受ける、受けないはその時に判断していただいて結構。これだけは言っておきます。安保内閣は五輪を切れない。その瞬間、五輪開催からコロナ禍から都民を守る方向に舵を切れば、あなたは都民に圧倒的に支持されるでしょう。その瞬間こそあなたは、人気も実力も、安保現首相を上回る。これはひとつの提案にすぎず、我々と連動する義務はありませんが、こうしたことが念頭にあればその瞬間、その道を選ぶのはたやすくなります」

村雨は立ち上がると小日向知事に右手を差し出した。

一瞬ためらった美湖はその手を握り返す。そして素朴で素直な疑問を口にした。

「なぜわざわたしなんかに、そんな忠告をしてくださるのかしら」

「それはあなたが、都民を救う選択を出来る地位にあるからです。安保首相もその立場にありますが、彼は国民を救う選択は絶対しません。ですからあなたが東京で、正しい選択をするのが当たり前で、かつ素晴らしいことだということを見せつければ、安保政権を叩き潰すことができるのです」

熱く語る村雨を、美湖は上目遣いで見た。

「村雨さんの弁舌のキレは、以前と変わらないですね。わたし、なんだか久しぶりに殿方に惹かれてしまいそうです」

「ご冗談を。今日はお目にかかれてよかったです」

村雨は、美湖の言葉をさらりと受け流すと、大股で部屋を出て行った。

その後ろをつむじ風が追いかけ、部屋を吹き抜けていった。

美湖は、閉まった扉を見て、ぺろりと舌を出した。

「ま、そんな簡単にはいかないわよねえ」

二〇二〇年三月一日、COVID-19感染者は中国で七万人、韓国で三千人、クルーズ船感染者を除いた日本では二百三十人。全世界の感染者は八万五千人に達した。

18章　いのちの選別

二〇二〇年三月　桜宮・東城大学医学部オレンジ新棟

速水は相変わらず雪見市救命救急センターのセンター長室に詰めていた。人工呼吸器に載せた大曽根は、受け持ち患者でなくなった。遠隔では人工呼吸器管理が難しいので、担当は伊達になったのだ。だが事態は何も変わらない。

治療法がない以上、現状維持がせいぜいだ。大曽根のO2サチュレーションは低下し続けていた。ECMOしかないか、と腕組みする。部屋にはECMOに関する参考文献や書籍が山積みだ。せめて準備だけでもしておこうと考えたのだ。

体内循環を外部に引き出し循環を代替する技術は従来からいくつかあった。古くは透析だ。腎機能が低下した患者の循環血を外部の機械を通し老廃物を除去する。腎機能の代替作業だ。次いで人工心肺がある。循環を外部で行ない手術の間、心臓を停止させる。心臓の代替だ。ECMOは体外式膜型人工肺と呼ばれる。循環を外部に出し、肺機能の酸素交換を代行し、肺を休ませ自力回復を待つ、究極の対症療法だ。ただし看護師のケアが三倍必要で、臨床工学技師も必須だ。大曽根はECMOの導入を考えなければならないが、ここにはECMOはない。蝦夷大救命に二台あるが、コロナ感染症例で既に占有されている。北海道は蔓延状態にあるようだ。

益村知事の非常事態宣言は時宜に適っていた。だが目の前の大曽根を助けることはできないのが歯がゆい。苛立って、机を拳で叩き、天井を仰ぎ見て嘆息する。

他に手はないのか。将軍と呼ばれ、北の守護神などと持ち上げられたところで、研修医の命ひとつ救えないなんて情けない。そこに電話が鳴った。

受話器を取ると切羽詰まった女性の声が響いた。

「速水先生、突然電話して申し訳ありません。自宅待機中の保阪です。クルーズ船に乗船していたばあちゃんがコロナ陽性患者として桜宮の東城大学へ搬送されたと連絡をもらいました。彦根先生が今日、人工呼吸器になったとメールをくれたんです。できれば東城大に行きたいんですけど、何とかなりませんか？」

一気に言われた速水は混乱する。その時、二週間前に田口からぼんやりした帰還要請が届いたことを思い出す。今さら俺がここを放り出し、東城大に戻る可能性は皆無に近いことはヤツも百も承知のはず。

ならばなぜ、あんなメールを今頃になって寄越したんだ？

頭の中で、速水を取り巻く様々な事象がかちりと嵌まり、一枚の絵図になった。

それは天啓のように、彼に一筋の道を指し示していた。

速水は保阪看護師に「折り返し掛け直す」と言って電話を切った。

机の引き出しを開ける。自分は名刺を持たないが、もらった名刺は全部引き出しに放り込んであるから、会ったことがある人物の名刺はそこに絶対ある。

速水は名刺の山を探し十分後、目的の名刺を見つけ出した。

一時間後。速水はモニタ画面でICUの伊達副センター長を呼び出した。

「将軍ちゃんは優雅にお昼寝からお目覚めかい」という伊達の揶揄を無視して、速水は「遅太郎のO2サチュはどうなってる？」と訊ねる。

「低下傾向が続いている。よくなる要素がないからな」という声には覇気がない。

「最後の一手だ。ECMOに載せよう」と速水が言う。

「それは俺も考えたが、近くのECMOは蝦夷大の二台だけで、しかも使用中だ」

「ECMOがある所に遅太郎を搬送すればいい。俺の母校、東城大学医学部だ」

「寝《ね》呆《ぼ》けやがって。桜宮まではドクターヘリでは届かないぞ」

「ドクタージェットを使えばいい。知り合いのAMES（航空機動衛生隊）の鷹村《たかむら》隊長に空飛ぶICU、機動衛生ユニットを搭載したハーキュリーズの出動を要請したが、さすがに無理だと断られた。だが、ドクタージェットなら可能だと提案してくれた。明日なら、飛ばせるそうだ」

「ドクタージェットに人工呼吸器は載らないだろう」

「ジェット機で二時間少々だから、俺が手動で換気する」

「相変わらず、無茶な野郎だな」

「わかってる。だがこのままではジリ貧だ。リスクを冒す価値はある」

「まあ、お前がここにいても、ただの穀潰《ごくつぶ》しだ。それなら母校を手伝った方がマシか。だがお前ひとりでは無理だ。助手が要る」

「保阪を連れていく。彼女のおばあさんが東城大に搬送されたらしい。それで半月前、母校の悪友から東城大の救急に戻ってほしい、と言われたことを思い出した。俺は東城大に戻る。雪見は伊達に任せる」と速水は一気に言う。伊達はうなずく。

「わかった。お前がいない間、センター長代理を務めてやる。ありがたく思え」

「恩に着る」

「それなら今から遅太郎の搬送準備をしないとな。明日何時に離陸予定だ？」

「九時だ。桜宮には十一時に到着する。あちらには今から連絡する」

「相変わらずだな。それならとっとと先方へ連絡しろよ」

伊達はモニタから姿を消した。速水は田口に電話を掛け、今後の行動について告げた。さすがに驚いたようだが、すぐに「こちらは救急医の手が足りないから助かる」と答えた。だがＥＣＭＯ希望の患者を同伴すると伝えると、田口は口ごもった。

「それについては、こちらに到着してからすりあわせよう」という歯切れの悪い返答だった。不安になりながら速水は電話を切り、美貴の携帯に掛けた。

「大曽根を桜宮に搬送するから助手をしてくれ。そうすれば東城大に連れていける」

と言うと、「ご一緒します」という即答が返ってきた。

手配を終えた速水は、深々とソファに沈み込んだ。そして、しばし瞑目《めいもく》した。


翌朝八時。大曽根は人工呼吸器ごと移送された。簡易電源をつけ救急車に乗せる。ビニールで覆った車内に防護服の速水と保阪看護師が乗り込み、伊達が続く。

機内では速水がケアするので、ジェット機に乗り込むまでは伊達が面倒を見る。

海岸線にある熊村空港は、自衛隊の発着演習場でもあり、自衛隊が管理している。

そこに目を付けた雪見市の市長が、ドクタージェットの拠点にしたのだ。

冬の荒れたオホーツク海に神威《かむい》島が見えた。遠く択捉《えとろふ》も見える。

駐機中の小型ジェット機に、速水と美貴が乗り込み大曽根のストレッチャーを中で受け取る。伊達が乗り込み、麻酔バッグに接続して人工呼吸器を外し機外に出る。

伊達は「グッドラック」と二本指で敬礼を投げる。速水は人工呼吸の麻酔バッグを押し始める。機長の「発進します」の声に、加速が始まる。美貴はストレッチャーを押さえ、速水は麻酔バッグを押す。

轟音と共に、機体は離陸した。

二時間後。ガツン、という衝撃が走る。轟音と共に急激に減速する。

やがて機体は停止するとエンジン音が消え、機内に静寂が流れる。

格納扉が開くと、そこに救急車が停車していて後部の搬入扉が開いていた。

傍らで旧友が微笑《ほほえ》んでいた。田口と付き添いがストレッチャーを後部座席から降ろし、救急車に搭載した人工呼吸器に接続した。速水はよろめくように車に乗り込む。

美貴が続き扉が閉まると、サイレンを鳴らしながら救急車が発進する。

「さすがに二時間はキツかった」と速水はぐったりして天を仰ぐ。

救急車が病院坂を登っていく。久々の帰還だ、と速水は思う。救急車が停止すると、後部の扉が開いた。そこには、泣き出しそうな顔をした看護師がいた。

「速水先生、お帰りなさい」

立ち上がろうとしてよろめいた速水の腕を、如月師長の細い指が摑んだ。

「ご苦労さまでした。患者さんを一階救急病棟に搬入します」と如月師長が言った。

部屋に入ると、速水は人工呼吸器のセッティングを確認した。

「その暑苦しい防護服を脱げよ」と田口が言うが、速水は首を振る。

「俺はコロナに感染している可能性があるから、防護服を着たままレッドゾーンで過ごす。症状がないのが恐ろしいよ。無自覚でウイルスをばらまいている連中がいるということだからな。俺はたまたまO2サチュを測って気がついたんだ」

「それなら、昔のセンター長室をレッドゾーンにしよう。そこにいてくれ」

「了解だ。ＥＣＭＯはいつ使える？」と聞いた速水に、田口は首を横に振った。

「ＥＣＭＯは使えない。当院で一人、ＥＣＭＯ対象者が出たんだ」

田口が視線で指したのは、速水に付き添ってきた美貴が佇《たたず》むベッドだった。

センター長室の椅子に座り、モニタのスイッチを入れる。幾つも並んだ画面に、次々に灯りが点っていき、ベッドが映し出される。椅子にもたれモニタ群を眺める。

──受けろ。

空間に漂う過去の自分の声が、虚空から降り注ぐ。

弾かれたように動き出すスタッフの、薄い影が浮かび上がる。

十数年の歳月が、一気に巻き戻された気がする。

モニタの中には患者が三人いて、看護師がケアしている。あの頃と同じ光景だ。

だが当時と違い、モニタの中の看護師はものものしい防護服姿で、ＳＦ映画の一場面のようだ。けれどもそこに映る患者は、紛《まご》う事なき現実だ。

速水は腕組みを解いて立ち上がる。隣のカンファレンス・ルームでは新型コロナウイルス対策本部のボスが待っている。これからタフな議論に臨まねばならぬ。結論は誰もが、わかっている。それは説得ではなく、選択だった。

オレンジ新棟一階のカンファレンス・ルームで、小柄な男性が速水を出迎えた。救命救急センターの頃の右腕だった、佐藤部長だ。「お久しぶりです」と挨拶をする佐藤からは十年以上、東城大の救急を支えてきた自信が漂っていた。

カンファレンス・ルームには佐藤の他に、新型コロナウイルス対策本部委員長の田口と動画で暴れん坊ぶりを見せつけた蝦夷大感染研の名村教授がいた。

旧救命救急センターの新人看護師だった如月翔子は、今は小児科病棟の看護師長になっている。そして速水に同行した雪見市救命救急センターの保阪美貴看護師は部外者だが、祖母が重病エリアに入院しているので関係者だ。速水を入れて計六名だ。

「感染症学会のナパーム弾」こと名村教授が、口を開いた。

「あなたがウワサの速水氏ですか。なるほど、オーラがありますね。あなたは新型コロナウイルスの無症候感染者ですが、防護服を着用してレッドゾーンにいれば、救急の指揮を執っても問題ありません」

「私は指揮を執りません。東城大の救急部門統括者、佐藤部長の下に入ります」

佐藤は頭を下げた。そこには速水の叱責に萎縮していた佐藤の姿はない。

「ではシンコロカンファに入ります」と田口が言う。

すると佐藤部長が、患者の説明を始める。

「新規患者は二名。一名は本日、雪見市救命救急センターからドクタージェットで搬送された大曽根富雄さん、二十五歳、医師です。シンコロ感染患者に接触一週間後に発症、一週間前PCR検査で陽性確認、胸部CTで重篤な間質性肺炎で四日前に人工呼吸器装着するも酸素飽和度は改善せず、当院のECMO使用を希望しています」

佐藤はそこで一旦言葉を切り、次の患者のプレゼンに移る。

「二名目は保阪貴美子さん、七十三歳、無職の女性です。当院で死亡した大山晴美さんと同室でした。高血圧で降圧剤を服用中です。熱発が続きO2サチュレーション低下を認め、胸部CTで両側性間質性肺炎像を認めオレンジに転科、昨日人工呼吸器装着しました。O2サチュの改善傾向が認められず、ECMO適用と判断しました」

佐藤部長は、説明を終えると咳払いをした。

「使えるECMOは一台のみ。患者は二人。速水先生、どうすればいいと思いますか」

速水は腕組みをして黙り込む。空気を読まないナパーム弾、名村教授が口を開く。

「悩む必要なんかありません。ECMOは一台、患者は七十代の無職女性と二十代の医師。社会的に考えたら後者を選ぶのが当たり前です」

「患者を区別するのはおかしいです」と美貴が声を上げる。祖母を思う一心で美貴は、噛みついた。だがナパーム弾に竹槍《たけやり》で突っ込む暴挙は案の定、盛大な返り討ちにあう。

「私の倫理は、感染症を蔓延させないため役立つものは正義、役立たないものは悪です。私の判断は感染症との戦争に勝つという観点では絶対正義です。二十代の医師と七十代の無職のご老人。どちらが役立つかは自明で、議論の余地などありません」

「わたしが看護師になれたのは、ばあちゃんとじいちゃんが看護学校受験も応援してくれたおかげです。じいちゃんは去年亡くなったから、ばあちゃんにお礼したくてクルーズ船の旅をプレゼントしたのに、こんなことになってしまって……。もう一度、ばあちゃんと話がしたいんです。お願いします。ばあちゃんを助けてください」

必死になって言い返す美貴の言葉を聞いた速水は、腕組みを解いた。

「俺は判断を拒否する。俺はコイツを苦しめたくない」と言って泣きじゃくる美貴を見た。皆が黙り込む中、如月師長が口を開く。

「それならあたしも判断しません。速水先生をひとりぼっちにしたくないので」

「シット。みなさんは医療従事者として、冷静な判断ができないのですか」

「医療従事者である前にひとりの人間です。感情というものがあるわ」

一連のやりとりを聞いた佐藤部長が言う。

「感染爆発でロックダウンしたニューヨークでは、人工呼吸器を外すというシビアな選択があります。『現在の重症度だけで判断しカラーコード（重症度）の指標を決める』と『四十八時間治療をしても回復しなければ人工呼吸器を外す選択も考慮する』という二項目が、判断基準になります」

青ざめた美貴を見ながら、佐藤は続けた。

「保阪さんは四十八時間の人工呼吸器装着で状態が改善せず、ＥＣＭＯ導入の適用ですが、アメリカでは人工呼吸器を外すという選択もある。判断基準は患者が回復できるか否かだけ。お二人のデータを比較し私は、大曽根さんの方が回復の可能性の方が高いと判断します。以上を踏まえた上で、田口先生に最終決定をお願いします」

ここで俺かよ、と田口は心中で叫ぶ。田口は無理難題が寄ってくるトラブル憑依体質《ひょういたいしつ》だが、こんな重い判断を全権委任されたのは初めてだ。こういう決断は速水や掟破りの名村教授、または厚労省のはぐれ鳥、白鳥技官のような人物、もしくは老獪《ろうかい》な腹黒タヌキの高階学長の専任事項のはずだったのに……。

仕方なく、田口は口を開く。

「命の選択という重い問題は、現場の医師やスタッフの心的負担が大きすぎます。現に保阪さんは親族と同僚の二人から一人を選ぶことを強いられ、どちらを選んでも彼女の心の傷は大きい。そんなことはあってはならないのです」

「あってはならないが、誰かが判断し、誰かが傷を負わねばなりません。それが前線で戦う指揮官の責務です」と言う名村教授は、今や完全にコマンダー・モードだ。

「名村教授は正しい。でも私は戦闘部隊の指揮官の名村教授と違い、ひとりひとりの命を扱う医療従事者です。命に貴賤《きせん》はないと思う立場です」

「議論を尽くす田口氏の姿勢は尊重するが、それは平時のこと、今は有事の緊急事態だ。決断せねばならない。決定を引き延ばすのは時間の無駄でしかありません」

「今結論を出せば、保阪さんにはおばあさんを見捨てたという傷になり、速水には彼女の心情を知りながら何もできなかったという悔いが残る。これから医療を支える二人に心の傷を負わせたくないから、ギリギリまで道を模索したいのです」

「まさか田口氏は、二人ともＥＣＭＯを適用しないなどという、優柔不断で喧嘩両成敗みたいな決断をしようというのではあるまいな。それこそナンセンスだ。目の前にある医療資源を最大限に活用し、救える命を救うのは医療の基本ではないか」

田口は目を閉じた。ダメだ。もうこれ以上は引き延ばせない……。

その時、室内に携帯の呼び出し音が鳴り響いた。

――来た。

田口が携帯に出ると、噴き出たのは罵声、暴言、罵詈雑言《ばりぞうごん》の暴風雨だった。

外部から丸聞こえだが、あまりにも激しい口調に誰ひとり中身は聞き取れない。

田口は罵倒部分を聞き流し、必要な単語だけを拾って必要な情報を取得すると、相手が息切れして、罵倒が途切れた一瞬を捕らえて言った。

「お手数をお掛けしました。ご協力、感謝します」

有無も言わさず携帯を切った田口は、息を呑んで見守っていた五人に言った。

「シンコロ対策本部委員長として決定します。お二人ともＥＣＭＯに載せます」

「どういうことだ？」と速水が訊ねると、田口は旧友の顔になり、言った。

「二人の対象者に二台のＥＣＭＯということだ。速水から転院依頼を受けた時、保阪さんのＥＣＭＯ適用を打診された。その時、適用患者が二人いるならＥＣＭＯを二台用意すればいい、という単純な解決策を思いついた。ＥＣＭＯは高額な精密医療機器で、レンタカーみたいに借りられない。だがそんな魔法使いみたいなマネができる人がいた。厚労省の火喰い鳥、白鳥技官だ。俺は一か八かで白鳥技官に電話を掛けたんだ。すると凄い剣幕で叱責された。なので俺は、これまで技官の依頼に忠実に対応した過去の事例を出し、協力してもらえなければ今後一切、俺と東城大は白鳥技官への協力を拒否します。と啖呵を切ったんだ」

「うわあ、思い切ったわねえ。火喰い鳥が怒りの焼き鳥になっちゃいそう」

隣で如月師長が目を丸くしたが、田口はその合いの手を無視して続けた。

「ＥＣＭＯは日本に千台以上あるがコロナの件で稼働中なのは三百台少々だ。そこで言ったんだ。『厚労省のお役人の白鳥技官は病院の不祥事をいろいろご存じのはず。東海地方でＥＣＭＯがあるが使っておらず、不祥事を抱えている病院にＥＣＭＯの貸し出しをお願いしてみてもらえませんか』とね」

「あの白鳥技官を恐喝まがいの恫喝をするなんて、田口先生って実はエグい人だったんですね。エクモの可愛い素敵な先生だと思っていたのに」と佐藤部長が言う。

だじゃれは盛大に滑ったが、本人は無自覚だ。そもそも田口にはえくぼがない。

「佐藤ちゃんが進歩したというのは、俺の思い違いだったようだ」と速水が呟く。

速水の反応の方に吹き出しそうになるのをこらえて、田口は続けた。

「機関銃のような罵声を浴びせられたが、心当たりを当たってくれると約束してくれた。最後に『今度こんな掟破りの下克上みたいな依頼をしたら師弟の縁を切るからな』と言われたのには戸惑ったよ。それは罰ではなく、俺の希望だからね」

「どうして、最初から言わなかったんだ」と速水がむっとして言う。

「白鳥さんが掟破りの魔法使いでも、この件に対応できるかどうか確信がなかった。可能性を口にして結局無理だったら、保阪さんの絶望はより深く、傷も深くなる」

そう言った田口は、ぐるりと周囲を見回して、言った。

「というわけで明日の午後、ある病院からECMOが届けられます。一人はこれから、もう一人は明日の午後にECMOを装着します。保阪さんに本日装着、大曽根さんは明日装着と決定します。ECMOはオレンジ三階で稼働させ、管理、維持は速水先生にお願いします。以上、よろしいでしょうか」

「了解した。佐藤ちゃん、指導してくれ」と速水が言い、佐藤部長がうなずいた。

「手加減なんて、しませんよ。手始めに、今後は佐藤部長と呼んでください」

「わかった。ご指導をよろしくお願いします、佐藤部長」と速水が頭を下げる。

保阪美貴が泣きじゃくりながら田口に抱きついた。動揺しつつ、田口は言う。

「今回は幸運でしたがシンコロが蔓延し、日本中のＥＣＭＯや人工呼吸器が一杯になったら、苦渋の決断もあり得ます。我々は今、崖っぷちに立たされているのです」

場が静まりかえった。しまった、美貴に抱きつかれてうろたえて、つい偉そうなことを口走ってしまった、と後悔しつつ、田口は言った。

「では各自、仕事に掛かってください」という言葉に、みな一斉に立ち上がった。

翌日。東海地方の大病院からＥＣＭＯが届けられた。ここでその親切な病院名を明かすことができないのが残念だ。到着後、直ちに大曽根医師にＥＣＭＯが装着された。

オレンジ三階の星見ルームに二台のＥＣＭＯが並び、速水と美貴の二人が二十四時間つきっきりで対応した。不明なことは佐藤部長を呼び出しモニタで教えを請う。

ガス交換膜の交換時は本部棟から臨床工学士が派遣された。オレンジの将軍として君臨していた頃の速水の雄姿を知る田口としては、今の速水が檻《おり》に閉じ込められた虎のように見えて不憫でならない。

だが本人にそんなネガティブな気持ちはなく、今の業務に集中しているようだ。

そんな中、ダイヤモンド・ダスト号からの搬送患者は着実に増え続け、ついに百名を超えた。黎明棟の区分けは、名村教授が原則を確立してくれたおかげで、トラブルや事態の変更があってもその都度、対応できた。

入院患者は軽症者四割、重症者三割だった。入院患者全例にＰＣＲ検査を実施したが、陽性率は七割に留まった。速水の提案で全例に胸部ＣＴを実施した。

これによりＰＣＲ陰性でも高度の間質性肺炎の患者を検出できた。そうした人は重症化する確率が高かった。一方、ＰＣＲ陽性でも入院期間中、症状がなかった人も三割いた。その人たちは体温測定と共にＯ２サチュレーションを朝晩二度チェックし、数値の低下が見られたら要注意患者枠に入れ監視を強めた。

無症候者は二週間の経過観察をし、ＰＣＲと胸部ＣＴに異常がなければ退院させた。

こう書くと煩雑に思えるが、簡単な健康チェックで異常値や症状が出た人を感染者と同じように扱う、合宿のようなもので難しくはなかった。

二月最後の日は四年に一度の閏《うるう》の二十九日だった。

その日、豪華クルーズ船から全員が下船した。ダイヤモンド・ダスト号の乗客乗員三千七百十一人のうち、感染者は七百十二人、死者は十三人だった。

19章　星に祈れ

二〇二〇年三月　桜宮・東城大学医学部オレンジ新棟

目を開けると、自分をのぞき込んだ目と目が合った。星見ルームに詰めている保阪美貴は目をそらし、速水から離れた。二台のＥＣＭＯが稼働し、三日が経っていた。

「俺はどれくらい眠っていた？」と言いながら、速水は身体を起こす。

「三時間とちょっとです」

「三時間経ったら起こせと言っただろう」と言うと、美貴は速水に背中を向けて言う。

「ぐっすりお休みでしたので。お疲れかと思って」

「それを言うなら、お前だって疲れているだろう」

「今は数値が安定してますから平気です。データが動いたらお休み中でも起こします」

「それでいい。そうしないといのちが失われてしまうからな」

速水は稼働中の二台のＥＣＭＯと、それに繫がっている二人の患者を眺めた。

「だが急変を認知しても打つ手がない。ＥＣＭＯは肺を休め、その間に自力で組織が修復されるのを待つ。俺は遅太郎にもお前のおばあさんにも何もしてやれないんだ」

「いいえ、先生のおかげで大曽根先生はＥＣＭＯを装着してもらえました。ひょっとしたら最後のお別れもできず骨になったばあちゃんと会うことになったかもしれません。でも速水先生がドクタージェットを飛ばしてくれたおかげで、わたしはここにいます。それは速水先生がしてくれたことです」と言い美貴は言葉を切った。そして続ける。

「ばあちゃんか、大曽根先生か、どちらにECMOをつけるかという決断を迫られた時、わたしもわかっていたんです。誰が見たって大曽根先生につけた方がいいに決まってます。でも言えなかった。みんながそんな風に考えて、わたしまでそんな風に答えたらばあちゃんが可哀想すぎます。だからわたし……」と美貴は声を詰まらせた。

「わかっている。みんな、わかっている。だから泣くな」

防護マスクの中の美貴の顔が涙で濡れた。その涙を指でぬぐうこともできない。

すすり泣きが続いた。しばらくして美貴は明るい声で言った。

「あと速水先生が答えを拒否して、如月師長が支持してくれたのもうれしかったです」

「まあな。だが一番のお手柄は行灯の野郎だ。俺はいつも肝心の所でヤツに遅れを取る。卒業麻雀の時も、北に左遷された時も……いや、口が滑ったな。何でもない」

「田口先生って行灯って呼ばれているんですね。どうしてですか」

「さあ、理由は忘れた。ところでお前は遅太郎と付き合っているのか」

「信じられない。速水先生、それ、セクハラです」

「す、すまん。つい気になって」とあたふたする速水を見て、美貴は微笑する。

「誘われて一度、雪まつりに一緒に行っただけです」

そうか、と言って速水は大曽根の話を聞かせた。故郷での子ども時代、蝦夷大医学部に合格した時の誇らしさ、救命救急センターの研修での苦労。

「遅太郎の田舎は長野の山奥で、星が降るような所だそうだ。いつか好きな人と一緒に星を見たい、と言っていた。一緒に行ってやれば、喜ぶぞ」

「そんなこと、わからないです。速水先生ってほんと、デリカシーがない人ですね」

「すまん」と身を縮めた速水を見て「道理で如月師長が嘆くわけです」と美貴は吐息をつく。速水は黙り込む。そして「交代の時間だ。もう寝ろ」とぽつんと言った。

次の瞬間、ECMOをチェックした速水の怒声が、星見ルームに響いた。

「二人のO2サチュが下がっている」と言い、速水はモニタで佐藤を呼び出す。

「ECMOの状態は一時間前にチェックして問題なかった。今チェックしたが、稼働は正常だ。どうすればいい？　打つ手がない？　佐藤ちゃんはECMOのプロだろう。なんとかしろ。プロだから無理なものは無理だと言うしかない？　ふざけるな」

速水はモニタに罵声を浴びせた。モニタの中の佐藤部長の表情が苦しそうに歪む。

速水はモニタを切った。

「祈れ、だとさ」

ふたりの患者は申し合わせたようにO2サチュが10も下がった。危険な兆候だ。

ふらついた美貴は、部屋の中央のプラネタリウムの映写機にもたれ、手を突いた。するると突然、ぐいん、ぐいんと大きな音と共に映写機が動き始め、丸天井に星座が映し出された。天井の偽りの星宿が、ゆっくりと回転を始める。

「すいません。うっかり」と言って美貴がスイッチを探し、映写を止めようとする。

速水は「そのままにしておけ」と言い、部屋の隅の簡易ベッドに横になる。

「プロが、祈れ、と言うんだ。ならば星に祈るしかないだろう」

美貴は貴美子の足下に座り込む。学校でいじめられて不登校になった時、貴美子が海岸で夜通し一緒に星を見てくれたことを思い出した。

「遅太郎、星が綺麗だぞ。保阪もいるぞ。起きろ。目を覚まして一緒に星を見ろ」

天井に映し出された星宿は、ゆっくりと回転を続けた。

いつしか眠っていた速水は、「先生、数値が」という美貴の大声で目覚めた。

立ち上がりECMOに歩み寄る。二人ともデータが劇的に改善していた。

「私と先生の祈りが天に届いたのでしょうか」と美貴が言うと速水は首を振る。

「バカ言え。もともと重症患者の死亡率は五割。つまり半数は治癒するんだ」

そう言った速水は、にっと笑った。

「だが、祈ることで患者を救えるのなら、俺はいくらでも祈ってやるよ」

三日後、二人の患者はECMOを離脱し、速水と美貴はECMO担当の任を離れた。

　オレンジ新棟三階の星見ルームでは、美貴と祖母の貴美子、大曽根と指導医の速水という、患者と付き添いのペア二組が、天井を眺めていた。穏やかな午後だった。

「美貴ちゃん、海岸で一晩中、星を眺めていたことがあったわよね。白んできた空に、金星が光ってた。覚えてる？」と貴美子が言う。

「もちろんだよ、ばあちゃん。なまら綺麗だったもん。忘れるわけないっしょ」

「船旅は楽しかったよ。素敵な誕生日プレゼントだった。いいお友だちもできたし」

　貴美子は言葉を切った。そしてぽつんと言う。「いつか、また会いたいわ」

　隣のベッドでは、大曽根が速水に話し掛けていた。

「俺、夢を見たんです。故郷で星空を見てたら気持ちが楽になって、ずっとこうしていたいなあと思ったら夜空一杯に速水先生の顔が広がり『仕事が遅い』って怒鳴られたんです。そしたら気がついたら部屋にいたんです」と言われ、速水は苦笑した。

　ふたりの患者はＥＣＭＯの離脱後、黎明棟の軽症者病棟へ転科した。

　オレンジ新棟三階の丸天井には、神話の英雄たちが歩みを続けていた。


　三月下旬。東城大学医学部付属病院の黎明棟では、桜宮モデルが確立されていた。

　四月一日、速水と保阪美貴、大曽根と美貴の祖母の貴美子の四人が北海道に戻る日が来た。速水は最後までＰＣＲ陽性にならなかった。保阪美貴も感染せず、大曽根美貴の祖母貴美子は二回のＰＣＲ検査が陰性だったので、退院を許可された。

前日、速水がオレンジ新棟一階のセンター長室でモニタを眺めていると扉が開いた。そこには如月翔子師長が立っていた。速水と目が合うと如月師長はうつむいた。

「お戻りになるんですね」

「ああ。雪見の救命救急センターが、今の俺の根城だ」

「もう、ここには戻らないんですか」と言った翔子は、速水に歩み寄り背後に立つ。椅子の後ろから、速水の肩を抱きしめる。速水は身を固くする。

「触るな。俺はコロナかもしれないんだぞ。お前に感染させたら、行灯に叱られる」

翔子は速水の肩に回した手に一瞬、力を籠《こ》める。

「戻ってきてください」

「約束はできない。それより俺が戻る必要がなくて済むように頑張ってくれ。俺は今回は東城大のために戻ったのではなく、東城大に助けを求めて来たんだ」

翔子の手が、速水の肩からすべり落ちる。翔子は速水を見ながら後ずさる。

扉が開き、とん、と軽いステップを踏んで、部屋の外に出た。

右手を上げて敬礼すると、泣き笑いの顔になる。次の瞬間、翔子の姿は消えた。

速水は、閉まった扉をいつまでも凝視《みつ》めていた。

名村教授と速水は北海道に戻ることになった。出発前に田口、島津、速水の悪友三人と、彦根の代役の桧山シオンを加え愚痴外来でお茶をした。

「当院に入院した患者百十一名のうち三十一名が重症で、四名にＥＣＭＯが使用され、死者は二名です」と田口が状況を総括した。名村教授が言う。

「桜宮に確固たるグリーンゾーンを築けてよかったです。外来で診る患者の中にランダムにシンコロが交じる時代に、みなさんは備えなければなりません。それは三百パーセント確実です。感染経路不明の患者が増え、その人に感染した人がいて、コロナと把握されずにうろうろしている。東城大にも侵入しているかもしれませんよ」

シンコロ対策本部の委員長としての責任から、田口がぞっとして訊ねる。

「外来に感染患者が入り混じるとすると、どうすればいいんでしょうか」

「熱発患者をシンコロとみなして、ひとまとめにして外来で診るしかないでしょう。政府はいまだに保健所の帰国者・接触者外来に相談しろと言っていますがナンセンス。保健所と病院をピンポンたらい回しになり、検査を先延ばしにした発熱者がシンコロだったら、そこから広がるだけ。もはやコロナ蔓延は防げないので、グリーンゾーンを死守するんです。一ヵ所が北海道でもう一ヵ所が桜宮です。このまま行けばシンコロ患者で病床が一杯になり通常医療が滞り、日本の医療はひとまず崩壊します。最初に救命救急部門がメルトダウンするでしょう」

　速水がぴくり、と眉を上げる。

「そんなことにはさせない。だがそのためにはどうすればいい？」

「ゾーニングを徹底し、体内にシンコロを入れない個人レベルの防御にシフトすべきです。手洗いを徹底すれば体内をグリーンに保てます。死亡時診断も重要です。桜宮のＡｉセンターは、法医学分野も含め死後画像が死者全例に撮像され、画像診断医の島津氏が読影する画期的なシステムです。実はシンコロ死と判明する例が絶対ありま す。シンコロの死者数が過小評価されている可能性は高いんです」

「肺炎死亡例の中にコロナ死が紛れ込んでいるかもしれませんね。だが重症化因子がわからないのは不気味だな。桧山さん、あんたは当院の死亡者の画像診断所見を大量に診断してくれたけど、何か気づいたことはないかい？」と島津が訊ねる。

　黙って会話を聞いていた桧山シオンが、小首を傾げて言う。

「呼吸困難がないのに重篤な間質性肺炎像が併存するのがコロナの特徴です。通常の入院患者にも同様の所見を示した死亡例が数例ありました。また先月法医学教室に運ばれた行き倒れのご遺体にもその所見がありました。東城大では死者全例にＡｉを撮像され、生前の臨床データが紐付けされますが、法医学教室の症例に死後ＰＣＲ検査を要請した症例では、ＰＣＲのデータは紐付けされていません」

「悪かった。クルーズ船患者は通常の電子カルテと別立てで運用してたし、法医はもともと別立てだ。後でやっておくよ」と島津が謝罪すると、名村教授が言う。

「島津氏、それ、ここで、今すぐやりませんか？　大変興味深いんですが」

「せっかちなお方だなあ。まあ、やってみますよ。おい行灯、ＰＣを借りるぞ」

島津はキーボードを叩きはじめる。みんなが見守る中、島津は画面を見て言った。

「ビンゴ。二人ともコロナ陽性。新病院にもコロナは侵入していたんだ。直ちに対応が必要で、新型コロナウイルス対策本部の委員長の仕事ですよね、名村教授？」

名村教授がうなずくと、桧山シオンは再び口を開く。

「重症化患者は高血圧、糖尿病など生活習慣病の持病がある高齢者、男性、若年者は肥満者で、高い相関を示したのは『アテローマ』の存在で、動脈硬化と強い相関があります。重症化する若年患者に肥満者が多いという知見とも合致します」

「アテローマ」とは「粥状硬化《かゆじょう》」のことで動脈内壁に脂肪や脂肪酸、コレステロールが沈着し、ドロドロした粥状の硬化巣を作り血管内皮が肥厚、動脈内腔が狭窄《きょうさく》しやがて石灰化する。高齢者に比較的多い所見なので、見過ごす可能性はある。

「コロナウイルスは内皮細胞にとりつくのだと考えると間質性肺炎像も理解できますし、腎不全患者が出現しているのも納得できます。数例で脳炎所見も確認しました」

「小血管炎がコロナウイルス感染症の本態なら、標的臓器は肺、腎臓、脳で、肺炎と急性腎不全が多いことと合致するな」と、ＰＣをいじりながら島津が言う。

「脳炎を示す臨床所見はなかったが」と速水が言う。

「人工呼吸器に載せセデーションを掛けているから脳症状を見落としたのかも」

「桧山嬢の仮説は有意義です。アテローマの検出は簡単ですから重症化を予想できる。動脈硬化の患者を頻繁にチェックすれば死亡者を減らせるでしょう」

　議論を総括するようにそう言うと、名村教授は続ける。

「これからシンコロとの戦いは新局面を迎えます。政府と厚労省の指導に盲従する医療機関や、シンコロを舐《な》めている病院は嵐に襲われます。そこからが真の医療危機で、真価が問われます。本来、国民の健康を司る厚労省の仕事ですが、今は機能不全を起こしているから民間が範を示すしかありません。能吏の白鳥氏の差配でかろうじて体面だけは保っていますがいつまで保つことやら。みなさんは検疫精神を体得した貴重な医療従事者で、医療者の感染症に対する意識の高さでは、今の東城大は日本一です。日本の医療を守るため、〈桜宮モデル〉の普及に努めてください」

「先生の教え子の名に恥じない病院作りをしてみせます」と田口は頭を下げた。

「田口氏、シャカリキになったらダメです。相手は未知のウイルスだから、どんどんルールや教えを変えなさい。でないと自分たちが作り上げた規則に縛られたため、全てが後手後手で感染を拡大することになった、厚労省と同じになってしまいますよ」

「必要ならルールを変えろ、というわけですね」と言った田口は、その言葉を遠い昔、聞いた場面を思い出し、懐かしい気持ちになった。

「名村先生ご自身の第二フェーズの対応について、お考えを聞かせてください」

「あくまで私見ですが、厚労省のやり方はただひとつを除き、大枠は間違えてはいなかったと思うんです。厚労省がＰＣＲ抑制を図ったのは大きな間違いと思いません。軽症者にＰＣＲを実施しコロナとわかっても、結局何もしないなら検査は無意味です。大切なのは『診断』ではなく『判断』です。厚労省は『帰国者・接触者外来』に患者を誘導する仕組みにし、保健所職員は忠実に対応しましたが、ＰＣＲ実施基準を決めたマニュアルの基準『武漢からの帰国者、三十七度五分の熱が四日間続く』は科学的根拠ゼロ、単なる官僚の作文です。なのに役人はそれを絶対視して保健所に強要し、保健所職員は愚直に従いコロナ疑いの患者に検査をしなかった。その仕組みこそが致命的なエラーだったんです」

「でもそれなら、どうすればよかったんですか」と藤原看護師が訊ねた。

「市中感染が見つかった時点で、医療機関に判断を任せればよかったんです。そうすればヤバい患者にＰＣＲが実施できた。医者はインフルの時も検査して、重症者なら大病院に送ります。そんな通常の医療対応で間に合ったんです」

なるほど、と速水がうなずく。名村教授は滔々と続けた。

「あの頃、テレビで欧米の悲惨な状況を流していました。それはハグやキスの習慣がヒト＝ヒト感染の原因になった可能性がありますが、あれで日本は大したことがないと安心した人もいました。でも『安心』を求めたら破滅します。『安心』は感情的で、そこには盲従がつきものです。私たちが追求すべきは『安全』なのです」

「でも検査をしなければ、黎明棟でシンコロを完全にシャットアウトしようとした、名村先生の指導方針が根底から崩れてしまいますが」

「私が指導したのはシンコロ患者が押し寄せてきた時の対応です。シンコロが蔓延した状態では、普段の防衛に新しいバージョンを採用する必要があるんです」

「そこを詳しく聞きたいです」と藤原看護師が言う。

「シンコロの感染経路は飛沫感染と接触感染。クシャミや咳で口や鼻の水分が飛び、飛沫中のウイルスを吸い感染します。接触感染は落下した飛沫に触れて感染します。机や床、電話、パソコンに落ちたシンコロは一週間生きる間に、触れた手で目や口や鼻を触ったりウイルスが付着した食べ物を食べ感染する。石頭の厚労省や保健所は杓子定規に、徹底的に清潔にしろと言う。でもあらゆる場所を消毒するのは不可能です。手洗いを徹底すれば九割のウイルスは遮断できる。それは防衛ラインを手と口の間に敷き体内のグリーンゾーンの維持を徹底することで、黎明棟の指導の本質も同じです。つまりシンコロ蔓延期のセカンドフェーズは『徹底した手洗い』、これに尽きます」

その場にいた一同は「なるほど」と納得した。

「厚労省の専門家諮問会議で『八割パパ』として孤軍奮闘していた喜国先生が有象無象に叩かれ始める頃なので、守ってあげないと。あの人は元厚労省技官なので、自分の言ったことを変えてはいけない、という妙な生真面目さが抜けません。前提条件が変わればR0を下げても問題ないと、背中を押してあげるつもりです」

名村教授はそう言うと、腕をぐるぐると回して言った。

「さて、そろそろ時間です。速水氏、行きましょうか」

そう言っておきながら、名村教授は速水の返事を待たずに、飄々とした足取りで部屋を出て行った。取り残された形になった速水に、田口が訊ねる。

「他の北海道組はどうしたんだ？」

「三人一緒に帰ったよ。途中で、スカイツリーに寄るんだと」

「お前は行かなくていいのか？」

田口の問いに、速水はにっと笑う。

「俺は東京タワー派でね」

速水は田口と島津に歩み寄り、拳を突き出す。田口と島津は拳と拳をぶつけた。

「じゃあな」と言って速水も、立ち去った。

彼らはこれから北海道でコロナ襲撃の第二波に本腰を入れて対応するのだろう。

続いて、島津と桧山シオンが立ち上がる。

「さっきの桧山仮説を急いで論文で発表しよう。世界があっと驚くぞ。何せコロナ論文は世界の医療界の最大の関心事で、先陣争いは苛烈だからな」

「頑張ります。でも論文が通ったら、桧山仮説ではなく、桜宮仮説にします」

「もちろん異存はない。それじゃあ行こう」と島津と桧山シオンは姿を消した。

部屋に残った田口と藤原看護師は互いに顔を見合わせ、ほっと吐息をついた。

気がつくと、のどかな春の陽射しが不定愁訴外来の部屋に満ちている。

その時、入れ違いに部屋に入ってきた女性が、田口に挨拶する。

「こんにちは、先日は貴重な情報をありがとうございました。おかげさまでスクープ賞になり、金一封を頂戴しました。今日はその味をしめて、追加取材をさせてもらいに来ました」

時風新報の記者、別宮葉子《ようこ》は相変わらず溌剌《はつらつ》としている。

藤原さんが言う。

「最近の時風新報は絶好調ですねえ。『コロナ難民の声』企画は考えさせられるし、『宰三が行く』の報告もメチャクチャ面白いわ。でもなんと言ってもすごいのは連続特集『赤星《あかぼし》さん、あなたを絶対忘れない』ね。あたしも読者欄に投稿しようかしら」

「大歓迎です。紙面に載らない分はウェブサイトでも掲載しますから。でもあれは時風新報の特集じゃなくて全国に七十紙ある地方紙の連合企画です。だからどの都道府県でも同時連載してるんですよ」

「そうなのね。でも今一番楽しみなのは、来月から連載される『コロナ伝』かしらね。終田千粒って田口先生が連載していたサイトで『健康なんてクソ食らえ』を連載してた作家さんでしょ？」

「藤原さんってチェック厳しいですね。あれも地方紙の連合体の合同連載なんです。内緒ですけど、あの先生に執筆依頼したのは、実はあたしなんですよ」

そう言って藤原看護師を驚かせた別宮は、居住まいを正して言った。

「さて、雑談はこのあたりにして人気特集、『院内感染ゼロの病院はこうして作られた』のインタビュー第三弾をさせていただきます」

別宮記者は椅子に座ると、鞄からボイスレコーダーとメモを取り出した。

ペンを持つ彼女の目は、プロの記者のものになっていた。

田口は目を閉じて、語り出す。

「今や感染は市中に広がり、感染者追跡でクラスター潰しという第一フェーズから、第二フェーズの市中蔓延の中での医療体制構築という新局面に対する対応が必要になります。東城大学の新型コロナウイルス対策本部の新たな対応としては……」

彼の瞼《まぶた》の裏側には、ここ数日の出来事が走馬灯のように浮かんでは消えていた。

その言葉をメモする別宮記者の前に、藤原看護師がそっと珈琲を置いた。


エープリルフールのその日、厚生労働省の本田審議官は、内閣府の首相補佐官下の次官職の任を解かれた、と官報がひっそりと報じた。

その同じ日、日本中、いや、世界中を震撼《しんかん》させた笑撃の速報が駆け巡った。

安保首相が「全世帯に布マスクを二枚ずつ配布する」とぶち上げたのだ。ニュースは、コロナ禍に苦闘していた全人類に盛大な爆笑を供与した。

二〇二〇年四月一日、COVID-19感染者は中国で八万二千人、韓国で一万人、そして日本では千八百人、全世界合計の感染者は十五万五千人に達した。

20章　小さな英雄

二〇二〇年三月十日　桜宮・赤星邸

午後二時。桜宮の地方紙、時風新報の二階は、翌朝の締め切りを前に記者が確認の電話を掛けたり、原稿を書いたりと活気がある時間帯だ。

中堅の別宮葉子は文化欄のコラムを書き上げ、ほっと一息ついていた。

そこへ「おい別宮、ちょっと来い」と編集局長に呼ばれ、しぶしぶ向かう。

「おい、その仏頂面、なんとかしろ。この手紙はお前宛だ。お前は文化部のクセに、畑違いの有朋学園事件を追いかけてたな。やるか？」

局長から渡された封書を受け取った別宮葉子は、目を見開いた。

「あたし以外にこの件を扱える記者はいません」と言い放つと、別宮は原稿をデスクに投げ渡し、手紙を引っ摑んで駆け出した。

別宮はタクシーの中で、その短い手紙を、繰り返し読んだ。

前略　時風新報　別宮葉子記者さま

初めてお便り申し上げます。私は、有朋学園事件で公文書改竄をやらされ、自殺した赤星哲夫《てつお》の妻です。夫が亡くなり二年が経ち、気持ちが変わりました。

よろしければ、別宮記者にお見せしたいものがあります。

興味がおありでしたら、自宅へお越しください。

赤星知子《ともこ》

住所だけで電話番号が書かれていなかったので、直接訪ねるしかない。

別宮は二年前、彼女に取材を申し込んだが断られていた。

タクシーの中、手紙を読みながら、別宮は同じ疑問を繰り返し考えた。

――この人はなぜ今頃、あたしを名指ししてきたのだろう。

そこはかとない不安感が湧いたが、首を左右に振って臆病心を振り払う。

あの事件は、絶対に風化させてはならない。


高台にある、こぢんまりとした平屋の前でタクシーから降りると、背後に広がる桜宮湾を振り返る。別宮は深呼吸してから、門柱にある呼び鈴を押した。

応接室に通され、趣味のいい調度品を眺めた。掛け軸の書は、温かみがあった。

「お越しいただき、ありがとうございます。初めまして。赤星知子です」

紅茶を出した女性は、別宮の正面のソファに座った。

「お話を伺う前に、確認したいことがあります。なぜ、わたしなんですか？」

知子は紅茶をひと口飲むと、視線を窓の外に遣る。庭の白木蓮《はくもくれん》は満開だ。

「あなたの、バチスタ事件の死刑囚の手記の署名記事を読んで、感心したからです」

それは、別宮の名をジャーナリスト界に知らしめた記事だった。別宮は面映《おもは》ゆい思いを抱きながら、どこか違和感を覚えた。そして床の間に目を遣った。

「掛け軸は哲夫さんの書ですか？　お人柄が表れた、温かみのある書だと思います」

「哲夫さんは篆刻《てんこく》が趣味で、こつこつ誠実にやれば必ず完成するから性に合っていると言っていました。会心の篆刻が出来、それを押すために書を書いたんです。天国の哲夫さんは篆刻を褒めてもらいたかったのに、と苦笑しているかもしれません」

「すみません。篆刻はわからなくて」と別宮が言うと、知子はうつむいた。

「あの人は、自分が作った書類が国の信頼を築く城壁になるんだ、と言っていました。お隣の韓国では記録文書は国王も手を触れられない大切なもので、扱う史官も尊敬されていると知り、自分の仕事も同じだと言っていました。融通が利かず上司と衝突しても『自分の仕事は国民の付託を受けたものだ』と一歩も引きませんでした。役所は仕事、知ちゃんと過ごす時間が本当の僕の人生だというのが口癖でした。失敗した料理も『人類の誰も食べたことがない料理を食べられる僕は果報者だ』なんて言ってていらげてくれる、優しい人でした。なのに、ある日を境に、哲夫さんは変わりました。部屋に籠もり、声を掛けると『何もわかっていないくせにうるさい』と平手打ちをされました。哲夫さんはその後、『ごめんね、知ちゃん。ああ、僕はなんてことをしてしまったんだ』と自分の頭を拳でゴンゴン叩き続けました。そして同じ部署の人たちは異動したのに、哲夫さんだけが残された時、哲夫さんは、妙にさっぱりした顔をして『責任を僕ひとりに被せるつもりだ』と言いました。その時初めて、どういう仕事をさせられ、どれほどイヤだったか、聞きました。私は哲夫さんを抱きしめ、泣きました。哲夫さんはノイローゼ状態でした。半年後、毎朝新聞のスクープが出て、文書改竄の証拠が新聞の一面に載りました。それをやったのは哲夫さんでした」

別宮は身を固くし、知子の言葉を全身で受け止めた。それしかできなかった。

ちちち、と鳥の声がした。窓の外の白木蓮が揺れている。風が強い。

「哲夫さんは記事の五日後に自殺しました。お葬式に来た同僚は誰も記帳しませんでした。ある日、部長さんが家に来て、哲夫さんの遺書を見せてほしいと言いました。遺書はないと答えると、遺書が見つかったら知らせてほしいと言い、そそくさと帰りました。そんなある日、哲夫さんが一番信頼していた部下の方に、転勤でもう来られなくなります、と言われ、こうして哲夫さんは忘れられていくんだ、と切なくなりました。その日、亡くなった日のままにしていた部屋を掃除して、引き出しの篆刻道具の中に封筒を見つけたのです。それがこれです」

そう言って赤星知子は、簞笥《たんす》の引き出しから封筒を取り出し、テーブルに置いた。

「拝見してよろしいんですか?」と訊ねたが、別宮は封筒に手を伸ばせなかった。

「奥さまは、なぜあたしか、説明していません。それでは拝見することはできません」

「わかりました。その前に、紅茶が冷めてしまったので、淹れ直してきますね」

知子は立ち上がり台所へ姿を消した。やがて湯気が立ち上る紅茶ポットとカップを持って戻ってきた。別宮に新しいカップを差し出すと、知子は口を開いた。

「『正義《まさよし》法律事務所』の日高《ひだか》正義先生が、大切な哲夫さんのことを託す記者さんだから、直接お目に掛かって決めた方がいい、と言い、別宮さんを紹介してくれたんです」

どくん、と心臓が鼓動を打つ。つながり方に違和感と既視感がある。

「なぜ日高先生の事務所に行かれたのですか?」

「哲夫さんの自殺に対し、国家賠償訴訟を起こそうと思って」

窓の外では白木蓮の花が音もなく激しく揺れていた。だが部屋の中は無風だ。

「数年前、酔った哲夫さんが、珍しく家に連れてきた方がいました。居酒屋で同僚と国家談義をしていたら、店の片隅で飲んでいたその人が『みなさんは、僕から見たら、あなたたちが批判している上司と同じ穴のムジナです』と言い、言い合いになったのです。この人の性根はたたき直さないといけないと言っていましたが、もの静かな方でした。温厚な哲夫さんが興奮してまくしたて、その方がひと言応じる感じでした。その方は、僕にむかつくのは正常です、と言っていました。その冷たい響きに、心の底から凍えるような気持ちになり、哲夫さんが怒る気持ちがわかった気がしました。目が細く唇も薄く、剃刀《かみそり》みたいでした。白い作務衣を着て、『白い仙人さん』と哲夫さんは呼んでいました。翌日、哲夫さんは有休を取り、差し向かいで話をして、お昼はお蕎麦《そば》を取りましたが手つかずでした。夕方、白い仙人さんを門まで見送った哲夫さんは、疲れ果てていました。私にはひとつ、気がかりがありました。仙人さんがお帰りになる時、ご主人は立派な方です、この人が人生を全うできるよう祈っています、と言ったのです。哲夫さんが亡くなり二年経ち、天国にいる哲夫さんのところに行きたくなったある日、白い仙人さんが突然訪れて来たのです。

――奥さんは、哲夫さんの後を追おうと思っていらっしゃいますね。

びっくりして何も言えませんでした。白い仙人さんは続けました。

――僕は哲夫さんから頼まれたんです。もし自分が先に死んで奥さんが困っていたらアドバイスしてほしい。蕎麦を奢《おご》ったんだから約束してくれ、と。なので約束を果たすためお邪魔したのです。

そう言うと白い仙人さんは、古びた名刺を差し出しました。

――気がかりがあるなら、その先生に相談すれば面倒を見てくれます。

そう言い残し、風に散る白木蓮の花びらみたいに姿を消しました。その時に渡されたのが日高先生のお名刺だったんです」

別宮は理解した。本当は日高正義弁護士の名前を聞いた時からわかっていた。日高は、国賠裁判はメディアの後押しがなければ勝てない、と考えた。そしてパートナーに別宮を指名したのだ。望むところだ。

だがそれは全てはアイツが描いた絵図だったのだ。

有朋学園事件は、首相夫人の口利きという前代未聞の醜聞だ。だが収賄は志の低い政治家のありきたりの犯罪で、闇に葬られることも多い。有朋学園問題が闇に沈んでしまったこと自体もよくある話で、それが総理大臣とその身内の犯罪であったとしても、所詮は卑しい一政治家の個人的犯罪にすぎない。

許し難いのはその愚劣な政治家が、国権の最高機関である国会の場で「金輪際そんなことはありえない、あったら自分は首相どころか国会議員も辞める」と啖呵を切ったこと、最大の罪はその発言を正当化するため官僚が公文書を捏造したことだ。「公文書は改竄していい」という低いモラルを、国家官僚機構全体に浸透させたことは民主国家の根幹を揺るがす、とんでもない不祥事だ。この時点で問題は、単なる一政治家の汚職から、民主国家の根幹を瓦解させてしまう、青史に残る大罪になった。官僚は上から下まで、現場の一兵卒に責任を全て押しつけ、逃亡したのだ。

胸の底から憤りと絶望が立ち上がる。トンデモ首相夫妻の不行状はもちろん許し難い。だが周りの人間もそれを容認し、あまつさえ迎合した点で同罪ではないか。

安保首相の不行状を責めることができるのは、職責を全うしようとして叶わず、真の付託者の国民に謝罪し自死の道を選んだ真の官僚、赤星哲夫その人しかいない。

その上で、問題を座視したら別宮も、自分の保身と出世に汲々《きゅうきゅう》としている彼の元同僚や上役、指示した財務省のお偉方と同罪だ。哲夫の言葉を聞いた者の責任として、その真意を社会に訴えることこそが、贖罪《しょくざい》ではないか。

別宮は顔を上げた。

「拝読させていただきます」と告げ、封筒に手を伸ばす。

庭先で白木蓮が激しく揺れている中、手紙を読み終えた別宮の顔には、怒りと哀しみ、そして決意が表れていた。別宮は紅茶で唇を湿すと、言う。

「哲夫さんは小さな英雄です。この国はそうした人たちに守られてきました。でも今、この国は壊されようとしています。いえ、もう壊れてしまったのかもしれません。でも壊れたらやり直すしかない。そのために哲夫さんの言葉を、お預かりします」

向かいで緊張した面持ちで別宮を見つめていた知子の顔が一瞬、無表情になった。

「お願いします」と頭を下げた知子は、机に額を押し当てたまま、号泣した。

21章　地方紙ゲリラ連合

二〇二〇年三月十日　桜宮・時風新報編集部

赤星邸を辞した別宮葉子は大通りでタクシーを拾い、車中で電話を掛けた。日高は挨拶もそこそこに今後の戦略を熱く語った。国家賠償請求の民事で訴訟相手に財務省と責任者、瀬川元国税庁長官を入れる。これなら本人が出廷を余儀なくされる。

知子未亡人の意向があって初めてできる荒技だ、と日高弁護士は言う。

「『冤罪被害者を救う会』の久馬《きゅうま》会長と篤子《あつこ》夫人、師匠の鹿野《しかの》先生の協力で弁護団を組めましたが、まだ弱い。敵は最強官僚組織の財務省、保身に全力を挙げる官邸、正義の魂を売った検察の悪玉三羽烏《さんばがらす》ですので、別宮さんの破壊力に期待します」

「買いかぶりすぎですけど、案を練って明日中に上京して事務所に伺います」

その時、別宮は、あるアイディアを思いついていた。

帰社すると局長がイライラして待っていた。電話での報告をしなかったからだ。

「スクープです。赤星哲夫さんの未亡人が、遺書を見せてくれました」

「ほんとか？　今から明日の一面を差し替えるぞ」と立ち上がる局長を別宮は制した。

「それは弱いです。相手は財務省と官邸、検察も敵です。一瞬、話題になっても忘れられてしまうか、否定報道や中傷で真意がねじ曲げられ、貶《おとし》められます」

「む。それはそうだが……。それならどうする?」

「ひとつ、手があります。『地方紙ゲリラ連合』を発動するのです」

各都道府県の地方紙は、部数は少ないが占有率は高い。一千万部の全国紙は四十七都道府県で割ると一県あたり二十万部強なので、二十万部の地方紙は拮抗《きっこう》する。記者クラブへ援助という寄付をもらっている全国紙は忖度で筆は鈍り、相手に都合の悪い記事はボツにされる。安保内閣になり状況は悪化し、全国紙の政治部キャップが首相とのお食事会に嬉々として参加している。地上波も似たり寄ったりだ。今のメディアには第四権力として権力監視をするという気概はない。政権と癒着し、なあなあで擁護するていたらく、日本の報道は瀕死《ひんし》状態だ。だがジャーナリストとして気を吐く一団もいる。それが「新春砲」と呼ばれる週刊誌報道と地方紙ゲリラ連合だ。地方紙を結び告発キャンペーンを実施する機動力は、首都で官の禄を食みヌルい記事を書く全国紙の記者には太刀打ちできない。

「確かに新聞協会賞は、地方紙のスクープ記事が独占している。昇進試験問題集の執筆料として出版社が現役警察官五百人に総額一億円を支払い、副業禁止規定に抵触したという去年のスクープは、地方紙ゲリラ連合の実力を見せつけたものだ。あんな凄味のある記事は、警察に餌付けされた全国紙の記者には絶対に書けないよな」

「でしょう？　それは地方紙連合が情報を融通し合い、協力したからできたものです。この問題では、その機動力と破壊力を用いるべきです」

「だがこの件で地方紙ゲリラ連合の協力を要請するのは大変だぞ。この案件は不起訴に終わり、解決済みだとも考えられるから発動は難しいだろう」

「確かに泉谷首相補佐官が沖縄の基地工事推進のため現地入りして『本件は官房長官直結で私が仕切る』と言い放ったスクープは単発に終わり、文部省事務次官に向かい『首相が言えないから代わりに私が言う』発言とか、部下との不倫旅行ついでにノーベル賞受賞医師を恫喝した問題も『新春砲』にスッパ抜かれてしまいました。昨年暮れに露見した『満開の桜を愛でる会』の名簿破棄、首相後援会前夜祭問題など地方紙の意欲的な告発記事は散見します。それでもやはり……」

「言いたいことはわかるが、お前は俺の質問に答えていない。不起訴で解決済みのこの問題を、どうやって地方紙ゲリラ連合に協力要請するんだ？」

「まず、この記事を各地方紙に同時配信で提供します」

「そんなことをしたら時風新報のスクープでなくなってしまうぞ」

「いいんです。時風新報の読者は桜宮市とその周辺のせいぜい十万人。でも地方紙ゲリラ連合に情報提供すれば全国五百万の読者に届きます」

「確かにそうだが、それなら地方紙ゲリラ連合など使わず、単に記事を配信すればいい。その時に時風新報配信と但し書きをしてもらえれば、こちらは万々歳だ」

「さすが局長、他の地方紙へ記事配信という手は思いつきませんでした。でもここからがポイントです。各地方紙はＬＩＮＥを使い双方向的な情報源を開拓し、記事にする試みをしています。赤星さんの遺書に関する配信記事を使用する条件として、各地方新聞のＬＩＮＥ情報網を使い、合同意識調査をして、その結果は時風新報で集約し、再び参加地方紙に配信する形にするのです」

「地方紙大連合を形成し、全国紙に匹敵する影響力を行使しようというわけか」

「大枠はそんな感じですね」と言って別宮は微笑し、続けた。

「アンケートの形式は統一します。質問事項は三つ。赤星哲夫氏の判断を支持するか。財務省の再調査を要望するか。再調査は国会に設置する第三者機関に委任すべきか。この三問にイエス、ノーで回答し、理由を付記してもらうのです。大ごとになりますが、それだけの意義がある調査だと思います」

腕組みをしていた局長は、顔を上げた。

「この件は任せる。地方紙では全国ニュースの供給源は合同通信か事実通信しかないが、うまくやれば地方紙独自の全国ニュースのソースを構築できるかもしれん」

「情報の中央集権制打破は、報道の権力監視という本来の機能を取り戻すために必要です。そもそも新聞報道の危機を新聞が報じないのが問題だと思います」

「俺は目先の一日の紙面作りで頭がいっぱいで、そんな高邁《こうまい》なことは考えられない。この問題はお前が追っていたから、思う存分やってみろ」

「ありがとうございます。合同記事の掲載は一週間後を目指し、有休を取ります」

「どこでも出張しろ。経費は無条件、事前許可も必要なし。思う存分やってみろ」

「ありがとうございます。局長のご期待に沿えるご報告をお持ちします」

局長は椅子の背にもたれ、早く行け、と別宮を追い払うような仕草をした。


翌日、別宮が向かったのは桜宮丘陵のてっぺんの東城大学医学部付属病院だった。

グレーの旧病棟、ホワイトの新病棟のツインタワーだ。他にドーム型のオレンジ新棟と真四角の赤煉瓦棟がある。東城大は白、灰色、橙《だいだい》、赤とカラフルな建築群で構成される。今から向かう目的地はグレーの旧病棟の、外付け非常階段の出口にある奇妙な部屋だ。扉を開けると中廊下にもうひとつドアがあり、ノックすると返事があった。

ドアを開けると暖気と珈琲の香りが流れてきた。机の向こうに白衣姿の壮年の男性が座っている。不定愁訴外来担当の田口医師は患者の愚痴を聞くのが仕事で、通称愚痴外来。ぼうっとした風貌に似合わず、他にもなんとか委員会の委員長という肩書きがたくさんある。だが肩書きには頓着しないタイプだ。

「これは別宮さん、もう特ダネを嗅ぎ当ててくるとは鼻がいいですね」

「は？　特ダネって何のことですか？」

「ダイヤモンド・ダスト号でコロナウイルスに感染した百名超を、黎明棟でお引き受けしたんです。当院は最大規模の受け入れ病院に指定されたんです」

「そうなんですか。でもわたしが追っているのは、新型コロナではないんです」

「そうでしたか」と田口は、安堵と失望をごちゃ混ぜにした吐息をついた。

相変わらず頼りない先生ね、と心中で思いながら別宮は言う。

「実は『イケメン内科医』に、教えていただきたいことがありまして」

田口医師は心底イヤそうな顔をした。そう名乗ってもおかしくない程度に整っている風貌なのに、何で拒否感があるのかしら、と思いつつ別宮葉子は訊ねた。

「先生のエッセイを掲載している、サイトの担当者の連絡先を教えてほしいのです」

「お安い御用です」と田口医師はパソコンのキーを叩き、一枚の紙を印刷した。

「それが私の担当の兎田さんの連絡先です。私も直接お目に掛かったことがないし、第二回の原稿はボツになった後は、連絡はありませんが」

がっかりしたが、田口医師に連絡を頼み、名刺を渡した。

「副編集長になられたんですか。出世ですね」

「副編なんて掃いて捨てるほどいます。外部取材の時に箔《はく》がつく程度の肩書きです」

次の瞬間、チリン、とメール着信音がした。

　田口は話しながら紹介状メールを打ち、別宮のメアドをＣＣにつけて送信していた。

「そのメールで、直接返信が行くと思います。応答は迅速な方です」

「ありがとうございます。ついでにさっきの、東城大にコロナ陽性患者が搬送されてきたというスクープ、詳しく教えてください」

　田口は経緯を話した。名村教授が登場したあたりから別宮記者のメモを取る手に熱がこもる。そこへチリン、とメールの着信音がした。

「兎田さんからメールが届きました。ほんと、レスは早いですね」

「では、話は終わりにしますか？」

「まさか。こんな貴重なお話、途中で止められません。これ、記事にしていいですか？」

「構わないですが、念のため記事は事前チェックさせてください」

「了解です」と答えた別宮は、田口の取材に没頭し三十分後、話を聞き終えた。

「なんだか『カモがネギ背負ってきた』という気分です。すぐに記事にしますね」

「別宮さん、そのことわざはちょっと違うと思うんですけど。『漁夫の利』というのではないでしょうか」と藤原看護師が言う。

「うわあ、すみません。あたし、故事成語音痴なもので……」

　やりとりを聞いた田口医師は、どちらも違う、と思ったが口にはしなかった。

　部屋を出て行った別宮から、一時間もしないうちに田口の元に記事原稿が届いた。

彼女は東京へ向かう新幹線の車中で記事を書き上げていた。記事を送信した別宮が「これで局長も満足でしょ」と思ったら返信で、記事を地方紙ゲリラ連合の合同企画にし「コロナに罹った」をＬＩＮＥアンケートで集めろという。別宮は武者震いした。

確かに地方紙ゲリラ連合へのいい手土産で、赤星プロジェクトの予行練習にもなる。

「だから侮れないのよね、あの親父は」と別宮は呟いた。

二日後、時風新報と地方紙十五紙の一面トップの見出しに東城大の名前が躍った。

「東城大学医学部、感染患者百十一名受け入れ。一ヵ月後も院内感染者ゼロの奇跡」

この記事は地方紙ゲリラ連合の「コロナキャンペーン」の号砲となった。

法律事務所で久々に日高と会った別宮は、空とぼけて訊ねた。

「バチスタ裁判の手記掲載以来ですね。その後、例の人物から連絡はありましたか？」

「腹の探り合いはやめましょう、別宮さん。赤星さんの奥さんが古びた名刺を持ってお見えになった時、あの人の依頼だな、とぴんと来ました。ならば受けるしかないし、あの人に借りがあるあなたも協力するしかないんです」

自分は借りはない、と言おうとしたが、時間の無駄なので止めた。どのみちアイツの掌の上で踊らされていることには変わりはない。

「国賠の訴訟の勝算は、どのくらいあるとお考えですか」

「相当薄いです。それは知子さんも理解しています。哲夫さんの苦悩、彼が守ろうとして書いた遺言を世に伝え、彼を死に追いやった当事者の考えを聞きたいということでした。でも依頼を受けた以上、勝ちたい。そこでメディア展開を思いついたのです。私は国民を陪審員とした国家裁判にすれば、絶対に勝てると確信しています」

「わたしも哲夫さんの遺書を拝見した時、似たようなことを考えました。中央の影響が弱い地方紙でタッグを組んで、展開しようと思っています」

「国賠提訴を地方紙キャンペーンと連動させたら効果的ですね」

「提訴はいつ頃になりそうですか？　十日いただければ十分な連携をできますが」

「では、十日後を目処に提訴することを目指します。さあ、忙しくなるぞ」

腕まくりをした日高弁護士に別宮が言う。

「今から帝国経済新聞系のウェブサイト連載の担当者に会いに行くんですけど、ご一緒しませんか？　知り合いの連載が厚労省批判を掲載したので興味があって……」

「ほう、経済盟友会とべったりで安保内閣の絶対的支持者と悪評高い帝国経済新聞に？面白そうですが、私なんかが同行してもいいんですか？」

「ええ、ほら、『猫の手も借りたい』ってヤツですから」

「うーん、それって適切な表現なのかなあ。でもせっかくのお誘いですので、お供します。その前にちょっと遅めのランチでもご一緒しませんか」

「いいですね。前はご馳走になったので、わたしがご馳走します。今回の出張はデスク公認で経費はバッチリ落とせますので」

さすが銀座だけあって、ランチ二人分で一万円近く掛かった。別宮は怖じ気づいたが、この程度でビビっていたらデカいスクープなんて取れっこないと思い直し、これからどんどん経費を使おう、とあらぬ方向の決意をした。

受付で待っていると、ロビーに流れたニュースに安保首相が登場した。G7の首脳が初のテレビ会談をし新型コロナウイルスの感染拡大について討議した後の会見だ。

——人類がコロナに打ち勝つ証《あかし》として東京五輪を完全な形で実現することについて、支持を得ました。私が責任を持って提案し、G7首脳は同意してくれたのです。

「この人の頭の中は五輪しかないんですかね。コロナの感染拡大を討議する史上初のG7テレビ会議で五輪なんて誰も興味を持たないということがわからないのかしら」

「正確に言えば安保首相とその取り巻きですね。ほら『アボは感染る』と言うから」

「やだ、日高さん、それは『アホは感染る』の間違いですよ」と別宮は笑う。

その受け方はあんまりだと、日高弁護士はむっとした。

その後の三日間、この発言は世界中のアスリートたちから袋だたきに遭うのだが、この時の安保首相は得意の絶頂にあった。

「お待たせしました、兎田っす」と業界人風の軽い口調で挨拶したのは、小柄で小太りの男性だ。第一印象は「毛むくじゃら」の一語に尽きた。この人が兎田だと自己紹介したら十人中九人は、ウサギじゃなくてカピバラだろ、と突っ込むに違いない。

とまれかくまれ、別宮と日高という反体制分子は、兎田というカピバラ的な人物の手引きで、新自由主義の牙城《がじょう》、帝国経済新聞本部に潜入したのだった。会議室の窓からお堀と皇居が見える。特別な部屋でしょうねと言うと、兎田は微笑した。

「ウェブといえども帝国経済新聞の系列なので、その指揮下にあるんすよ」

「じゃあ厚労省や検察を批判した『イケメン内科医』は大変だったんじゃありません？」

別宮がそう言うと、兎田は目をパチパチと瞬かせる。

「なななにをおっしゃるんす。あんなの全然全然へへっちゃら、チャラいっす」

「それならなぜ昨年末に一回こっきりの掲載したきり放置してるんですか？　田口先生は気に病んでおられましたよ」と別宮が指摘すると、兎田は大粒の汗を拭った。

「そういえば別宮さんは田口先生からのご紹介でしたっすね。あれは全国紙の自発的忖度検閲コードに引っ掛かったんです。ところで、今日のご用件はなんすか」

別宮は反射的に、赤星問題ではなくもうひとつの持ち玉のコロナ感染患者受け入れの話を持ち出した。敵の本陣と感じたからかな、と後で説明をつけ自分を納得させた。

「そういう話は、ウチではムリすね」と兎田は首を左右に振る。

「そうでしょうね」と言って諦めかけた別宮に、兎田は言う。

「でも心当たりはあるっす。明日の定例会議に出席して、直接訴えてはいかがすかね」

「ええ、是非お願いします。嬉しいです」

「明日十三時、銀座六丁目の篁ビル、通称麒麟タワー十階、政策集団『梁山泊』の会議室す。手続きは兎田がやっときます。ちなみに兎田は、その会の番頭なんす」

面談を終えた別宮と日高は屋外に出て、摩天楼を見上げた。夕闇の中、黒々とした無機質の巨軀《きょく》がのしかかるようで、別宮は圧迫感を覚えた。日高が言う。

「『梁山泊』とはまた物騒な名前を選んだものですね。北宋時代に酷政に耐えかねて立ち上がった百八人の義賊が、政府に抵抗した拠点の名称ですからね」

「それならわたしたちのこの企画にぴったりですね」

「さあ、それはどうでしょう。梁山泊の義賊は、最後は腐敗した皇帝の手先になり、官軍として他の義賊を叩き潰して回るんですよ」

日高の声に、冷ややかな木枯らしの音が重なった。

22章　潜入・梁山泊

二〇二〇年三月十七日　銀座・麒麟タワー十階・「梁山泊」オフィス

翌日午後一時、麒麟タワー一階ロビーでは、兎田が別宮と日高を待っていた。

「プレゼン会議にお連れします」と言い、エントランスホールの三基のエレベーターを通り過ぎ、突き当たりの目立たないエレベーターに乗り込んだ。

「プレゼンターは、別室でプレゼンを画像で見て判断するんです」

エレベーターが十階に着いて扉が開くと、エントランス・スペースで何やらブツブツ呟いている中年の男性がいた。

「あちらは、別宮さんの次にプレゼンする終田千粒という作家先生す」

「田口先生と同じウェブで連載してる方ね。因みに先生は何をプレゼンするの？」

「日本の将来に関わるお告げを聞いたから、一刻も早くなんとかしたいんだそうす」

「スピリチュアル系もOKなんですか？」と日高が訊ねる。

「普通はダメすけどスペシャルでして。サイトで一番人気の『健康なんてクソくらえ』を執筆いただいているんすが、先日NGコードに触れてボツになったんす」

「エッセイ連載にNGコードなんてあるんですか？」

兎田は、しまった、という顔をしたが、諦め顔になり説明する。

「帝国経済新聞では、政権批判や役所批判はＮＧなんす。特に安保首相と奥さま、そして厚労省と検察批判は御法度す」

「でも『イケメン内科医』も堂々と批判していたような……」

「アレには裏があるんす……あ、準備が出来たようっす。ブースにお入りください」

兎田が扉を開くと、机がひとつの殺風景な小部屋だった。机上のＰＣにカメラが設置され、画面に別宮と日高の顔が映り込んだ。背後で兎田が、「では、プレゼンをどうぞ」と言うと扉を閉めた。別宮は、見えないメンバーに頭を下げる。

「桜宮市の時風新報記者の別宮葉子と申します。新型コロナ感染者の受け入れで素晴らしい展開をしている病院の試みをプレゼンさせていただきます」

部屋の中のスピーカーから素っ頓狂な声が上がる。

「あれえ、別宮さんじゃないか。こんな陳腐ネタを持ってくるなんて血塗《ちまみ》れヒイラギらしからぬ鈍さだね。田口センセに依頼したのがこの僕だって思わなかったの？　別宮さんのプレゼンは無用だよ。お引き取り願おうか」

ぎょっとした。まさかこんなところで疫病神と出くわすなんて想定外だった。

だが次の瞬間、別宮はひと息で言い放った。

「待って切らないでそのことじゃなくてもっと大きな計画について訴えたいの」

するとバリトンの声が「とりあえず中身を伺いましょうか」と応じた。

「時間の無駄だと思うけどね、僕は」という、白鳥の割り込みが耳障りだ。

別宮はハイトーンの白鳥の声を無視して言う。

「今回の記事は『クルーズ船の感染患者百十一名受け入れ。一ヵ月経過した今も院内感染者ゼロの奇跡』として明日配信予定で、『地方紙ゲリラ連合』を使い全国紙に匹敵する記事にして後、ＬＩＮＥを使った双方向調査を使いコロナ感染の実態を把握し、現状を発信します。この仕組みを確立したいんです」

しばらくがやがや意見を言い合う雑音がした。ジャミングされているようだ。

やがて、先ほどのバリトンの男性が言う。

「提案は承認されました。メンバー参加していただきますので会議室にどうぞ」

「あの、実はもう一件、提案があるんですけど」

別宮が日高を見ながら言うと、電子音声が答えた。

「一度のプレゼンで提案は一件だけデス。次回改めてご提案くだサイ」

「待って。今の提案はダミーなんです。本当に提案したいのは日高さんの方です」

「プレゼンにはメンバーの推薦が必要デス。そちらの方のプレゼン内容をメンバーは知りまセン。よってプレゼンは不可デス」

「どうしよう。こんなことならダミーなんか出すんじゃなかった」と言って、別宮は頭を抱えて机に突っ伏した。だがすぐに、がばっと頭を上げた。

「ねえ、司会者さん、ひょっとしてわたしって、もうメンバーになっているの？」

「ハイ、形式上はそうデス」という回答を聞いて、別宮はすかさず言う。

「それならあたしが日高さんをプレゼンターに推薦します。それはＯＫでしょ」

「問題ありまセンが、このような事態は想定外デシタ」

再び議論の声がして、電子音声が回答する。「日高さんのプレゼンを承認しマス」

別宮葉子はガッツポーズをして「やった。日高さん、頑張って」と言った。

日高弁護士はモニタに向け頭を下げると、淡々と説明を始めた。

「有朋学園事件で公文書改竄を実行し自殺した職員、赤星哲夫氏の奥さまから国家賠償請求の民事訴訟の依頼を受けました。奥さまはお金の問題ではなく真実を知りたい一心ですが、国賠訴訟の勝率はきわめて低いので、メディアとタイアップし国賠裁判をクローズアップし、国民を陪審員にした国民投票的裁判にしたいのです。以上です」

スピーカーの向こうに重苦しい沈黙が流れた。「まさか、こんなことが……」と呟いたのは、バリトン紳士だ。

「この方にはなんとしても、メンバー入りしていただき、この件を討議したい」

「それは不可デス。新メンバー加入は半年に一人デス」

「では、先ほどの別宮氏のメンバー入りを取り消し、代わりに……」

「それも承服しかねマス。梁山泊は柔軟に融通無碍《むげ》に事態に対応していマス。ただし新メンバー加入ルールは変更不可に設定してありマス。根本原理変更は不可デス」

するとスピーカーから忌々しい声が流れてきた。

「あのさあ、僕のよく知っているお偉いさんに『必要ならルールは変えろ』っていうのが口癖の爺ちゃんがいるんだけど、その人の言葉に従えばいいだろ」

「ロジック破綻、ロジック破綻」という杓子定規の回答に、バリトンの声がした。

「では梁山泊法八条の適用を申請します」の声に電子音声が応じる。

「梁山泊法八条：根本原理変更ノ議決ハ、総帥権限トシテ議題提起サレ、出席者全員ノ賛同ヲ以テ可決ス。議題ガ否決サレタ場合、総帥ハ辞任ヲ要ス。以上を了承の上、総帥はこの議題を発議されマスカ？　了解。ではメンバーのみなさん、議決をドウゾ」

しばらく間があり、拍手が聞こえた。バリトンの声がした。

「日高弁護士の提案は承認され、同時にメンバー参加も認められました。別宮さんと日高さん、会議室へお越しください」と言われると、右側の壁が扉となって開き階段が現れた。扉を押し開けると机が二十、国連の会議場のように円形に並んでいる。

「ようこそ、梁山泊へ。お二人を歓迎いたします」と正面の紳士が言った。

「司会の人はどこ？　杓子定規の対応に、ひと言文句を言わせて」と別宮が言う。

すると先ほどと違う電子音声がした。

「ニコル君は総帥権限議決発動と可決により論理破綻し自己消滅しまシタ。私は二代目ニコル君デス。初代ニコル君の言動につきましては一切の責任は負いかねマス」

右斜めの席に座るカピバラ、兎田が言う。

「別宮さんと日高さんは、空いている席にお座りください。入会の手続きするんで」

二人は指定された机に並んで着席する。すると電子音声が言う。

「発言は自動スクリプターでテキスト化されモニタに映される際、名前を一文字の漢字に転換しマス。お好きな漢字を一文字、お選びくだサイ」

「ちょっと待った。別宮さんの入会には僕が骨を折ったんだから、僕に決めさせて」

と発言したのは、青い背広、黄色いシャツに赤ネクタイの派手派手しい三原色姿の白鳥だ。彼は足を引っ張っていたような気もするが、別宮は無表情でうなずいた。

「じゃあ〈柊《ひいらぎ》〉だ。いいよね」と白鳥は嬉しそうに言う。

「差し支えなければ〈柊〉にした理由を教えていただけますか」とバリトン紳士が言う。発言はモニタ上でテキスト変換され、発言者の名が〈雨〉と表示された。

「それはこの女性のあだ名が〈血塗れヒイラギ〉だからだよ」

「ほう、それはまた物騒なあだ名ですねえ」

「実物は、もっと物騒だけどね」という白鳥に、別宮は抗議しようとした。

「私語はおやめくだサイ。では日高さまの通り名の漢字はいかが致しませウ」

二代目ニコル君の問いかけに、日高は「では〈杉〉で」と答える。

「当然聞きたいんだけど、なぜ〈杉〉なの？」とテキスト化された発言者は〈鳥〉。

白鳥だから〈鳥〉だなんて、芸がない親父ね、と別宮は思う。

「父が私の名を付けた時、男なら杉のように真っ直ぐ育てと願ったと聞きまして。それより入会前に伺いたいことがあります。先ほどトップのあなたは、その地位を辞す危険まで冒しながら私の入会を進めました。その理由を伺いたいのです。そうしないと私はここにいる資格があるかどうか、わからなくなってしまいそうなので」

いかにも四角四面の正義の使徒、一本気の〈杉〉らしいけじめの付け方だ。

日高の正面の席に座る〈雨〉が、静かな声で答えた。

「この梁山泊が創設された、最大の目的を達成するため非常に重要なパートになるからです。いや、ちょっと違うかな。日高さんがやろうとしている、まさにそのことを実現しようとして、この梁山泊を立ち上げたとも言えるのです」

「理解しかねます。私は昨日、梁山泊の活動を検索し、この政策集団の主目的は五輪中止、安保内閣打倒だと理解しました。赤星さんの無念を追求することで、その目的を達成できるとお考えなのですか」

「それはタマゴが先か、ニワトリが先か、ということですが、少なくとも創設メンバーにとっては、日高先生が提起した問題をタマゴだと認識しております」

「タマゴとニワトリと、どっちを上位に置いているのですか」と別宮がツッコむ。

「わかりにくい喩えでしたね。鎌形さん、説明をお願いします」

村雨総帥の右隣の紳士はうなずいた。

「有朋学園問題で毎朝新聞のスクープが出た五日後、赤星氏は自殺しました。スクープの元データを記者に流したのは元部下で、私が背中を押しました。国民に誠実に仕えた官吏を自死させたのは私たちです。この罪は、公文書捏造を命じた真犯人に、司法の処罰を下すことでしか消せません。そのために私ができること、部下がやれることはなんでもやるつもりです。これは贖罪なのです」

日高の顔に、安堵と喜びの表情が浮かぶ。

「そういうことなら、梁山泊に、喜んで参加させていただきます」

鎌形と村雨はほっとした表情になった。司会役の二代目ニコル君の音声が響く。

「予定時間を超過してマス。待機室の次のプレゼンターが激怒しておりますので、三番目のプレゼンを聞いてからお二人の提案を詳細に検討しマス」

モニタ上に新たなプレゼンターが現れると、村雨と鎌形がひそひそ声で言う。

「終わりだ、せんつぶ？　変なペンネームですねえ」

別宮が「ツイタ・センリュウと読みます。下手な川柳を趣味のツイッターに流して注目された作家です」と説明する。次の瞬間、画面一杯に中年男の顔が映った。

「散々待たせやがって。これで俺の提案を落としやがったら承知しないぞ。なにしろ、人類の未来が掛かっている重要案件だからな」

「アレ系ですか？」「どうしてこんなのが」というひそひそ声に兎田が言う。

「ウチの連載でボツを食らった先生す。言っていることが梁山泊の話題に関係しているような気がしたので、来てもらったんす」

「お待たせして申し訳ありませんでシタ。早速、先生のご高説を拝聴させていただきたいのですが、よろしいでセウカ？」と電子音声司会者・二代目ニコル君が言う。

「お、おう。聞け。俺は神のお告げで、物語を大ベストセラーにして世の中を救えと命じられた。だが作家破門状を食らって本を出せない。だがこの本を出さなければ人類は滅びる。だから何としても俺の作品を出版してほしいのだ」

会議場にため息が満ちた。いたたまれなくなった兎田はマイクをオンする。

「終田先生、前置きはいいので、その神さまのお告げとやらをプレゼンしてください」

「うむ、わかった。あの声は今もはっきり覚えていて、言葉もくっきり刻み込まれている。神はあの日の午後、俺の前に煙のように現れて、こう告げたのだ」

そう言うと終田は目を閉じ、声音も変えて言った。

――余は神ぢゃ。いのちかカネかの選択でカネを選ぶようなら余は人類に鉄槌《てっつい》を下す。だがその前にお主にチャンスをやる。小日向美湖・東京都知事には、自分の欲しか考えない魔女と、人々を愛する女神というふたつの顔がある。七月の都知事選で小日向知事が公約に『五輪中止』を掲げれば女神、『五輪実施』と言えば魔女の決断ぢゃ。お前はその前にこれを仄めかした作品を書き大ベストセラーにして、魔女を駆逐するのぢゃ。急ぐがいい。都知事選前に出版せねばこの託宣の効力は切れるぞよ。

部屋はしーんとした。新参者の別宮が周囲を見回して言う。

「あの、メンバーになったばかりですけど、発言してもよろしいでしょうか」

「ドウゾ」と電子音声司会者・二代目ニコル君が即答する。

「終田先生、わたしは桜宮市の地方紙、時風新報の記者です。先生が神さまから示された構想は大変興味深いので、時風新報で掲載を前向きに検討したいのですが」

「ほ、本当か？　直前にやっぱやーめた、なんて言わんだろうな」

「そうは言いませんがふたつ条件があります。ひとつは連載前に執筆を終えること」

「それは問題ない。もう書き終えてある」

モニタ上に終田が持ち込んだ原稿が映された。さらさらと流し読みした別宮は「すごい作品です」と感想を口にした。ご満悦の表情の終田に、別宮は続きを告げた。

「是非ウチの新聞で掲載を検討したいのですが、ウチのトップは感性が古くこの作品の斬新さを理解できないかもしれず、あたしの力不足で掲載できないかもしれません。そこでお願いがあります。現状の四百八十二枚を八十枚に圧縮してください」

「俺の大傑作を六分の一に縮めるなど、そんなことは断じて出来ん」

「そうしないと神さまの使命に応えられません。神さまのスケジュールだと出版は五月末がギリ。五月頭から十日間の集中連載で一回分を通常の新聞小説の二倍の八枚として十回連載で八十枚。これでいかがですか」と別宮は一気にまくしたてる。

「むう。神はなんという苛酷な試練を俺に下されるのだ」と終田の顔が苦悶に歪む。

「『天は大いなる使命を人に下す時、その人にあらゆる困難を与える』と、かの孟子《もうし》も言っています。先生の双肩に人類の救済者の重い十字架が、私の目には見えます」

おだてるようにして村雨が後押しすると、終田の目が光った。

「わかった。困難極まりないが、やってみよう。取りあえず無駄を省いてみる」

無駄だらけなのは自覚してたのね、と拍子抜けした別宮は、追加の条件を出す。

「表題の『余が神に命じられたこと』も冗長です。『コロナ伝』でいかせてください」

「む、タイトルは作品の魂魄《こんぱく》なのだが」と終田はぶつぶつ言ったが、提案を呑んだ。

「いつまでにお原稿を頂戴できますか」「最速で三日後」「遅いです。明後日には」「む、わかった。ならばすぐ仕事に掛からねば。これで失敬する」「あたしの連絡先は兎田さんに聞いてください」と言うと返事もなく、ぷつん、と画面は暗転した。

「別宮さんの豪腕ぶり、初めて見たけど大したもんだねえ。連載させる気なんてないクセにさあ」と白鳥が言った。

「いえ、本気です。でもって終田先生は約束を守って仕上げます。プロですから」

「そんなもんかねえ」と白鳥は半信半疑で呟いた。

終田が去った後、梁山泊のメンバーは地方紙ゲリラ連合の展開と赤星未亡人の国賠訴訟に関する戦略を練った。驚いたことに双方に終田プロジェクトが絡み、連動させると全てが円滑に行くとわかった。議論をまとめた村雨総帥が、しみじみと言う。

「まさか、あんな方がキーマンになるとは思いもしませんでした。あの方は本当に神の使徒なのかもしれませんね」

「まあ、『アレな人』と教祖やナントカとは紙一重って言うからねえ」と、この間、妙におとなしかった白鳥がぽつんと言う。そして別宮に言う。

「こうなったら、別宮さんも田口センセと連動してたっぷり働いてもらうからね」

「望むところです」と言って、別宮葉子はにっこり笑う。

凄みのある笑顔は、まさに「血塗れヒイラギ」という呼び名を彷彿《ほうふつ》とさせた。

後日。終田は二日で四百八十二枚を八十二枚に減量した。連載終了後、書籍化し電子版三百円という価格設定にすると、出版一ヵ月でミリオンDLを達成した。

こうして『コロナ伝』は令和二年、コロナ禍で壊滅的だった出版界で唯一のミリオンセラーになったのだった。

23章　令和冷春

二〇二〇年三月　東京・首相官邸

二〇二〇年。記念すべきオリンピック・イヤーで盛り上がるはずだった三月。

思い通りにいかないことばかりが続き、宰三は苛立っていた。

二月二十八日、北海道で緊急事態宣言が発出され、宰三は腰を抜かさんばかりにたまげた。私をさしおいてそんな格好いい命令を一番乗りで発出するなんて許せない。「発出」という言葉も自分が最初に使いたかったと歯ぎしりした。

自分もやりたい。そう思った宰三は、側近の今川首相補佐官を呼びつけた。

「あの、緊急事態宣言ってヤツ、やりたいんだけど」

今川は、宰三は天真爛漫《らんまん》で、その無邪気さが国民を惹きつけるのだと考えた。いくら広告界の権威の電痛の提案とは言え、一国の首相がテレビゲームのキャラに扮し世界に発信するなど尋常の神経でできることではない。首相は無垢《むく》な子どもの心を持ったお方だ。ならばその望みを実現するのが自分の使命だ。

クルーズ船問題では泉谷＝本田ペアに遅れを取ったが、武漢のチャーター機帰国では主導権を握れた。あの時、勝手に帰宅するトンデモな輩がいて顰蹙を買った。幸い、厚労省連中に責任を押しつけて事なきを得たがコロナは鬼門だ。経産省からの出向の今川はウイルス関係は門外漢だ。幸いコロナウイルス対策本部委員長は西田《にしだ》経産相が拝命し、今川が全方位的に対応できた。だが範囲が広すぎて手に負えないので四十代の部下を内閣官房に入れた。調子がいい太っちょ小僧は、明菜夫人に気に入られた。

コロナが蔓延したのはうすらトンカチカップルが設定した検査の枠組みのせいだ。「帰国者・接触者外来」で感染者を見つけクラスター追跡し封じ込めるスキームは、「感染経路不明者」が一人出たら崩れてしまう。感染経路不明者がひとりいたら、ソイツに感染させた親玉がいる。さらにその親分がいて、と考えるとその周りに百人の感染者がいておかしくない。なのに熱が出て病院に相談すると保健所に行けと言われ、保健所では病院で調べてもらえと言われ、無意味なピンポン往復をさせられる。

これでは軽症患者が病院と保健所の往復の間に病院待合室で他者に感染させた挙げ句、熱発したら自宅で様子を見ろと言われる。患者の二割が重症化するのだから、自宅で具合が悪くなったらどうするのだ。屁理屈小理屈ばかりこねくり回すから、首相の傍で「もういい、下がれ」と怒鳴ったら、あの雌猫はびっくりした顔をしていた。

だがいずれ、コロナ問題は沈静化すると信じた今川に誤算が生じた。

欧米ではコロナが猛威を振るい、大都市を次々とロックダウンし始めたのだ。

そんな状況に、今夏の五輪は不可能だという意見が噴出した。

「五輪をやりたい派」は安保首相と取り巻きだけで今川は「どっちでもいい派」だが、経済同盟会会長を務めた大叔父は断固開催すべし、と怪気炎を上げ続けている。

そんな中、宰三の気を挫く出来事が立て続けに起こった。二月二十八日、全国の学校へ春休みまで休校要請を出した。北海道の益村知事の英断が評価されたから自分も褒められるだろうと宰三は思ったが、宰三は非難囂々の嵐に晒された。文部科学省にも各自治体の長にも、まして総理大臣にも休校要請をする権限はない。教育委員会と自治体の責任者が協議して決定することだから越権行為だ。北海道の緊急事態宣言には法的根拠はなかったが、知事は絆が深い道民に、ひとりの人間として訴え掛けた。

宰三は、単にかっこよく命令してみたかっただけだ。側用人の今川が提案したのは、教育関係なら経済界への影響が少ないと考えたからだ。活動を止めても補償は必要なくハードルは低い。だが彼らは子どもの気持ちにあまりにも無頓着だった。友人や教師と別れを惜しむ特別な時期だった。子どもたちの哀しみが巷にあふれ、宰三の決定を憎んだ。だが想像力に欠けた宰三に、細やかな配慮は期待できない。

G7緊急テレビ会議でコロナ感染蔓延による世界経済危機について話し合われた。英語ができない宰三は最後に「コロナ収束の勝利の証として東京五輪を敢行したい」と原稿を読み上げた。反対者はいなかった。各国首脳にとって五輪開催など些末事《さまつごと》だった。「オリンピック実施をめざすことを各国首脳に同意いただいた」と宰三は誇らしげに報告した。その裏では今夏の大会の延期、もしくは中止で話はまとまっていた。

それに先立つ三月十九日、米メディアから中止が妥当とする報道がされた。三千人少々のクルーズ船の乗客すらコントロールできない安保政権が、数百万人にのぼる訪日客をガバナンスできるはずがないと判断されたのだ。ギリシャでの採火式は無観客だ。ギリシャ時代の服装で身を固めたオリンポスの女性たちが、人のいない会場で粛々と聖火を運んだ様は、五輪発祥の時代にタイムスリップしたかのようだった。

聖火が特別機で日本に到着した日、強風が吹き荒れ新幹線が止まり、大臣が式典に間に合わず、聖火が消えかかった。おまけに聖火の出発直前の三月二十四日に、実は安保首相はIOCバッカ会長との電話会談で、五輪の開催延期に合意していた。

翌日、ギリシャで採火式準備に当たった外務省職員が新型コロナウイルスに感染したと判明したがそのニュースは、延期で悲嘆に暮れる選手の報道の陰に隠された。

五輪実施の可否決定が先延ばしされる中、早春の三連休で桜の花がほころび、繁華街に人々が溢れた。ワイドショーのレポーターは「俺はコロナには罹らない」と叫ぶ若者にマイクを向け、居酒屋で気炎を上げるおっさんを画面に映し出した。

浪速府知事は兵庫県知事と共同で外出を自粛し、府県を跨いだ移動を避けるよう訴えた。小日向美湖・東京都知事は自粛要請しなかった。

だがICOのバッカ会長が東京五輪の延期を発表すると態度を一変、東京は感染爆発の危機的状態にありロックダウンが必要だと表明した。その豹変《ひょうへん》ぶりにキャスターが「今まで五輪開催のため忖度していたのですか」と質問したが、「そんなことはありません」とひと言で済ませ、次の週末に東京都独自に緊急事態宣言を発出すると予告した。これに同調した日本医師会の横槍《よこやり》会長が「医療的緊急事態」を宣言した。

宰三がG7テレビ会議で上手くやり遂げたと思ったその日、驚愕の知らせがあった。

有朋学園問題で宰三の失言を正当化するため官僚が公文書を捏造した時、それを苦にして自殺した小役人の細君が、国家賠償訴訟を提訴したのだ。宰三はキレた。

「あの事件は終わったはずだ。なんでこんな大々的に報道されているんだ？」

「この報道は官邸の機密費で接待できない地方紙の連合キャンペーンでして、そこに、言うことを聞かない『新春砲』まで暴発しまして」と説明され宰三は唇を嚙んだ。

今川首相補佐官の説明は表層的だった。この問題がゾンビのように復活したのは、国民の多くが納得していないからだった。「#赤星さんを忘れない」というコメントがSNS上に溢れた。忖度報道に徹するワイドショーやニュース番組でも触れたのは、大勢の市民の憤りに突き上げられた証拠だ。この怒りは市民にとって本質的だった。

無名の彼らは、自殺した赤星さんと同じ。たまたま自分でなかっただけだ。

ここにきてようやく市民も、安保政権の恐ろしさに気付き始めた。愛妻・明菜の行動が火に油を注いだ。外出自粛中、都内のレストランで恒例のお友だち会を開き、三十名以上を集めて花見に興じた。またスピリチュアルな団体が主催した九州のパワースポット神社への参拝旅行に参加したのがバレて、週刊誌ネタになった。

安保首相は、国民に緊急事態宣言を発出する前に家庭内で緊急事態宣言を発出し、達成してから国民に発出すべきだ、とまで言われてしまう。まさに正論である。

内憂外患が一気に吹き出た感のある宰三の頭上で、官邸の満開のさくらが咲き誇る。

令和は二〇一九年五月、初夏に始まったので二〇二〇年、令和は初めての春を迎えた。それはこれまで経験したことがないような、凍えた春だった。

エイプリルフールの四月一日。厚生労働省から内閣府に出向していた本田苗子審議官が、内閣官房の任を解かれた。同日、フェイクニュースと見紛う報道が世界を駆け巡った。コロナ対策の目玉として、全世帯に二枚ずつ布マスクを配布すると発表した時の宰三の顔は光り輝いていた。だがすぐネット大喜利の炎上ネタになった。「アボノミクス」をもじり「アボノマスク」という造語を外国メディアも取り上げた。

四年前、人気キャラクター、「マリ坊」の恰好で五輪引き継ぎ式に登場して以来、久々に宰三が全世界のメディアを席巻した瞬間だった。この「アホなマスク」には、毛髪混入、黄ばみ、汚れ、虫入りにはてはカビたものまで発見され、出荷停止になる。巷に「ムシノマスク」「カビノマスク」「ゴミノマスク」という造語が溢れた。

小さすぎて顎と鼻が出てしまう「アホなマスク」を着用している人は街角で見かけず、提案者の小太りの若手経産省官僚は霞が関で「マスクマン」と嘲笑された。

実は彼は被害者だった。「国民がみんな喜んで不安がぱあっと消えてしまいますよ」と言ったとされるが正確ではない。そう言った人物に「その通りです」と阿《おもね》っただけだ。では誰がそんなことを言ったのか。これだけの赤っ恥を掻かされたにも拘《かか》わらず、宰三が彼を側に置き続けているという事実から、真の下手人が誰か推測できる。

五輪延期が決定すると、堰《せき》を切ったように報道はコロナ一色になった。

五輪開催に拘り続けた政府は、すべてが後手に回った。しかも宰三は踏ん切りが悪い。東京の小日向知事に押し切られる形で緊急事態宣言を発出したが、効果をみるため二週間は自粛要請を自粛するという、意味不明のコメントを添えた。揉めたのは美容院を自粛対象にするかどうかという些末な話だが、国会議連が献金を頂戴しているパチンコ業界をリストから外すのが真の目的だとネットですっぱ抜かれ、議員たちは掌返しでパチンコ店を攻撃し始めた。だが市民は政治家の偽善を見抜いていた。

小日向知事が緊急事態宣言を発出すると、二週間様子を見ると言っていた宰三は、十日後に自粛を要請した。それは自分の見込み違いを白状したに等しかった。

五月一日。緊急事態宣言はゴールデンウイーク最終日までなので、宰三は再延長を宣言した。だが国会の予算委員会の質疑で「コロナ罹患している国民の人数はどのくらいいるんですか」という基本的な質問に、宰三は答えられなかった。

動揺した彼は、手にした答弁書を叩いて、「だって、こ、これに、これに、これに、これに書いてないじゃないですか」とキレた。

確かに質問通告書には書かれていなかったが、その数値は把握しているのが当然だ。宰三は新型コロナウイルス対策本部の本部長でもあったのだから。

その画像を素材にして、またもネット大喜利は炎上した。

安保首相が「国民の健康のために迅速に、一世帯あたり二枚のマスクを配布する」と大号令を発した「アホなマスク」は、ゴールデンウィークが終わっても、厚労省ホームページ上で配布中は東京都のみで、十二の道府県で翌週から配布開始予定、他は「準備中」だった。そんな中、政府は、黒原東京高検検事長を検事総長にするために、二月に官邸が行なった脱法行為を合法化すべく、検察官定年延長法の審議に入り、五月十四日に強行採決を目論んだ。だがこの暴挙に対する抗議ツイートが一千万を超えるという、前代未聞の事態が出来《しゅったい》した。不気味な地殻変動が蠢動《しゅんどう》しつつあった。

令和冷春。

春風は宰三にも、国民にも冷たかった。

24章　梁山泊始末記

二〇二〇年五月十五日　銀座・麒麟タワー十階

五月中旬の午後。鎌形雅志は昔の職場を訪問した。

検察庁は久しぶりだが、足が内部の地図を覚えていた。目的の部屋の扉を叩くと間延びした声が応じた。扉を開けると馬面の男性がソファに座り、長々と足を投げ出していた。傍らに小柄で目が細い男性が寄り添い、佇んでいる。

「お前が私を呼び出すなんて、何かあったのかい、福本《ふくもと》」

ふたりは鎬《しのぎ》を削るライバルだったが厚労省関連の汚職事件の立件で証拠捏造という冤罪を着せられた鎌形は検察を去り、福本は順調に出世して特捜部部長になった。

「斑鳩《いかるが》が一緒とは珍しいね。旧交を温めたいのかな」と鎌形が言う。

福本の側に控える小柄な男性は目礼した。警察庁の無声狂犬・斑鳩芳正《ほうせい》は、警察庁刑事局新領域捜査創生室室長で、二〇〇九年から東京地検特捜部特別捜査班協力員を兼任したが、現在は警察庁警備局長として公安を仕切っている。

「俺とお前の会話の証人になってもらおうと思って呼んだんだ。まずかったか？」

「いや、構わないよ。ところで今日は何の話なんだい？」

「貴様ら、何を企んでいる?」と福本は、テーブルの上に今朝の新聞を投げ出した。それを見て鎌形は、血塗れヒイラギは手加減なしだな、と苦笑する。

「この件は関わっていないので、私にはわからないね」

「貴様が村雨とツルんでブイブイ言わせているのは把握済みだ。日論見はお見通しだ。この記事で有朋学園事件を蒸し返し、政権を揺さぶろうとしているんだろうが、そうはいかない。黒原体制は盤石だ」

一面の大見出しに「赤星夫人、勇気の告発」とあり隣に週刊新春の今週号が置かれている。「新春砲」と「地方紙ゲリラ連合」に同じ記事が掲載されるなど前代未聞だ。

新聞記事が雑誌の宣伝になり、「週刊新春」は通常の倍の部数が完売したという。

「手下の千代田を東京地検に戻したから、情報を得て有頂天になっているんだろうが、全部こちらが流した情報だ。それで踊ったら赤っ恥だぞ」

「福本、お前は偉くなってボケたね。千代田がマークされてるのは当然知ってるよ。今夜、久々に一緒に呑むつもりだよ」と言うと福本は、悔しそうな顔になる。

「村雨さんとの盟を復活させ、彦根まで絡んでいるということは、『梁山泊』の真の目的は『日本三分の計』の復活ですか?」と無声狂犬、斑鳩が掠《かす》れた声で言う。

「梁山泊はそんなご大層な組織ではないよ。小さな正義を実現するため、私が村雨さんに頼んで作ってもらったんだ。村雨さんに政界復帰なんて気持ちは微塵もないよ」

「でも『梁山泊』は、はっきり政策集団だと謳っていますが」

「あれは彦根さんの『まやかし』さ。私たちの目的は本当にささやかなものなんだよ。お前たちが見殺しにした、赤星哲夫さんの敵討ちをしたいだけさ」

「バカ言うな。内調の報告では、貴様等は安保政権の倒閣を画策していると……」

そう言った福本は、はっと口を押さえる。鎌形は微笑する。

「相変わらずそそっかしいね。そんな大切なことをうっかり漏らしたらダメだろう」

「うるさい。ノンキャリの敵討ちのためあんな大仰《おおぎょう》な組織を作るなんてありえん」

「ところが私たちには重要なことなんだよ、福本。要は順序が逆なんだ。赤星さんの敵討ちをするために行きがけの駄賃で倒閣が必要になった、ということなんだ」

「冗談言うな」と福本が吐き捨てる。

「冗談ではないよ。私が冗談が苦手なことは福本、お前もよく知っているだろ」

「なぜそこまでして、あの件に拘り続けるのですか」と斑鳩が訊ねる。

「わからないのかい、斑鳩。有朋事件は首相夫妻が関わったから大騒ぎになったが、所詮は卑しい政治家の乱脈でよくある事件だ。それを誤魔化すため財務省が公文書を改竄させる指示を出したのは未曾有の大罪だが、霞が関に巣食う卑しい小役人ならやりかねない。でもね、検察が一連の事件を立件しなかったのは言語道断だ。担当者が起訴を見送り、見返りにちっぽけな出世を選んだあの時、検察の正義は死んだんだ。

検察を殺した下手人は、その断を下した黒原さんだ。だから排除しなければならない。それが小さな正義を実現する『梁山泊』の真の目的なんだよ」

福本と斑鳩は黙した。鎌形は続けた。

「安保さんが首相でなければ黒原さんは消える。あるいは黒原さんが辞めれば安保政権は倒れる。あの二人はコインの裏表で、今の日本の腐臭は全てそこから発している。これは倒閣運動ではなく、安保病で瀕死になった検察の治療なんだ。安保首相は巨大ハリボテ、黒原さんは支える姑息な黒子、その黒原さんに従う福本、お前は死骸に湧いた蛆虫《うじむし》だ。小さな正義も守れない蛆虫が、大義を語ったらいけないよ。私が言ったことを前提に、調査をやり直してごらん。全部本当だとわかるから」

鎌形の痛烈な一撃に、福本は返す言葉がない。斑鳩が言う。

「そうだとしたら、鎌形さんはなぜそのことを私たちに話すのですか」

「宣戦布告をしたかったのかな。私は、英雄は最後は勝利すると信じている。その英雄は小さな正義と市民の矜持《きょうじ》を守ろうとして自死を選んだ赤星さんだ。そんな偉大な英雄の檄《げき》を掲げて奸雄《かんゆう》を討つ義賊集団、それが私たちの『梁山泊』なんだよ。福本、忠告のお返しに情報を教えてあげよう。黒原さんは新聞の黒原番を集めてリャンピンで打っているらしいけど身辺に気をつけた方がいい、と進言してあげるといいよ」

そう言うと黒サングラスの奥で、鎌形は目を細めた。微笑したのだ。

「梁山泊に入山したての敏腕女性記者が、週明けに大きな動きがありそうだと教えてくれたんだ。もう手遅れかもしれないけどね」

沈黙した二人を後に残し、部屋を出た鎌形は、天気がいいので、銀座の麒麟ビルまで歩くことにした。コンビニに立ち寄ると、雑誌棚に「週刊新春」の今週号が一冊だけ残っていた。雑誌を手に取ると、大見出しに「赤星哲夫さんの遺書、全公開」とある。グラビアに遺書の写真があり赤星未亡人の手記が載っていた。自筆の遺書は紙面の半分程度の短いものだ。遺書と言うよりは遺筆だな、と思う。

「さいごは下がしっぽを切られる　なんて世の中だ　手がふるえる　こわい　大切ないのち」と、震える細い線で書かれた文字が目に突き刺さる。

鎌形は雑誌の記事にざっと目を通した。次のページに知子夫人の手記が載っていた。

＊

哲夫さんが亡くなり四度目の春が来ました。私は、一日も早く哲夫さんのところへ行きたいと、そう思って生きていました。そんなある日、哲夫さんの古いお友だちが訪ねてきて、私が死んだら哲夫さんの言葉や気持ちは消えてしまう。それでいいんですか、と言いました。気持ちが揺れました。そして日高先生の事務所を伺い、新たな道を教えていただきました。その時、これは私の使命だ、と思いました。

　でも日高先生に言わなかったことがあります。哲夫さんが自殺して半年くらい経ったある日、お仏壇に線香を上げさせてほしい、と背広姿の若い男性が訪ねてきました。居間にお通しするとその方はお線香を上げ両手を合わせ、しばらく動きませんでした。

　五分ほどそうしておられたでしょうか。合掌を解くと私に言ったのです。

「哲夫さんは私が殺したのです。私は有朋学園事件を担当した同僚から聞きました。その時、ご主人が作成した捏造前と捏造後を比較した文書を見ました。これは絶対埋もれさせてはならないと思い、知り合いの記者にリークし、スクープが世に出ました。でもまさかご主人の命を奪うことになってしまうとは……自分は未熟者です」

　その人は仏壇の前で正座したまま拳を握り、震えていました。私にはその人の姿が、哲夫さんの姿と重なって見えました。そうだ、この人は哲夫さんなんだと思いました。

　この国には哲夫さんみたいな人が、同じように苦しんでいる。それなら哲夫さんの言葉を誰よりも知っている私が、一人でも多くの人に伝えなくては、と思ったのです。

　国を提訴した時、お金目当てだと中傷されました。でも違います。私はほんとうのことを知りたい。哲夫さんを死に追いやったのが誰か、知りたいだけなのです。

　今年も庭の白木蓮が咲きました。哲夫さんが大好きだった花です。

　来年は哲夫さんの仏前に報告し、晴れ晴れとした気持ちで白木蓮を見たいです。

*

「改竄文書スクープ記事が出た直後に訪問した元上司の方との会話」という次の記事には、上司との会話の録音の書き起こしが載っていた。

——ほんとに遺書はないんですか？　マスコミに持って行ったりしていませんよね。ここだけの話ですが、この件で近いうちに大きな動きがあるんです。それを見たら悪いようにはしない、という私の言葉を信じてもらえます。

これは隠し録音で、側でゲームをやっていた小学生の甥御《おいご》さんが録音したという。「ダモレスクの剣」という携帯ＲＰＧゲームをやっていたら、上司が彼の隣で話し始めた。その時、画面に登場した賢者が「ウソつきを見抜く法」を教えてくれたという。

「ウソつきはウソをつくとまばたきをする。でもウソつきは、ウソをついていないというウソをつくから、ウソつきの話はろくおんしておきなさい」と言われ隣を見たら、上司がすごい勢いでまばたきしていたので、咄嗟《とっさ》にスマホで録音したのだという。

鎌形は手にした雑誌を棚に戻した。ＳＮＳで「#赤星さんを忘れない」という言葉とコメントが多数寄せられ、ネット署名も五十万筆を集め、まだ増え続けている。

政府がひそかに進めていた検察庁改革法案についても自然発生的に「#検察庁改革

法案に反対します」というツイートが溢れ、関連ツイートを合わせて一千万ツイートという前代未聞の数に達した。国家公務員法改定で公務員の定年延長を決めた一般法案に特別法の検察庁法を含ませて、法務委員会で審議せず内閣委員会の議決で済ませ、一般法に優先する特別法の検察庁法としては不当な扱いで、十本の法案を一括した「束ね法案」で可決するのは安保政権の常套手段で、越法政権らしい姑息な一手だ。

当然、野党は抗議したが与党は強行採決も辞さずの構えだった。なんとしても黒原高検検事長を検事総長にしたい安保首相の強い意向で、彼の定年を恣意的に延長した今年二月の閣議決定に端を発していた。だがそれは過去の政府答弁と矛盾した非合法の脱法行為で、つじつま合わせで合法化しようとした意図が、市民にも丸見えだった。

検察庁改革法案に反対するツイート発信者に著名タレントや文化人、作家が並んだ。投稿に「ステークホルダーとして政治的発言は考えた方がいい」などと政権マンセー作家が恫喝したり、ツイートをした芸能人に脅迫紛いのリプライがあったりと大騒ぎになった。この大量ツイートの本質は、沈黙していた市民の政治参加だ。

それは、安保首相や官邸官僚が真に恐れた事態だ。国は口を出すがカネは出さない。だが国民には口を出さずにカネを出せ、という。そんな従来の政府と国民の関係性が、音を立てて崩れ落ちた。それはコロナ禍がもたらした事態でもあった。

コロナ対策で政府のやることなすことで欺瞞が露顕した。

このため、関心は薄れなかった。安保首相は、不祥事があると「責任を痛感する」と言いつつ責任を取らず放置してやり過ごし、古い不祥事を新しい悪意で上書きし、国民の視線を逸らし続け、それを官邸と癒着したメディアが後押しした。そんな安保政権と御用メディアの流儀をコロナが破壊した。コロナは世論の中心に居座り続け、安保官邸が主導した種々の政策は国民の関心の的になり続けた。

四月一日に安保首相が発信し、全世界に嘲笑された「アホなマスク」はその象徴だ。だが五月の連休が明けても東京以外の地域では一枚も配布されなかった。しかもコロナ感染から脱した中国からマスクが届き、簡単に入手できるようになった。

国民は、政府の失政はすぐ忘れたが今回は忘れなかった。自分たちの命に関わる、医療に関係することだったからだ。安保政権は医療とは相性が悪かった。経済関連のことは言いっぱなしでも御用メディアが尻拭いをしてくれた。だが医療に関わる発言には責任が伴った。普段は政治に無関心な人々が国会中継をネット視聴した。関心が高い国会審議を中継しないTHK（帝国放送協会）が政権べったりであると露顕した。

——コロナが全ての虚飾を剝ぎ取った、というわけか。

そう呟いた鎌形は、福本が自分を呼び寄せた真意に思い当たる。福本はあのツイートの発信源が「梁山泊」だと考え、鎌形から情報を引き出そうとしたのだろう。

周回遅れの発想に、黒いサングラスの下で微苦笑して、鎌形は立ち止まる。

日比谷《ひびや》公園から霞が関を振り返り、検察も大変だな、と呟いた。

*

梁山泊の定例会議の開始の二十分前。部屋には村雨と彦根、別宮葉子の三人がいた。この二ヵ月はジェットコースター気分だった、と別宮はしみじみ思う。

別宮が仕掛けた地方紙ゲリラ連合企画は大当たりした。「コロナ」「捏造」「報道」という三つのテーマを主導し、「地方紙ゲリラ連合」（公式名称は「地方紙連合」）のリーダー的な地位に就いた。共用サイトにスクープ記事を登録し、出典を明記すれば翌日以降掲載できるシステムを打ち立て、公開サイトを併設し「地方紙ゲリラ連合」で実施したアンケート調査や双方向ＬＩＮＥで集めた人々の声を掲載した。

全国紙に匹敵する一大新聞網の情報量は全国紙を凌駕《りょうが》した。全国紙は政府や省庁から記者クラブに供給される大本営発表が主だから四大全国紙プラス一極右新聞の情報量は同じ。一方、地方紙ゲリラ連合の情報網は四十七都道府県の隅々に広がっていた。しかも記事は各地方紙の特ダネの中から取捨選択できる。まさしく、地方紙連合体形成という大事件だった。すると村雨が彦根に言った。

「そろそろ別宮さんには種明かしをしていいかなと思うんですが」

頭を上下動させ音楽に没頭していた彦根は、ヘッドホンを外してうなずいた。

「実は梁山泊のスポンサーは彦根先生なんですよ」と村雨は言う。

「まさか。彦根先生って、利用金額上限ナシのブラックカードを持っていて、理想のお嫁さんを探すために世界中を旅している財閥総帥の御曹司、とかなんですか？」

「コミックの読み過ぎです。『梁山泊』の設立原資は、モナコ公国の貴族が管理しているA資金です。かつて村雨さんが推進した『日本三分の計』の実現のため、軍資金集めのために世界中を駆け巡った時に僕が、運用を委託されたんです」

彦根は星《エトワール》のエンブレムを象《かたど》ったキーホルダーを取り出し、天井のライトにかざす。

「僕たちは桜宮と縁が深い。僕は東城大の医学生の時、モンテカルロのエトワールと出会い、その後の行動指針が決まった。村雨さんは市長秘書で桜宮のため尽力した。別宮さんは桜宮の因縁、碧翠院の崩壊に居合わせた。三人のルーツは桜宮なんです。『日本三分の計』は首都からの独立を目指す地方分権運動です。今こそ肥大し慢心し腐敗した首都東京の文化、政治、その他の森羅万象に一撃を加える時です。日本の原点、桜宮からそのムーブメントが発信されるんです。さあ、会議が始まりますよ」

彦根のその宣言を聞いたかのように、次々とメンバーが集まってきた。

五分後、AI司会者・二代目ニコル君の仕切りで会議が始まった。

冒頭、赤星国賠問題を、日高弁護士が経過報告した。

「赤星哲夫さんを殺した怪物は、彼の声、良心、矜持まで亡き者にしようとしました。その証拠の録音テープと国家官僚の対応を『地方紙連合』『新春砲』の特集記事で出せました。財務官僚による公文書改竄という組織ぐるみの犯罪を、検察が黙認したというのが事件の本質ですが、ようやくその真相が市民に届いた手応えを感じます」

すると普段は会議の場では寡黙な鎌形が、珍しく口を開いた。

「検察腐敗は民政党前政権の『海山会事件』からです。あの事件は会澤次郎・元民友党副党首が掲げた過激な官僚改革に対し、危機感を覚えた官僚が抵抗した総力戦でした。官僚機構防衛システムの最終ライン、検察は、政治資金規正法違反で彼を起訴しましたが、かなりの無理筋で結果、でっち上げの冤罪になりました。会澤代議士は裁判で無罪になったものの、多大なダメージを受け結局、官僚機構改革は棚上げにされました。二〇〇九年、私は厚労省汚職事件で捏造捜査を讒言《ざんげん》され特捜を去った頃、特捜改革が焦眉の急になりました。同年十月、法相の諮問機関『検察の在り方検討会議』が設置され道後《どうご》地検に着任し三ヵ月の黒原検事正が呼び戻されました。『花の三十五期』の彼は事務方責任者として類い希な調整能力を発揮し提言を取りまとめ、二〇一一年八月に大臣官房長に昇進します。その年の『海山会事件』裁判で同期の作田特捜部長らによる証拠捏造が明らかになった時は揉み消しに奔走し、十二年十二月の政権交代後の自保党政権でもその座に居座り都合五年間、その地位に留まったのです」

鎌形は黒サングラスの下で遠い目をして、続けた。

「民友党政権が終わると黒原さんは安保政権に食い込み、検察は政治家案件を次々に不起訴にしました。その集大成が有朋学園事件とその後の財務省の公文書改竄に関する告発を一括して不起訴にしたことです。そして『満開の桜を愛でる会』前夜の安保宰三後援会パーティで、政治資金規正法違反で捜査に着手しないのも彼の差配です。

改革派の急先鋒だった南野検事総長が、守旧派と血みどろの戦いを繰り広げた時に、守旧派の陣頭指揮を執ったのが黒原検事長です。結局南野検事総長派は敗れ、黒原さんの天下になった。現在の検察の腐敗と堕落はその時に始まったのです」

「腐敗検察と腐敗政府がグルになって生まれたのが安保独裁政権だったんですね。まさに『クソのツレはクソ』っていうヤツですね」

彦根がさらりと言うと、別宮がすかさず質問する。

「それって『旅は道連れ、世は情け』ということですか」

「全然違います。諺《ことわざ》では『類は友を呼ぶ』というんです」と彦根は首を横に振る。

そのやりとりを聞いて、村雨は苦笑する。

「安保政権が美しい諺『李下《りか》に冠、瓜田《かでん》に靴』を破壊したのは間違いないですね」

「なんですか、それ。わたし、故事成語に弱くって」

「正確には『李下に冠を正さず、瓜田に履《くつ》を納《い》れず』という『古楽府・君子行』の一節です。スモモの木の下で帽子を直したり、瓜畑《うりばたけ》で靴を履き直すのは、スモモや瓜を盗んでいるように見えるからやってはならない。君子は疑わしい行為は厳に慎むべきだとたしなめた故事です」

「なるほど、『立ち読みは泥棒の始まり』みたいなものですね」

メンバーが一斉に、それは違う、という顔をした。

「先ほど、東京地検特捜部の福本部長に呼び出され、会ってきました。私にまで声が掛かるとは、向こうは相当焦っているようです」と鎌形が言う。

「黒原検事長の懐刀と呼ばれる福本さん、ですか」と、村雨が驚いた声で言う。

「検察庁改革法案に対するツイッター・抗議デモは梁山泊が震源だと疑っています」

緑の髪をしたツイッターの女王、紫蘭エミリが両手を左右に振る。

「それはないです。ビックリしましたもん、アレ。おかげですっかり乗り遅れました。一応後追いでフォロワーには拡散しましたケド。そういえば近々、元検事総長の意見書が法相に提出されるという話もあり、俳優やタレントには『ろくにわかってない政治に対し軽率な発言をするな』みたいに同調圧力を掛けられても、元検事総長相手では無理でしょう。ネトウヨ軍団が次々に論破されネット上は死屍累々《ししるいるい》、御用メディアは火消しに躍起です。うくく。あたしはこういう怒濤のムーブメントを起こすために散々トライをしましたケド、いざ激流になったら何にもできませんでした」

「その力の源泉は赤星知子さんの告発です。再調査を望む知子さんに安保首相と阿蘇財相が『再調査は必要ないと考える』と答えた時、『捜査される側に決定権はない』と斬って捨てたのは痛快でした。ようやく市民は赤星さんの死は他人事ではない、明日は我が身だと気がついたんです」

別宮の発言に場は沈黙した。直後、ＡＩ司会者二代目ニコル君の電子音声が響いた。

「そろそろ次の議題に入りマセウ。お題は『コロナ』デス」

三原色の服を着た小太りの白鳥が発言ボタンを押す。

「現在シンコロ感染者は日本で一万六千人、世界全体で四十二万人。『帰国者・接触者外来』でＰＣＲ実施の可否を判断し、クラスターを追跡して隔離を徹底するパラダイムは第一フェーズの感染襲来期では正しいけど、第二フェーズの感染蔓延期では間違いだ。厚労省は最初の決定に固執しすぎて全部ダメダメにしてしまったけど、上手い具合に日本医師会が後始末を引き受けてくれたので事なきを得たんだ。裏で彦根センセが動いてくれたらしいけどね」と言われ、彦根はにっと笑い話題を変える。

「シンコロ対応で厚労省の信頼はガタ落ちしました。安保首相が大好きな米国にすら、日本では適切な対策がされず公衆衛生のデータも信用できないとバッサリ斬られ、在留米国人に帰国命令が出る始末です。天下無双のトランペット大統領でさえシンコロ対策ではＣＤＣのファウル所長に絶対服従なのに、日本では経産相をシンコロ対策本部の委員長に任命するなんて、言語道断です」という彦根の発言を受け白鳥が言う。

「アボ友に専門家会議をコントロールさせ、安保首相が最終判断者になりたかったんだろうけど、そもそも専門家会議は御用学者集団で、医学の知見を安保首相のご意向に沿うように丸めて、なあなあで翻訳するだけだから無理な話だよね。でも人同士の接触を八割減にせよと提案した喜国准教授は御用学者じゃない。クルーズ船の対応でドタバタしている最中に僕が諮問会議にねじ込んだんだ。『シンコロコロリン』は全省庁に設置される乱立ぶりでごっちゃになるけど、テレビで話題の有識者会議、正式名称『新型インフルエンザ等対策有識者会議・基本的対処方針等諮問委員会』は『新型インフルエンザ等特措法』の改正版に基づく緊急事態宣言を所管するもので、委員長の近江《おうみ》センセは地域医療推進研究所という面妖な組織の所長さんで、座長は国立感染症研究所所長が務めるというややこしさだ。喜国センセは厚労省の『新型コロナウイルスに関連した感染症対策に関する厚生労働省対策推進本部・クラスター対策班』の一員だけど、近江センセは厚労省のクラスター対策班にも所属するから素人目には何が何やらさっぱりわからないだろうね」

「ややこしすぎて理解できません。その接触減八割説を、安倍首相が七割でいいと言い直していましたけど、どういうことですか？」

別宮が訊ねると、白鳥はうんざりした顔で説明する。

「喜国センセはシンコロの基本再生産数R0をドイツと同じ2・5と設定したら人間同士の接触を八割減じないと感染収束しないと提言した。厚労省クラスター対策班の結論に安保首相は八割減は経済的な影響が大きすぎるとビビり、七割にしてくれませんかと値切った。イエスマンの近江センセが、いいんじゃないんですかと答え、直後の安保首相の七割から八割という意味不明の発言になった。それを聞いた喜国センセは、自分はそんな提言はしていないと怒りの記者会見を開いた。そのおかげで安保首相は赤っ恥、近江センセは真っ青、諮問委員会の信頼は黄信号ってわけ」

大喜利みたいに発言まで服と同じ三原色でまとめなくても、と彦根は苦笑する。

「なるほど、ドタバタ劇の内幕がわかりました。では第二フェーズの対応は具体的にはどうすればいいのでしょうか」との村雨の質問に彦根が答える。

「名村教授によれば原則は『追撃せず、迎撃せよ』だそうです。今やシンコロはそこら中にいるので『医療現場に入れない、体内に入れない』という二系列の防衛ラインを死守することです。医療現場に入れないため発熱外来を設置し、感染疑いの患者は隔離ホテルに収容しPCR検査を実施、陽性者を専用病棟に入院させる。東城大で黎明棟をシンコロ受け入れ専用病棟にし、クルーズ船の感染者百十一名を受け入れて、『院内感染ゼロ・奇跡の病院』と話題です。あれから二ヵ月、現在は重症者が十二名のみで、空き病室は感染疑い患者の待機所にしています。そこで二週間を過ごせば隔離は完成で『桜宮モデル』を各地方の実情に合わせ実施すればいいのです。でも重症病棟は医療物資が不足し、野戦病院化したままです。最前線での医療従事者の頑張りが、コロナの蔓延をかろうじて防いでいるんです」と聞いて村雨が訊ねる。

「日本のコロナ禍は、外国と比べると緩やかな気がしますが、なぜでしょうか？」

「ジャパン・ミラクルと呼ばれる現象の理由は不明です。日本が清潔でマスク着用と手洗いの厳格な遂行のせいと言われますが、公衆衛生学的に証明されていません」

「薬やワクチンはどうですか？　『アビガン』という薬が注目されているようですが」

「『アビガン』は、シンコロに対する薬効はないという医学的な結論が出ました。ワクチンも望み薄でしょう。類縁コロナウイルスのＳＡＲＳが発生し二十年経った今も、薬やワクチンは開発されてません。個人レベルでは接触感染で手指を介し目、鼻、口から侵入して来ますから、手洗いの徹底です」という彦根に白鳥がつけ加える。

「官僚は自分たちは間違えないという思い込みがあって、話をこじらせてしまうんだ。シンコロは未知の病原体だから適当にルールを決めて、間違えたらコロコロ変えればいい。でも厚労省の連中は現実に合わせてルールを作らず、ルールに現実を合わせようとするからこんがらがる。初期対応も保健所でなく医療機関に委託しておけば、お医者さんがインフルの時にしているように患者にＰＣＲ検査を実施し、軽症者は自宅待機させ、重症者は入院させるという常識的な判断ができたはずなんだよ」

「その意味では『必要ならルールを変えろ』が口癖の高階学長が率いる東城大で、シンコロ対策が上手く行ったのは当然かもしれませんね」と彦根が言う。

「そうだね。高階センセみたいに腹黒くやればいいのに。杓子定規なマニュアルを押しつけうまくいかなかったら『保健所の対応が追いつかず誠に遺憾です』と現場の一兵卒に責任を押しつける審議官が陣頭指揮者なので混乱が拡大した。彼女はクルーズ船で名村教授を追い返した張本人だ。第一人者から教わる謙虚な姿勢がない厚労官僚の権化で、自分のルールを守ることに命がけ。そうした考えは人権と戦略を無視したバンザイ・アタック、神風特攻だと見做されているのに、ほんと困ったもんさ」

「PCR実施マニュアルは、PCR検査にたどりつくまで幾重もの関門で振り出しに戻る、絶対上がれない双六《すごろく》みたいな代物で、最初に帰国者・接触者外来に相談すると、市中の患者は病院と保健所のたらい回しになるムリゲーでした」と別宮が解説する。

「割れ鍋に綴じ蓋ですね。シンコロ対策本部の本部長の安保首相は一月末に対策本部ができた直後はお友だちと会食するわ、パーティには出まくるわで三月に『まだ感染爆発ではない』と言い張り、春の三連休の緩みを誘導してましたからね」

「『クソのツレはクソ』ってヤツですね」と別宮が、珍しく適切な合いの手を入れる。

ここで「類は友を呼ぶ」の方が出てこないのが、いかにも別宮らしい。

「その点ではクルーズ船の感染患者百十一名を引き受けて、院内感染ゼロを達成して

『奇跡の病院』と賞賛されたシンコロ対策本部長でエッセイも連載している多才な田口センセは、もっと脚光を浴びていいと思うんだけどなあ」と白鳥が言う。

「そこで微妙にスポットライトから外れてしまうのが田口先輩の奥ゆかしいところです。速水先生だったら日本中の注目の的でしょう。そう言えば東城大で桧山先生が、外来患者五百名にシンコロの抗体検査をしたら二十五人の陽性患者が見つかりました。5％を日本全体に適用したら感染者は六百万人、水際迎撃はもはや無意味です」

「厚労省の初期方針は瓦解してめでたしめでたし、かな。今年の二月は危機だった。クルーズ船は国民三千人の小国で、みんな船長の命令に絶対服従する従順な国民なのにそのガバナンスができないなら一億二千万の国民を擁する日本丸のコントロールなんて不可能だ。あのクルーズ船でトライアル＆エラーができなかったのは、色惚け＆欲呆けの失楽園官僚カップルによる判断ミスであり、そんな人材を重用した安保首相とＫＫＫ（官邸厚労官僚）の人災なんだよね」と白鳥の評価は呵責《かしゃく》がない。

「重症患者を扱う施設では修羅場が続いています。臨時陰圧室を作りレッドゾーンに入る人物を限定するのは、医療ガウンやマスクの節約のためです。他の病院も悪戦苦闘しているという事実を、海外の番組で知りました。日本のメディアは現状を報道しない。ひな壇芸人にどうでもいい意見を開陳させるヒマがあったら現場を取材すべきです。でも海外メディアに可能なことが、日本のメディアにはできないんです」

「未確認ルートの感染者が現れた国内で感染疑いの患者をたらい回し地獄に陥れ、無症状感染者を病院に誘導し院内クラスターを発生させる。閉鎖を余儀なくされた病院の患者は行き場をなくし通常の救急業務の実施が難しくなると、ここぞとメディアが叩く。ワイドショーで自粛しないおバカの言葉を放送して、『コロナなんて怖くない、自粛しなくて平気だよ』という潜在的なメッセージを垂れ流す。ＫＫＫ（官邸経済官僚）に牛耳られた官邸は経済ばかり気にして医療に対する気遣いがない」

白鳥が珍しく穏やかな口調で言う。却って発言の凄みが増す。彼は淡々と続けた。

「無法地帯の最前線で医療従事者が倒れていく。そんな生き地獄で医療崩壊の一歩手前の惨状は、暗愚な首相と取り巻きの害虫官僚、間違った方針を強要し続けた僕たち厚労官僚、そうした実態を報じないメディアが作り出したものだ」

言い放った白鳥は、大きく吐息をついて天井を仰いだ。

「これじゃあ医者も壊れるよ」

白鳥は、はっとした顔で口を押さえた。

「畜生、この僕が、あのクソ野郎の言葉を口にするなんて。バチスタ・スキャンダルから十五年、結局この国は、何ひとつ変わらなかったということか」

呻くように言った白鳥は、これまで見たことがないほど消沈した表情になった。

白鳥は、椅子からふらりと立ち上がると、挨拶もせずに退場した。

彼は生まれて初めて、徹底的な敗北感に打ちのめされたかのように見えた。

＊

傍若無人な厚労省の火喰い鳥が退出した空虚な部屋に、携帯の呼び出し音が響く。

電話を見た兎田が、発信者の名前を見て奇声を上げた。

「明菜夫人からっす」と言い電話に出ると、「はあ」と生返事をして彦根を見た。

「彦根先生とお話ししたいそうす。どうします？」

彦根が「スピーカーにつないでください」と言う。

ハスキーな声が天井から流れ出した。

――彦たん、お久しぶり。覚えてる？　先日お電話でお話しした、安保明菜です。

「もちろん、覚えてます。いきなりどうされたんですか？」

――以前、お食事に誘ったでしょ。私、今すごくヒマだからどうかなと思って。

「せっかくですが、自粛要請が出てますのでお断りします」

――そうよね。私もサイちゃんに、しばらく外食は控えてって言われているんだけど。実はお願いがあるの。週刊誌を読んだけど、サイちゃんを虐めないで、助けてあげてほしいの。彦たんなら力になってくれるかな、と思って。

「記事を書いた記者を知らないので、僕には無理です。だいたい安保首相が国民の気持ちを考えないから、あんなことになるんでしょうに」

――国民の気持ちなんてわかりっこないわ。私が大切なのはお友だちだけよ。

「それは身内びいきで、総理大臣としては一番やってはいけないことです」

――どうして？　国民みんなを幸せにしてあげるなんて無理だけど、お友だちを幸せにすることはできる。サイちゃんはそのために毎日一生懸命お仕事してる。でもみんな文句言ってばっか。だから私だけはサイちゃんを守ってあげたいの。そこだけはわかってほしいわ。じゃあまたね、彦たん。

あっけらかんとした挨拶で、電話はぷつん、と切れ、兎田が携帯をしまう。

部屋に倦怠感が漂った。この夫婦は空疎な言語を弄する舌は宰三が、どんな非難にも動じない強靱《きょうじん》な心は明菜が担当する、無敵のシャム双生児だ。

それは彦根が操る空蟬の術と同じ、虚を実に、実を虚に。本体は空洞だ。

空っぽの相手にはどんな攻撃も利かない。それは彦根自身の護身術でもあった。

「安保首相はこれで『レイムダック』ならぬ『令和ダック』になったのね」

別宮葉子の発言に、彦根が「誰がうまいことを言えと……」と呟いた。

その時、梁山泊総帥、村雨が思いがけないことを告げた。

「提案があります。『梁山泊』は今月いっぱいを以て解散したいと思います」

別宮、兎田、紫蘭の面々は驚いた顔をしたが、彦根と鎌形の表情は変わらない。

ようやく別宮が「どうして、そんな急に……」と言う。

「『梁山泊』の当初の設立目的は赤星さんの遺志を、多くの人に伝えることでした。別宮記者と日高先生のおかげで、市民の心に赤星さんの勇気と無念が根付きました。それに立ちはだかった黒原検事長を検事総長にするため、安保政権がひねり出した奇策の大愚策『検察庁改革法案』も、市民の反対で頓挫しつつある。別宮さん情報では『黒原賭け麻雀スキャンダル』が来週の『新春砲』で炸裂するとのこと。これは安保つじつま合わせ政権の終わりの始まりになるでしょう。なのでひとまず解散しようと鎌形と彦根先生と相談しました。何かあれば離合集散自由自在、それが我ら『梁山泊』です。ゲリラはいつもワンマン・アーミーなんです」

「それもいいかもしれません。さっきの明菜夫人の話を聞いて気が抜けちゃいました。なんだか『糠《ぬか》に釘《くぎ》』っていう感じなんだもの」と別宮が言う。

それは正しい用法だ、と彦根はひっそり笑う。村雨が言う。

「安保内閣は国民を騙し、茶化し、恫喝し、誤魔化し続け、御用メディアが裁断し、分断し、攪拌《かくはん》し、封じ込めると他人事で忘れてしまう。いざ自分が被害者になり声を上げても裁断され、分断され、攪拌され、封じ込められてしまう。でもコロナは違う。常に目の前に突きつけられ、裁断し、分断し、攪拌し、封じ込めるのは不可能です」

別宮が、村雨の言葉を引き継いだ。

「誰もが自分ごととして考え続けた今、安保首相の基本姿勢は通用しなくなったんですね。国民は安保政権のしたことをすぐに忘れたけれど、コロナ騒ぎと赤星国賠と黒原問題が一塊になったことで、ようやく安保政権の全体像が理解されたようです」

別宮の発言を受け、彦根が呟くように言う。

「あまり言いたくないんですが、僕と安保首相は表裏一体、コインの裏表みたいな存在で互いに似ていて、安保首相の手法がよく見透かせたような気もするんです。僕の『空蝉の術』は虚を実に、実を虚に入れ替え、ひらひらと目眩ましして実相を隠します。安保政権は『ファクト』と『フェイク』をごたまぜにして誤魔化しました。まるで自分の鏡像を見せつけられた気分です」

「確かに彦根先生と安保首相は、似ているかもしれませんが中身は違う。安保首相の言葉はがらんどうで、『お友だち』と仲良くしたいという明菜夫人の単純で強烈な願望があるだけ。彦根先生には人のため世の中を変えたいという切実な思いがあります」

その言葉を聞いて、彦根は泣き笑いの表情になる。村雨は続けた。

「政治家は言葉が命です。だが安保首相の言葉は誰も信じず、周りを『国民の軽蔑』という負のオーラが包んでいる。彦根先生は安保首相が諸悪の根源とお考えですが、果たしてそうなんでしょうか。たとえば国民から反対された検察庁改革法案は、自分を守る番犬みたいな黒原さんを手放したくない一心から出たものですが、安保首相と取り巻きだけであんな大層なことはできるとお考えですか？」

「つまり首相と官邸の官僚一派の他にも、安保支持者がいるというんですか」

「安保ハリボテ政府の中身は、色と欲に凝り固まった有象無象の集合体で、その本性は『反社』です。『反社』連中は国に巣食うシロアリに貢ぐ。かつて検察はそんな悪党を問答無用で叩き斬る正義の使徒でした。だが過去の輝かしい遺産をドブに沈めた『不起訴の黒原』が現れ、社会《かなざわ》の底が抜けた。証拠のPCを破壊したドリル小畑《おばた》議員、後援会にうちわを配った金沢議員、口利きあっせんの録音という証拠があっても不起訴になった甘粕《あまかす》議員、パーティ券を所管領域の会社に購入させた上村《うえむら》元文科大臣、その集大成が有朋学園事件です。それらは以前の検察なら立件し政権に打撃を与えたもので、それを悉く不起訴に沈めた黒原は政権の守護神と崇められました。そうした判断の震源地は当然、官邸でしょうが、黒原一人ではやれません。彼の取り巻き集団が受容し、実行部隊が行動して初めて成立した、共同謀議なのです」

確かにKKK（官邸経済官僚）や恫喝不倫ペアは市民の利を考えず、自分の快適さだけ追求しモラルや法を無視した。それはまさに『反社』連中のメンタリティだ。

だが彼らの挙動を過小評価し、安保首相を巨悪と見做していた自分は、ひょっとして真の敵を見誤っていたかもしれない、と彦根は唇を嚙む。村雨は続けた。

「安保政権は国家官僚が自己保身に汲々とし、大義を捨てた時に生まれたペスト（害虫）です。無責任宰相に依存した害虫官僚は、日本という青々とした大樹を根腐れさせ、腐った蟻塚にした。栄養源は市民の無関心です。赤星さんの同僚やあの時に声を上げず栄転した官僚は、赤星さんの義侠《ぎきょう》心を見殺しにした。安保首相は巨悪ではなく、ちんちくりんな小人物にすぎず、裏で糸を引いている黒幕もいない。絶望的なくらい猥雑《わいざつ》で矮小《わいしょう》な害虫集団が、自分の回りを最適化することに全力を傾注した結果、出現した暗黒界です。そんな害虫官僚に居心地のいい腐敗巣が安保官邸です。安保政権はいつか終わりますが、害虫官僚は辞めずに居続ける。注視すべきはコロナではなく、安保菌に感染した害虫官僚の方が、日本社会にとっては危険度は高いのです」

彦根は目を見開いた。

「民友党政権の公務員改革を逃れた害虫官僚が、安保政権の隠れ蓑《みの》の下で繁殖し続けたんだとすると彼らが『反社』の定義を変更したこともわかります。従来の反社の定義は『暴力や威力、詐欺的手法を駆使した不当な要求行為により、経済的利益を追求する集団、又は個人の総称』でしたが、何のことはない、検察や霞が関の害虫役人は、とっくにかつての『反社』連中と同じになっていたんですね」

『ファクト』を伝えず『フェイク』で誘導する裏で都合よく進めていく。それは他の人を食い殺して肥え太る「反社」の親玉、ヤクザそっくりのやり口だ。

「官僚」には「国家マフィア」とルビを振ることもあるから、当然かもしれない。

彼らは掲げた旗を派手派手しく打ち振るが、旗の下には荒れ地しか残らない。

そこには「民意」はなく、「御意」があるだけだ。

自分たちの欲望の充足を目的とした安保政権と害虫官僚のアドリブ政策は、公文書を捨てれば失政の歴史としては消滅し、全てが正当化される。だから彼らは、公文書を捨てるという、民主主義を破壊しかねない、前代未聞の行為を原則としたのだ。

安保首相ご自慢の布マスク二枚配布は、五月を過ぎても東京以外の地域に配布されていない。おまけに「お友だち」と随意契約を結んだ疑惑も浮上する。アボノマスクを投じた五百億円弱は、医療現場の喫緊の予算である人工呼吸器確保二百五十億、ワクチンや治療薬開発費二百五十億を合算したものと同額だ。

国民に自粛要請しながら休業補償しない。観光業界に一兆七千億円のキャンペーン費の予算をつけた。だが雇用調整助成金はその半分にも満たない八千億。国民ひとりに十万円配るという打ち上げ花火政策は遅々として進まず、末端のもの言わぬ人々から息絶えて行く。一方、政権に都合がよい『検察庁改革法案』は電光石火の可決を画策する。そんな、腐りきった政府に対し国民は、凡愚な宰相の罷免を求めることもなく、彼の治世が終わるのを辛抱強く待っているようにも見える。

なんと醜悪な宰相だろう。そしてなんと面妖な国民であることか。

その時、彦根は、自分は絶滅した種族〈アナキスト〉の末裔《まつえい》なのだと自覚した。

国家という醜悪な組織を拒否した〈アナキスト〉は歴史の徒花《あだばな》だ。彼らの理想が成就した瞬間、それを維持するシステムが必要になるが、それを国家と呼ぶのだから。

だから〈アナキスト〉である自分は、いつか必ず消滅する運命にある。

だが悲しむ必要はない。ヒトは誰でも、いつかは死ぬのだ。

「人間にも組織にも寿命があり、それを超えて生きようとすると癌細胞になります。村雨さんと鎌形さんから『梁山泊』の解消を相談された時、真っ先に浮かんだのはそのことでした」という彦根の発言はテキスト化され、黙読した村雨総帥は立ち上がる。

「では、『梁山泊』解散に同意の方は、ご起立願います」

別宮が立ち上がると次々にメンバーは起立した。最後は全員が起立した。

「解散発議は出席者全員一致を以て議決されマシタ」とAI司会者・二代目ニコル君が告げる。初めはまばらだった拍手はやがて会議室を聾する盛大なものになった。

村雨は出口に立ち、部屋を出て行くメンバーと抱擁し、握手をして見送った。

村雨は別宮と日高を一緒に、両腕に抱いた。

「お二人のおかげで、曇り空だった私の胸は、快晴になりました」

緑の髪のツイッターの女王・紫蘭エミリは村雨の頬に真っ赤なキスマークを残すと、一足先に出ていった別宮を「お姉さま、メアド教えて」と言って追いかけた。

髭もじゃの兎田が照れくさそうに右手を差し出すと、村雨はその手を握った。

そんな風に次々とメンバーと別れを交わした村雨は、彦根に言った。

「私の後釜の浪速白虎党が腐りきっているので、彦根先生の『日本三分の計』の復活は遠ざかってしまいました。不徳の致すところです」

「浪速白虎党は必ず崩壊します。村雨さんの魂、『機上八策』の根本原理の医療立国の精神を踏みにじっています。滅菌ガウン代わりに庶民から雨合羽の寄付を募るなんて『アホなマスク』レベルだし、元党首の蜂須賀さんはPCR検査は必要ないと放言しながら、ちょっと体調を崩したらこっそり検査を受け、『平熱パニックおじさん』と呼ばれて嘲笑され、医療に対する無知を曝《さら》け出しましたから。それより小日向都知事との連携話は、どうするおつもりですか？」

「彼女は都知事選を前に学歴詐称問題が噴出していますから、難しいでしょう」

「確かにおっしゃる通りです。ではまた、どこかで」

彦根は、村雨と握手をして部屋を出て行った。会議室には村雨と鎌形が残った。

「結局、鎌形さんと私の二人が、梁山泊の最後を見届けることになりましたね」

鎌形は黒サングラスを外すと、綺麗な目で村雨を見た。

「村雨さんには感謝しています。私はヤメ検弁護士として、安保政権の致命傷になりそうな、マスクの随意契約の裏に潜む闇でも追及してみようかな、と思います」

「それはスリリングですね。期待してます」と村雨は微笑する。

二人は固く抱擁した。そして鎌形も姿を消した。

ひとり残った村雨は、天井のカモメのモニュメントを見上げた。

「ニコル君、後片付けを頼んだよ」

「かしこまりマシタ」と答えた電子音声が、がらんとした部屋に響いた。

*

その夜、都内の法律事務所内の一室で、ソファに座り寛いでいた男性が、隣で一心に雑誌を読み耽《ふけ》っている青年に声を掛けた。

「別宮さんは気を遣って一生懸命隠そうとしてくれたようだけど、奥さんの手記を読めば、情報漏洩《ろうえい》者が誰かはバレバレだね」

「そうですね。でもこれで少し、肩の荷が下りました」

雑誌を置いて顔を上げた千代田は、微笑する。

「でもさすがにもう検察には、いられなくなるかもしれないね」

「しかたありません。その時はこの事務所で雇ってください」

「いいけど、給料は安いよ」

「構いません。浪速の電撃部隊カマイタチの復活ですね」

「それなら比嘉《ひが》にも声を掛けてやらないといけないな。仲間はずれは可哀想だ」

「ええ？　それはイヤだなあ」

千代田は、自分の上司であり鎌形の部下だった、特捜の暴れん坊の顔を思い出す。

それから二人は雑誌を前に缶ビールを開け、祝杯を挙げた。


二〇二〇年五月十五日。この日の新型コロナウイルスの感染者は次の通りだった。

中国の感染者は八万四千人、死者四千六百人。数字は数日間、横ばいを続けている。

隣国の韓国では、感染者一万一千人、死者二百六十人。

そして日本の感染者は一万六千人、死者は六百七十人。

全世界の感染者は四十二万人を超え、死者は二十九万人に達した。

終章　いちごの季節

二〇二〇年五月二十九日　桜宮・アグリパークいちご園

季節は令和の冷たい春から、乾いた夏へ移っていた。

五月下旬の金曜日、高台の「アグリパークいちご園」に、場違いな三人が集まった。

平日なのに、俺と藤原さんをこんなところに誘ったのは、能天気な高階学長だ。

学長命令ならばやむなし、と業務をサボり、俺はしぶしぶ従った。

白いビニール袋を手に、温室から戻った高階学長は一袋ずつ、いちごを配った。

「食べ放題は自粛でしたが、パック売りが半額でした。公園でいただきましょう」

そう言って真四角な木製のテーブルの各辺に二人がけの木のベンチが置かれ、そこに一人ずつ座った。誰も座らない一辺の先に、光り輝く桜宮湾が見える。

「田口先生、八面六臂《はちめんろっぴ》のご活躍、ご苦労さまでした。ささやかな慰労会として、お気に入りのいちご園にご招待しました。新鮮ないちごをたらふく召し上がっていただくつもりだったのですが、いちご狩りが自粛なので一袋で勘弁してください」

「ご配慮いただき、ありがとうございます」と言って俺は白いビニール袋から、もぎたてのいちごを一粒つまんで、口に放り込む。

甘酸っぱく、どこか切ない味が口の中いっぱいに広がる。

八面六臂と言われて考える。一面がエッセイ作家、二面がシンコロ対策本部本部長、三面がクルーズ船のシンコロ陽性患者の受け入れ隊長、四面が黎明棟のシンコロ本部設置、五面が感染症学会のナパーム弾処理、六面が北海道からの患者受け入れ、七面がECMOの強制徴用、八面が地方紙ゲリラ連合への取材協力。

確かに八面なのは間違いない。六臂の方は面倒くさくて、考えるのをやめた。

「私は田口先生にお任せしておけば大丈夫だと、信じていました」と言い、高階学長はいちごを口にする。隣で藤原さんは、いちごを陽にかざしている。

「今回も白鳥技官には振り回されました。でも結果的に技官の先読みが冴え、マイルドに軟着陸できた気がします。ダイヤモンド・ダスト号の阿鼻叫喚がそのまま本土に上陸しかねませんでしたから」と俺が言うと、藤原さんがうなずく。

「名村先生の派遣とか、ぴったりの差配でしたね。勇ましいゴーグル姿が今も浮かびます。いろいろ言われますけど、いい先生だったと私は思います」

あ、まだ籠絡されたまんまなのか、と苦笑した俺が補足する。

「感染侵入期と感染蔓延期の二つのフェーズでの防御法は、わかりやすかったですね。おかげで今、東城大に全国各地から研修希望者が殺到しています」

「如月師長と若月師長は二人揃って大活躍で、忙しそうよ」

藤原さんが言うと、高階学長がうなずく。

「ひとつ残念だったのは、せっかく息を吹き返したオレンジ新棟一階が、いまだに重症病棟として継続中で、救命救急センターとしての復活が叶わなかったことですね。あのまま速水君が残ってくだされればよかったのですが」

「仕方ないですよ。ヤツには守るべき土地があり、患者がいるんですから」

俺は遠く、北の方角を見遣る。患者と助手を連れて東城大に救いを求めてきた速水は、東城大の一員ではなくなっていた。だがそれは悲しむべきことではない。

彦根によれば、速水は「北の将軍」と呼ばれ、北海道全域ににらみを利かせているそうだ。北方民族の匈奴《きょうど》を抑え込んだ、漢帝国の衛青《えいせい》将軍みたいなエピソードだな、とふと思う。もっとも彦根の話だから、どこまで本当か、わからないが。

『八割パパ』と呼ばれた喜国准教授はあっさり八割を撤回した。その様子を見て背後で「間違えたら変えればいいんだよ。パパは神さまじゃないんだから」とそそのかしている名村教授の声が聞こえた気がした。

俺はいちごを食べ終えると、白い袋をくしゃくしゃと丸めながら言う。

「シンコロの恐ろしさは人のつながりを破壊するところです。接触を断たなければ感染が拡大するなんて、人類の友愛の基本を叩き壊すものです。人類が初めて直面したジレンマですが、新しいつながりも生まれました。一つがSNSです。直接の接触はできないけれど、人々の連帯は保たれる。私たちは絶望することなく淡々と、コロナに対処していくしかないんだと思います」

先日のニュースで政府は、ツイッターで一千万人の反対ツイートを集めた悪評芬々のお手盛り法案「検察庁改革法案」の今国会での成立を断念した、と報じた。

五月十八日はSNSの声が政治を変えた、記念日になったのかもしれない。

続いて放たれた「新春砲」の追撃弾が、黒原検事長の頭上に炸裂し、違法賭博疑惑に晒された政権の守護神は、一撃であっけなく退場した。

これまで市民は、政治は自分たちと無縁だと思い込まされていた。そうした姿勢が、自分で言い出しながら評判が悪くなると人のせいにしてごまかす、無責任宰相を守り続けた。だが市民は、声を上げれば政府の暴挙を止めることができることを学んだ。

これまで国は市民を恫喝し服従させてきたが、これからは市民の批判に戦々恐々とする政府が生まれるかもしれない。それは市民には福音だ。

俺がそんなことを言うと、藤原さんがうなずいて言う。

「田口先生のおっしゃる通りです。そうした判断の前提になるのが『ファクト』です。『フェイク』は人々を憎悪に導きますが、『ファクト』は共感につながります」

「なるほど、ついに人類が覚醒《かくせい》する時が来た、というわけですね」と高階学長が言う。

どうしてこの人が言うと、なにやら胡散《うさん》臭く聞こえてしまうのだろう。

　そんな高階学長が、何やら藤原さんをつついた。

「ほら、肝心のことを言わないと。田口先生はいちごを食べ終えてしまいましたよ」

　俺と目が合うと、藤原さんは微笑する。

「あのね、田口先生。長いことお世話になりましたけど、あたし、今月いっぱいでお暇《いとま》しようと思うんです」

　え、と俺は絶句した。今日は五月最後の金曜日。今月いっぱいというと来週から来ないということだ。そういえば今週、藤原さんは俺の手伝いの合間に、ちょこちょこ荷物整理をしていたのを思い出した。

「先生とお仕事をするのがイヤになったのではないんです。ずっとご一緒させていただきたいと思うくらい。でも、あたしもおばあちゃんだし、いつまでも生きられない。だからそろそろ自分が本当にやりたいことをやりたいな、と思ったんです」

　俺はからからになった喉をごくりと鳴らし、訊ねた。

「藤原さんが本当にやりたいことって、何ですか？」

　彼女は恥ずかしそうに顔を伏せ、小声で言った。

「紅茶専門の喫茶店です。一緒にやらないかってお友だちに誘われたの」

　愚痴喫茶の時は本気だったんだ、と呆然とした。

　急におかしくなって、俺は声を上げて笑い始めた。

「はは、最高ですね。開店したら毎日入り浸りますよ」

「お待ちしてます。珈琲ではなくて紅茶ですけど」

「構いません。最近、紅茶もわりと好きになったんです」

「それなら田口先生は、お客さん第一号として永遠無料会員にしてあげます」

一瞬、辞退しようかと思ったけれど、遠慮するのはやめにした。

「ありがとうございます。それなら毎日寄らせてもらいます」

「あ、いいなあ。私もいいですか」と高階学長が割り込んで来たので、俺が言う。

「高階学長はダメですよ。無料客が二人も入り浸ったらお店が潰れてしまいます」

高階学長はむっとして、いちごを口に放り込んだ。

俺は立ち上がると、海の方に何歩か歩いて、大きく伸びをした。

「いい天気だなあ。新しい旅立ちにふさわしい午後ですね」

両腕を空に向けた俺は、空の眩しさに目を瞬かせ、こぼれそうになる涙をこらえた。

一陣の風が、頬を撫でていく。

天から舞い降りた光冠は、森羅万象の実相を白日の下にさらけ出した。

それは政権や霞が関の欺瞞をつなぎ合わせ、全体像を国民に理解させた。

不条理な仕事を強要され、自死した気骨の官僚の無念を、市民の心に宿らせた。

そして病院の片隅でひっそり働いていた女性に、自分の夢を思い出させた。

俺は視線を背後の丘陵の上に転じ、屹立《きつりつ》する白と灰色のツインタワーを見上げる。

あそこに天空から降り注いだ災厄にも汚染されないグリーンゾーンがある。

それはポスト・コロナの世界の希望の象徴になるだろう。

世界中が経済活動を止め、息を潜めた。たとえばささやかだが、いちご園の食べ放題の客が三名、確実に減った。そんな経済的損失が世界中で積み上がっている。

過去の経済破綻とは次元の異なる凄まじさで、人間社会は根底から変わるだろう。

経済が破綻したせいで、無辜《むこ》な人たちが命を落とすことになるかもしれない。その影響はあまりにも大きすぎて、誰も正確な未来図を描くこともできない。

今やコロナは、撲滅が不可能なくらいに広がってしまった。

コロナは破壊神のようなものかもしれない、と無神論者の俺はふと思う。

自然に現れたこと。人間にはどうにもならない相手であること。

その相手に対応するため、人々の生活様式を大きく変えざるを得なかったこと。

だがそんな破壊神が降臨しても、人類は叡智を磨き、希望を抱き続ける。

俺は桜宮湾に視線を投げた。その時、携帯が鳴った。

風の音。それから、もしもし、という、か細い女性の声が聞こえた。

——碧翠院を蘇《よみがえ》らせてくれて、ありがと、田口先生。

そう告げて電話は切れた。宙を彷徨《さまよ》う俺の視線は、桜宮岬の突端の光塔《ミナレット》にたどり着く。硝子の尖塔《せんとう》は陽を受け、きらり、と光った。

どうかしましたか、という藤原さんの声に我に返った俺は振り返る。

「桜宮の神話の環がたった今、閉じたんだなあ、と思って」

高階学長も藤原さんも、俺の言葉を理解できなかっただろう。

でも理解する必要がないことを、二人はわかっているようだった。

テーブルに戻った俺は、藤原さんの手元にひとつ残された真っ赤ないちごをつまみ上げ、口に放り込む。甘酸っぱい味が、再び口の中に広がった。

人々の生活が大きく変わっても、空は青いし、潮騒は響いている。

そしていちごは目に染みるように赤く、涙が出そうなくらい甘酸っぱい。

世界は、なにも変わっていないように見えた。

俺は目を閉じる。

どうにも不思議だったけれど、ひどく安心もした。

俺の肩先を、五月の風が、銀色に輝く海原へと吹き抜けて行った。

本書は、二〇二〇年七月に小社より単行本として刊行した『コロナ黙示録』を改題・文庫化したものです。この物語はフィクションです。作中に同一の名称があった場合でも、実在する人物、団体等とは一切関係ありません。

【参考文献・資料】

『新型コロナウイルスの真実』岩田健太郎　ベストセラーズ　二〇二〇年四月

『新型コロナウイルス感染症と対峙したダイヤモンド・プリンセス号の四週間　―現場責任者による検疫対応の記録―』橋本岳　一般財団法人日本公衆衛生協会　二〇二一年九月

２０２０年３月～５月：Washington Post、New York Times、Financial Times、朝日新聞・読売新聞・毎日新聞各紙。週刊文春、週刊新潮、週刊現代、週刊ポスト各誌

【参照サイト】

Our World in Data
https://ourworldindata.org/coronavirus

新型コロナウイルス国内感染の状況（東洋経済オンライン）
https://toyokeizai.net/sp/visual/tko/covid19/

新型コロナウイルス感染症について・国内の発生状況（厚生労働省）https://www.mhlw.go.jp/stf/seisakunitsuite/bunya/0000164708_00001.html#kokunaihassei

新型コロナウイルス感染症（COVID-19）関連情報について（国立感染症研究所）
https://www.niid.go.jp/niid/ja/diseases/ka/corona-virus/2019-ncov/9324-2019-ncov.html

日本感染症学会
http://www.kansensho.or.jp/

WHO
https://www.who.int/csr/don/en/

How It All Started: China's Early Coronavirus Missteps（The Wall Street Journal）
https://www.wsj.com/articles/how-it-all-started-chinas-early-coronavirus-missteps-11583508932

How does coronavirus kill? Clinicians trace a ferocious rampage through the body, from brain to toes（サイエンス）
https://www.sciencemag.org/news/2020/04/how-does-coronavirus-kill-clinicians-trace-ferocious-rampage-through-body-brain-toes

The proximal origin of SARS-CoV-2（ネイチャー・メディスン）

https://www.nature.com/articles/s41591-020-0820-9

湖北省卫生健康委员会
http://wjw.hubei.gov.cn/fbjd/tzgg/

健全な法治国家のために声をあげる市民の会
http://shiminnokai.net/moritomo.html

東京圏の病院は「感染患者でひっ迫」新型ウイルス専用治療室の内部（ＢＢＣ報道）
https://www.bbc.com/japanese/video-52392925

「解除の日」遠い医療現場、聖マリアンナ病院の葛藤（ロイター）
https://diamond.jp/articles/-/238213

〈解説〉
おなじみの面々との再会を楽しむのもよし コロナの始まりを振り返るのもよし

中江有里（女優・作家・歌手）

地球上に人類が出現するずっと以前、この星には恐竜が生まれ、多種多様に進化し、君臨していた。

ある時、隕石《いんせき》が地球を直撃し、大量のチリが発生したことで太陽の光が遮られ植物が枯れてしまい、草食恐竜が死に絶えた。次に草食動物を捕食していた肉食恐竜が消えた、というのが恐竜絶滅の有力な説である。

巨大で獰猛《どうもう》そうな生物が消えたことも驚きだが、もっと驚くのは光合成を必要としない微生物などの弱小の生物が生き残ったこと。生物の生存には体の大きさや腕力だけでなく、時々の環境に適応する能力も必要――本書を読みながら恐竜のことが頭をよぎった。

恐竜のような強者が、隕石衝突という天災によってあっけなく絶滅してしまった事実を前にすると、しょせん自然には敵わないのだと思い知らされる。それは日本文学でも繰り返し言われてきた。

鴨長明《かものちょうめい》「方丈記」では「行く河の流れは絶えずして、しかももとの水にあらず」（河の流れは絶えることはないが、流れる水はもとの水ではない）八百年ほど前の箴言《しんげん》である。

また「平家物語」の冒頭「祇園精舎《ぎおんしょうじゃ》の鐘の声、諸行無常の響きあり……」とあるように、世に栄えた権力も永遠に続かない。

二作に共通するのは、変わらぬものなど何もないという無常観だ。しかし人間がその原則を忘れてしまうのは、恐竜よりもずっと弱いのに、長きにわたりこの地球の支配者として君臨しているからだろう。

恐竜はさておき、本書の親本が出たのが二〇二〇年七月。コロナ禍を反映した作品としては、おそらく最速で刊行された小説だったと思う。

登場人物たちは海堂作品でおなじみの面々、いうなればオールスターズ。しかし初めてシリーズを読む人も恐れる心配はない。本書は、タイトルにある通り新型コロナウイルスをめぐる小説だからだ。現実世界と同様、小説世界でも初めて対峙《たいじ》する未知のウイルスに登場人物たちは右往左往する。やがて戦い方を獲得していく過程を読むのは、刊行当時と今では違った感慨がある。

まだワクチンも開発されておらず、マスクも消毒用アルコールも不足し、多くの人が家に引きこもっていた時期、医療従事者たちが命を守る戦いをしていた一方、国の中枢にいる政治家たちは東京オリンピックというミッションのために、省庁はじめ市中を混乱に陥れている。

どちらも作品内での出来事。この目で見たわけじゃないし、あくまでフィクション。とはいえ、小説は現実を投影するものだ。しかもコロナをめぐる内容であるから、ついあれこれと想像をしてしまう。

二〇二〇年二月、ダイヤモンド・ダスト号は横浜《よこはま》を出港し、香港《ほんこん》に立ち寄り再び横浜へ入港するはずが、新型コロナウイルスの陽性者が続出したことから乗客たちは下船できなくなった。その後の報道で船内のゾーニングができていなかったことが若手現役教授・名村《なむら》のSNSで拡散されるが、現実でもほぼ同様の出来事（ダイヤモンド・プリンセス号）があったのは記憶している。

本書内では、本田《ほんだ》審議官が「私の方が上位です」というセリフで周囲の諫言《かんげん》をねじ伏せていくことで現状を悪化させる。まさか本当にこんなことが？　と思うことが次々に起こり「フィクションであってほしい」と願うが、（キャラクターの言動の過剰さも含め）この展開がリアルにも感じられるから怖い。

コロナ以前からMERS、SARSといったウイルスが周辺国に入ってきたのに、日本は幸いにして免れたため水際対策を学ぶ機会もなかった。新型コロナウイルスのパンデミックに襲われたのは、厚労省の対応が失敗だったから、とフリー診断病理医・彦根《ひこね》は指摘する。

大勢の登場人物の大半は医療従事者であるから、最初に緊急事態宣言を出した北海道、若者の重症患者が少ないにもかかわらず休校措置をとった東京の医療現場の混乱が描かれる。

患者ではコロナ感染した若手医師と、ダイヤモンド・ダスト号の乗客だった高齢女性の二人が重症化し、体外式膜型人工肺ＥＣＭＯ、どちらにＥＣＭＯを使うかの「いのちの選別」も起きようとしている。

一足踏み出す選択を誤れば、バランスを崩し、地に落ちてしまう綱渡りのよう――コロナと戦う医療現場はこれまでの経験と知恵を絞りながら、一人でも患者を救おうと奔走していたのだろう。

特に印象的なのは、ＰＣＲ検査の基準を当初「武漢《ぶかん》からの帰国者、三十七度五分の熱が四日間続く」者としていたのは科学的根拠ゼロ、という部分。あの言葉に従って、症状に苦しんでいても検査を受けなかった人はいたはずだ。

「市中感染が見つかった時点で、医療現場に判断を任せればよかったんです」

インフルエンザと同じような対応をしていれば、重傷者を大病院に送り、通常の医療対応で間に合った、とある。

検査基準に科学的根拠がないのだとすれば、わたしたちは何のために従わされていたのだろう。検査ができなければ、感染していてもわからず、自分と周囲の命も守れないというのに。

本書はコロナの医療現場ともう一つ、国の中枢が舞台となっている。以下、単行本刊行当時にわたしが寄せた書評の一部である。

「一部の登場人物はすぐ現実の人物と結びつく。為政者をからかっているようにも思えるが、底辺には自己保身ばかりで国民を蔑《ないがし》ろにする政治への怒りがある。本書の笑いは体に入り込み、内に沈む怒りを攪拌《かくはん》させて排出する作用があるようだ。どうやらコロナは政治への怒りと似ている。しかしどちらもなくすことができないのだから、共生するしかない。そのために手洗いが重要だ。ましてや『汚れた手』を振りかざすなんて言語道断」

時間を経て再び本書を読み返して、本書はコロナをめぐる人々を描いてもいるが、コロナがあぶりだしたともいえる悪質な行為を糾弾しているのだと感じる。

具体的に言えば、公文書偽造。

身内を守るために公文書を捏造《ねつぞう》し、それを周囲に承知させていけば、権力者に怖いものはない。白亜紀に最強と言われた恐竜ティラノサウルスのごとし。しかし最強ティラノサウルスも思いがけない隕石のせいで滅びてしまう。

わが世の春にいた権力者の生皮をはがしたのは、コロナという天災とも思えてくるのだ。そしてコロナによって苦しめられた市民は、権力者の横暴なやり方にSNSで繋《つな》がり、対抗していく。実際のデモはできなくても、SNS上でのデモならどこにいてもできる。政権の無茶を止められるのだと知った。

……と、わたしなりの解釈を好きに綴《つづ》ったが、小説の読み方は自由。おなじみの面々との再会を楽しむのもよし、コロナの始まりを振り返るのもいい。

勝手な解釈を並べたついでに書くと、ある種の義憤にかられて書かれた小説だと思う。公文書ですら改ざんされてしまうかもしれない世の中、本当に大事なことは小説に書き残すしかない。小説なら後から誰かが手を入れればすぐにわかる。
これもまた勝手な解釈です。

二〇二二年六月

宝島社
文庫

コロナ黙示録　2020災厄の襲来
（ころなもくしろく　2020さいやくのしゅうらい）

2022年7月20日　第1刷発行

著　者　海堂 尊
発行人　蓮見清一
発行所　株式会社 宝島社
〒102-8388　東京都千代田区一番町25番地
電話：営業 03(3234)4621／編集 03(3239)0599
https://tkj.jp
印刷・製本　中央精版印刷株式会社

First published 2020 by Takarajimasha, Inc.
ISBN 978-4-299-03155-6

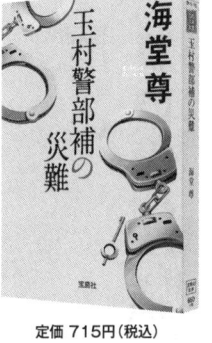

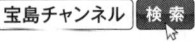

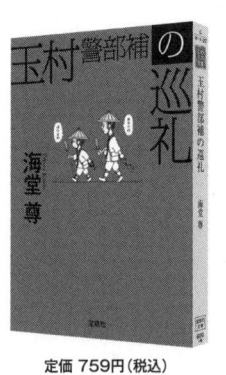

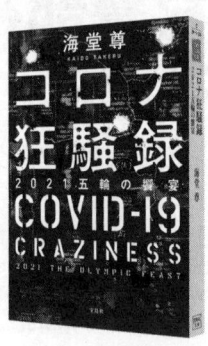